文庫

ガラスの鍵

ハメット

池田真紀子訳

kobunsha classics

光文社

Title : THE GLASS KEY
1931
Author : Dashiell Hammett

『ガラスの鍵』目次

ガラスの鍵

ネル・マーティンに

第1章　チャイナ通りの死体

1

緑色のサイコロが一組、緑色のゲーム台の上を転がり、仲よく縁《へり》にぶつかって跳ね返った。一方は、白い目が三つずつ二列並んだ面を上にしてすぐに止まった。もう一つは台のなかほどまで転がっていき、一を出目《でめ》にして止まった。

ネッド・ボーモントは「ううむ」と低くうなった。勝った者たちが金をかき寄せる。ハリー・スロスがサイコロを拾い集め、青白い毛むくじゃらの大きな手のなかでからからと鳴らした。「次は二十五だ」そう宣言して、二十ドル札と五ドル札を一枚ずつゲーム台に放る。

「悪いが、きみたちで相手してやってくれないか。俺は燃料補給だ」ボーモントはそう言い置いて台を離れた。遊戯室を出ようとしたところで、ウォルター・イヴァンズと行き合った。「よう、ウォルト」そう声をかけただけでやり過ごそうとしたが、イヴァンズに肘《ひじ》のあたりをつかまれ、引き留められた。

「れ、れ、例の件、ポ、ポ、ポールに話してくれたか」イヴァンズが〝ポ、ポ〟とどもるたびに、唇から唾液の飛沫が飛び散った。

「ちょうどいま会いに行こうとしてた」ボーモントのこの返事を聞くなり、丸っこい色白の顔をしたイヴァンズの青磁色の瞳がきらめいたが、ボーモントが目を細めて先を続けると、その輝きはたちまち色褪《あ》せた。「そう期待するな。少し時間をくれ」

イヴァンズの顎《あご》が引きつった。「で、で、でも、あ、赤ん坊は来月には生まれちまうんだ」

ボーモントの陰鬱《いんうつ》な色をした目に軽い驚きが浮かんだ。自分より小柄なイヴァンズの手を振り払って一歩距離を空ける。黒い口髭《くちひげ》の下で、唇の端がひくついた。「時期が悪いな、ウォルト――あいにくだが――十一月までは何も動かないと思っておけ。期待しても、がっかりするだけだ」ボーモントはふたたび目を細めて相手の表情をうかがった。

「け、け、けど、あんたから、は、話してもらえれば――」

「俺もできるかぎり説得してみるよ。ポールにしたってできるだけのことはするだろう。それはおまえもよくわかってるはずだ。ただ、いまは難しい時期だからな」肩を軽く上下させ、陰気な表情を浮かべる。二つの目だけが油断なくぎらついていた。

イヴァンズは唇を湿らせ、せわしなく瞬きを繰り返した。やがて一つ深々と息を吸いこむと、両手でボーモントの胸を軽く叩いた。「と、と、とにかく、は、話すだけ話してみてくれよ」切々と哀願するような声だった。「こ、ここで待ってるから」

2

ネッド・ボーモントは、まだらのある緑色の葉《ラッパー》で巻かれた細い葉巻に火をつけながら階段を上った。州知事の肖像画が見下ろす二階の踊り場で向きを変え、建物の正面側に向かう廊下を行き、突き当たりに立ちはだかる幅の広いオーク材のドアをノックした。

ポール・マドヴィッグの「どうぞ」という返事を待ってなかに入った。

室内にいるのはマドヴィッグ一人きりだった。こちらに背を向けて窓際に立ち、ズボンのポケットに両手を突っこんで、下の暗いチャイナ通りを眺めている。

マドヴィッグがゆっくりと振り返った。「おう、来たか」年齢は四十五、背丈はネッド・ボーモントと変わらないが、堅肉《かたじし》で、体重では二十キロほど勝《まさ》っていた。明るい色の髪を真ん中で分け、左右にぴたりと梳《す》かしつけている。血色のよい、目鼻立ちのはっきりした美男子だ。うっかりすればただ派手としか見えない服は、品質の確かさと当人の洗練された着こなしに救われていた。

ボーモントはドアを閉めて言った。「金を借りたい」

マドヴィッグは上着の内ポケットから茶色の大きな札入れを取り出した。「いくらだ?」

「二百でいい」

マドヴィッグは百ドル札を一枚と二十ドル札を五枚差し出した。「クラップスか」

「恩に着るよ」ボーモントは札をポケットにしまった。「そうだ、クラップスだ」

「ずいぶんと久しくつきに見放されてるようじゃないか」マドヴィッグはズボンのポケットに両手を戻した。

「大げさだな――せいぜい一月《ひとつき》か一月半ってとこだよ」

マドヴィッグがにやりとする。「それは負け続けるには充分長いだろう」

「俺にはどうってことないね」ボーモントは不機嫌に言い返した。

マドヴィッグはポケットのなかの小銭をじゃらじゃらと鳴らした。「今夜はどうだ、大勝負はあったか」テーブルの角に尻をのせ、よく磨かれた茶色の靴に視線を落とす。

ボーモントは金髪の男を興味深げに見やったあと、かぶりを振った。「いいや、けちな勝負ばかりさ」そう言って窓の前に立つ。通りの向かいに並んだ建物に、黒い空が重たげにのしかかっている。マドヴィッグの背後に回って受話器を取り、ある番号を呼び出した。「よう、バーニー。ネッドだ。ペギー・オトゥールの賭け率は？　なんだ、それっぽっちか……まあいい、それぞれ五百ずつ頼む……ああ、わかってる……このあときっと雨になる。重馬場《おもばば》なら、インシネレーターに勝てるはずだ……ふん、そう言うなら、賭け率をもっと上げてくれたっていいだろう……よし、頼んだぞ」受話器を架台に置き、マドヴィッグの正面に戻った。

マドヴィッグが尋ねた。「負け癖が抜けるまで、しばらく賭け事を控えるのも一案だろう」

ボーモントは目に角《かど》を立てた。「そいつは得策とは言えない。かえって長引かせるだけだ。ふう、どうせなら、五百の三点買いじゃなく千五百全部、単勝に賭けるんだったな。一気に食らっちまえば、それで悪運と手が切れるかもしれない」

マドヴィッグは含み笑いをしたあと、顔を上げた。「そもそもそんな大負けに耐えられるならな」

ボーモントは口をへの字に結んだ。口髭の両端もその動きを追う。「いざとなれば、どんなことにだって耐えられるさ」そう言いながら出口に向かった。

ドアノブに手をかけたとき、背後からマドヴィッグの重々しい声が追いかけてきた。

「そうだな、きみならそうだろう」

ボーモントは振り返り、不機嫌な調子で訊《き》き返した。「そうって、何がだ？」

マドヴィッグが窓に視線を移す。「いざとなれば、どんなことにも耐えられるだろうって話だよ」

ボーモントはマドヴィッグの横顔を観察した。金髪の男は落ち着きなく体を動かしながら、またしてもポケットのなかの小銭をもてあそんでいる。ボーモントは大げさに目を見開き、当惑しきった声で訊き返した。「何だって？　誰がどんなことにも耐えられるって？」

マドヴィッグの頬に血の気が昇った。テーブルから立ち上がって、ボーモントに一歩迫る。「こいつめ、からかうんじゃない」

ボーモントは噴き出した。

マドヴィッグもばつが悪そうに笑うと、緑色の縁取りを施したハンカチで額を拭った。「ところで、このところ、ちっともうちに顔を出さないじゃないか。昨夜《ゆうべ》もおふくろが嘆いてたぞ。もう一月《ひとつき》もきみの顔を見ていないとな」

「今週のうちにでも一度寄るよ」

「ああ、そうしてくれ。おふくろがきみをいたく気に入っていることは知っているだろう。晩飯に来るといい」マドヴィッグはハンカチをしまった。

ボーモントは金髪の男の様子を横目でうかがいながら悠然と歩いてふたたびドアの前に立ち、ノブに手をかけた。「用事ってのはそれだったのか？」

マドヴィッグが渋面を作った。「そうだ、用事はそれだけ――」――咳《せき》払い――「いや、そうだった――もう一つある」おずおずとした気配はふいに消え、ふだんの落ち着きと自信が戻っていた。「こういうことはきみのほうが詳しいだろうと思ってね。今度の木曜はミス・ヘンリーの誕生日なんだ。プレゼントは何がいいだろう」

ボーモントはドアノブから手を離した。向きを変えてマドヴィッグと向き合うまでには、その目から驚きの色はきれいに拭い去られていた。葉巻の煙を吐き出して訊く。

「誕生パーティか何かあるのか」

「ああ」

「それに招待されてるのか」

マドヴィッグは首を振った。「明日の夕食には招《よ》ばれている」

ボーモントは手に持った葉巻に視線を落としたが、すぐに目を上げてマドヴィッグの顔を見た。「上院議員を後押しするつもりか」

「ああ、おそらく」

ボーモントは穏やかな笑みを作り、同じくらい穏やかな声で尋ねた。「どうして」

マドヴィッグが微笑《ほほえ》む。「我々がいれば、上院議員は対立候補のローンに大差をつけて再選されるだろうし、上院議員を味方につければ、市の次の選挙でも我々の陣営の再選も確実になるからさ。敵対勢力なんか初めからなかったみたいにな」

ネッド・ボーモントは葉巻を口に運んだ。そして、あいかわらず穏やかな声で続けた。「もしあんたが後ろ盾にならないと」――〝あんたが〟を強調する――「上院議員の再選は絶望的なのか」

マドヴィッグは静かながらきっぱりとした口調で答えた。「そうだな、まず無理だ」

少し間があって、ボーモントはさらに尋ねた。「本人はそのことをわかってるのか」

「当人が一番よくわかっているだろう。わかっていないなら――なあ、いったい何がそう気に入らない？」

ボーモントの笑い声は冷ややかだった。「わかってないなら、あんたを晩餐《ばんさん》に招んだりしないってわけか」

マドヴィッグは眉をひそめ、同じ質問を繰り返した。「何がそう気に入らない？」

ボーモントはくわえていた葉巻を指でつまみ取った。吸い口は嚙《か》みしだかれて原形を留めていない。「気に入らないことなんかどこにもないさ」そう言って、考えこむような顔を作った。「あんただって、こっちの面子《メンツ》が残らずあの上院議員の応援を必要としてるとまでは思ってないだろう」

「いやいや、政治の世界では、支援者が多くて困るということはない」マドヴィッグはこともなげに言った。「まあ、上院議員の後押しがあろうとなかろうと、こっちの選挙も我々だけで充分勝てるだろうがね」

「もう何か取引しちまったのか」

マドヴィッグは唇をすぼめた。「話はだいたいまとまっている」

ボーモントは顎をぐいと引き、上目遣いに金髪の男を見つめた。顔から血の気が引いていた。「その話はなかったことにしろ、ポール」低く乾いた声で言う。「いますぐ手を切るんだ」

マドヴィッグは両手で拳を作って腰に当て、信じられないといったふうにつぶやいた。「まったく、急に何を言いだすんだ」

ボーモントはマドヴィッグのそばをすり抜けると、しなやかな指を震わせながら、テーブルの上に置かれた打ち出し細工の銅の灰皿で葉巻を揉《も》み消した。

マドヴィッグは自分より年少の男の背中を見つめ、ボーモントが体を起こして振り返るのを待っていた。それから、親しみと苛立《いらだ》ちの入り交じった笑みを向けた。「いったいどうしたんだ、ネッド?」不満げにそう尋ねる。「いまのいままでご機嫌だったのに、突然、わけもなく駄々っ子みたいなことを言いだして。私には何が何やらさっぱりわからないな」

ボーモントは苦い顔をした。「いいよ、もうこの話はよそう」しかしそう言ったそばから、まだ疑っているような質問を発して攻撃を再開した。「上院議員は、自分が無事に再選されたあとも約束どおり協力すると思ってるのか」

マドヴィッグは動じなかった。「私ならうまく操縦できる」

「ああ、できるかもしれないな。しかし、向こうは生まれてこのかた、他人《ひと》に屈した経験が一度もないってことは覚えておいたほうがいい」

マドヴィッグは異議なしというようにうなずいた。「そのとおりだ。私としては、それこそが彼と手を組む最大の利点の一つだと思っている」

「甘いな、ポール」ボーモントの口調は真剣だった。「それこそが最大の落とし穴だよ。まあ、よくよく考えてみることだ。考えすぎて頭が痛くなるまでな。ところで、議員のあの頭の鈍そうな金髪娘は、あんたの心をどこまでがっちりつかんでるんだ？」

マドヴィッグが答えた。「私はミス・ヘンリーと結婚する」

ネッド・ボーモントは唇をすぼめて口笛を吹く真似をしたが、音は出さなかった。

それから目を細めて訊いた。「その結婚も取引のうちなのか」

マドヴィッグは子供のように微笑んだ。「いや、この話はまだ誰にもしていない。いま知っているのはきみと私だけだよ」

ネッド・ボーモントの痩せた頬がまだらに赤くなった。そして、見たこともないような優しい笑顔を作った。「その点では信用してくれていい。一大スクープをやたらに触れ回ったりはしないから。ただ、一つだけ忠告させてくれ。本気で結婚したいなら、ちゃんと書面にしてもらうことだ。公証人の認証を受けて、供託金も積ませろ。選挙前に式を挙げられればなおいいだろう。そうしておけば、『ヴェニスの商人』じゃないが、最低でもあんたの取り分、肉一ポンドは確保できる。いや、あの娘なら、体重百十ポンドってところか」

マドヴィッグは脚を組み換え、ボーモントと目を合わせずに言った。「そうやって、上院議員はかならず裏切るという前提で話をする理由がわからないな。あれは紳士だし――」

「そう、紳士なんだろう。『ポスト』で読んだよ。アメリカ政界では絶滅寸前の貴族の一人だそうだな。つまり、娘は貴族のお姫様ってことになる。だから、会いにいく前にはシャツの前をしっかり縫い合わせておけと忠告してるんだ。さもないと、身ぐるみ剝がされて放り出されることになるからな。向こうから見れば、あんたなんか下等動物にすぎない。踏みつけにするだけの価値しかない相手だろう」

マドヴィッグは溜め息をついた。「なあ、ネッド。頼むからそう――」

しかし、ボーモントは何か思い出したような顔をすると、目に意地の悪い光を浮かべてマドヴィッグをさえぎった。「それに、そうだ、息子のテイラー・ヘンリーも貴族の御曹司だってことを忘れちゃいけないな。あんたが自分の娘とあのお坊ちゃまの火遊びを禁じたのは、だからなんだな。あんたがテイラー・ヘンリーの妹と結婚したら、テイラーは――何だ？　あんたの娘の義理の伯父になるのか？　どうなんだ、義理の伯父なら、娘とまたつきあったとしてもかまわないか」

マドヴィッグはあくびを嚙み殺した。「私の質問をずいぶんとまた拡大解釈したようだな、ネッド。私はそんなことは訊いていないぞ。ミス・ヘンリーの誕生日に何を贈ったらいいかと訊いただけだ」

ボーモントの顔は動きをぴたりと止め、どこか陰気な仮面に変わった。「議員の娘とは、どの程度の関係なんだ？」そう尋ねた声からは、内心で何を考えているのか、まったくうかがい知れない。

「関係も何もない。議員に会いに、そう、五、六回は自宅に邪魔したかな。その折に何度かミス・ヘンリーと顔を合わせた。といっても、かならず周りに誰かしらがいたから、せいぜい挨拶を交わしただけだ。じつを言うと、まだ一度もまともに話をしたことがない」

ネッド・ボーモントの瞳におもしろがっているような光が閃《ひらめ》いたものの、次の瞬間には消えていた。親指の爪で口髭の片側をなでつける。「とすると、夕食に招かれるのは今度が初めてということか」

「そうだ。最初で最後ということにはならないはずだがね」

「だが、誕生パーティには声がかかってない」

「そうだ」マドヴィッグは口ごもった。「いまのところは」

「だったら、あんたの質問に対する俺の答えは、きっとお気に召さないだろう」

マドヴィッグは表情を動かさなかった。「で、その答えとは？」

「何も贈るな、だ」

「それはないだろう、ネッド！」

ボーモントは肩をすくめた。「じゃあ、好きにしたらいい。意見を聞きたいと言うから答えたまでだ」

「しかし、なぜ何も贈らないほうがいいと思うんだ?」

「相手があんたからのプレゼントを喜んで受け取ると確実にわかるまでは、贈り物はするものじゃないからだ」

「贈り物をもらえば誰だって――」

「そうだな、喜ぶかもしれないな。しかし、ことはそう単純じゃないぞ。ものを贈るって行為は、こう宣言するのと同じなんだよ。〝あなたがたがこれ以上のものを私に求めていらっしゃることはよく承知して――〟」

「もういい」マドヴィッグはさえぎった。右手の先で顎をなでる。それから額に皺《しわ》を寄せて言った。「きみの考えが当たっているんだろう」額から皺が消えた。「だが、このチャンスを逃すのはあまりにも惜しいな」

ボーモントが早口に言った。「そう思うなら、花束とか、その程度のものにしておけばいい」

「花束だって? 冗談だろう! 私はもっと――」

「わかってる。車とか、首に巻いても巻いてもまだまだ余るくらい長い真珠のネックレスとか、そんなプレゼントを考えてたんだろう。そういう機会はまたいつか巡ってくるさ。小さく生んで、大きく育てろ、だよ」

マドヴィッグは顔をしかめた。「ふむ。きっときみの言うとおりなんだろうな、ネッド。こういうことにはきみのほうが明るいからね。わかった、花束にしよう」

「念を押すが、あまり大きな花束にはしないことだぞ」そう言ったあと、すぐに続けた。「ところで、ウォルト・イヴァンズのことだが。弟のティムを釈放させてくれと言ってる」

マドヴィッグはチョッキの裾を引っ張った。「ティムは選挙が終わるまで塀のなかにいることになると言っておけ」

「このまま裁判を受けさせるつもりか」

「そうだ」マドヴィッグはそう答え、激しい口調で付け加えた。「きみもわかっているだろう、ネッド。私には手の出しようがないんだ。再選に向けてせっかく皆が一致団結しているし、どの婦人団体も一緒に戦う姿勢を示してくれている。この時期にティムの件を画策するなんて自殺行為だよ」

ネッド・ボーモントは唇の片端だけを持ち上げて金髪の男に微笑むと、芝居がかった物憂げな調子で言った。「あんたも貴族の仲間入りをするまでは、婦人団体の顔色なんかうかがう必要もなかったよな」

「これからは気にかける必要があるんだよ」マドヴィッグの目がどんよりと曇った。「ティムの女房には来月、赤ん坊が生まれるそうだ」

マドヴィッグは苛立たしげに溜め息をついた。「いいかげんにしてくれ」ぶつぶつと言う。「そういう事情があるのに、どうしてわざわざ面倒を起こそうなんて考える？　まったく、頭が空っぽだとしか思えないな、どいつもこいつも」

「頭が空っぽでも、有権者には変わりない」

「そこが我慢ならないね」マドヴィッグはうなるように言い、床をにらみつけたが、すぐに顔を上げた。「選挙が終わりしだい、手を打とう。しかし、それまではお断りだ」

「それじゃ誰も納得しないだろう」ボーモントは横目で金髪の男を見やった。「頭が空っぽだろうと何だろうと、これまではなんだかんだ世話を焼いてもらえてたわけだからな」

マドヴィッグは顎を軽く突き出した。曇った青色をした丸い瞳がボーモントの目を見据えている。「何が言いたい？」

ボーモントは笑みを作り、淡々とした口調で答えた。「あんただってわかってるはずだ。どんな小さなことでも、何かきっかけさえあれば、連中はこう言いだす。あんたが上院議員とつるむ前のほうがよかったとな」

「ほう、そういうものかね」

ボーモントは自説を曲げなかった。声の調子は変えず、笑みも顔に張りつけたままだった。「あんたにもちゃんとわかってる。ほんのちょっとしたきっかけがあれば、連中はたちまちこう言い始めるぞ——シャド・オロリーは、いまもちゃんと手下の尻拭いをしてやってるのに」

マドヴィッグはボーモントの言い分に注意深く耳を傾けたあと、不自然に静かな声で言った。「ちゃんとわかっているよ、ネッド。きみなら連中にそんなことは言わせないってことをな。万が一そんな不満が偶然にも耳に入ろうものなら、きみは何としても連中を黙らせるだろう」

しばし沈黙が流れた。どちらも互いの目を見据え、どちらも顔色を変えなかった。

やがてボーモントが沈黙を破った。「せめてティムの女房と生まれてくる子供の面倒を見てやれば、多少は効き目があるかもしれない」

「ああ、それがいい」マドヴィッグは突き出していた顎を引っこめた。目の曇りも晴れた。「その件は任せるよ。不自由のないようにしてやってくれ」

3

階段を下りたところで、ウォルター・イヴァンズが期待に目を輝かせてボーモントを待っていた。「な、な、何だって？」

「さっき俺が言ったとおりだった。無理だとさ。選挙が終わったらすぐにでもティムを釈放させるが、それまではどうしようもない」

イヴァンズはうなだれた。喉《のど》の奥から低くうなるような音が漏れる。

ネッド・ボーモントは自分より背の低い男の肩に手を置いた。「運が悪かったな。ポールは誰よりもそのことを痛感してるが、それでもどうしようもない。ただ、ティムの女房宛てに伝言を預かってきたぞ。請求書が届いたら、支払いはせずに、端からポールに回せ。家賃、食費、医療費、何もかもだ」

ウォルター・イヴァンズは勢いよく顔を上げると、ボーモントの手を取って両手で握り締めた。「さ、さ、さすがはポールだ、た、頼りになる！」青磁色の目は濡れている。「だ、だけど、ティ、ティムを出してやってもらえたら、も、もっとありがたかったんだがな」

「悲観するな。事情が変わる可能性はいつだってあるんだから」ボーモントはイヴァンズから自分の手を取り返した。「じゃ、またな」そう言ってイヴァンズの脇をすり抜け、遊戯室に向かった。

遊戯室は無人だった。

帽子とコートを取って正面玄関に行く。チャイナ通りには牡蠣《かき》の色をした雨が斜めに降りしきっていた。ボーモントは唇の端を持ち上げ、雨に向かってつぶやいた。

「降れ降れ、もっと降れ、俺の三千二百五十ドル」

それから館内に戻ってタクシーを呼んだ。

4

ネッド・ボーモントは死んだ男から手を離して立ち上がった。男の頭が縁石とは反対側、左に少しだけ傾く。角の街灯の光がその顔をまともに照らし出した。若々しい顔だった。金色の巻き毛の生え際から片方の眉にかけて斜めに走った黒い隆起が、怒りの表情をいっそう険しく見せていた。

ボーモントはチャイナ通りの左右に目を配った。見るかぎり、人影はどこにもない。二ブロック先、ログ・キャビン・クラブの前で男が二人、車から降りようとしていた。ネッド・ボーモントのほうに向けて車を置いたまま、なかに入っていく。

ボーモントはしばらく車を見ていたが、ふいに顔を左右に向けてもう一度通りの様子を確かめたあと、向きを変えて歩道に上がるという二つの動作をすばやく一度にやってのけ、手近な並木の影に飛びこんだ。口で息をする。いまのいままで両の掌《てのひら》に浮いた小さな汗の玉が街灯の明かりを受けて輝いていたのに、急に寒けを感じてコートの襟を立てた。

片手を木の幹に置いたまま、影のなかで三十秒ほど待った。それから一度すっと背筋を伸ばすと、ログ・キャビン・クラブに向けて足を踏み出した。肩を丸めるようにして足を進め、しだいに速度を上げて、ついには小走りになりかけたとき、通りの反対側をこちらへ歩いてくる男の影が視界をかすめた。即座に速度を落とし、顔を上げてふつうに歩く。男はボーモントとすれ違う前に一軒の家に入っていった。

クラブに着いたときには、口で息をするのはやめていた。唇はまだいくらか青ざめていた。歩調を変えることなく通りすぎざまに空っぽの車をのぞきこんだあと、両側からランタンで照らされた階段を上ってクラブに入った。

ハリー・スロスが一人の男と連れ立ってクロークルームからロビーに出てくるところだった。二人は足を止めて同時に言った。「やあ、ネッド」それから、スロスが付け加えた。「今日のレース、ペギー・オトゥールで大当たりを取ったって?」

「まあな」

「いくらになった?」

「ざっと三千二百」

スロスは下唇を舐《な》めた。「すごいじゃないか。そいつは今夜、ぜひとも一勝負つきあってもらわなくちゃな」

「そうだな、あとで時間があったら。ところで、ポールは来てるか」

「どうだろう。俺たちもいま来たばかりでね。勝負するなら、早めに頼むぜ。今夜は遅くならないうちに帰るって女房に約束してるんだ」

「わかった」ボーモントはそう応じてクロークルームに向かった。「ポールは？」クローク係に尋ねた。

「十分ほど前にいらっしゃいました」

腕時計を確かめた。午後十時三十分。階段を上って二階の大通りに面した部屋に行く。晩餐帰りで盛装したマドヴィッグがテーブルの前に座って受話器に手をかけようとしていた。

マドヴィッグは手を引っこめて言った。「調子はどうだ、ネッド？」目鼻立ちの整った大きな顔は血色がよく、落ち着いていた。

「まあまあってとこかな」ネッド・ボーモントはそう答えながらドアを閉めた。マドヴィッグからそう遠くない椅子に腰を下ろす。「ヘンリー家の晩餐はどうだった？」

マドヴィッグの目尻に皺が寄る。「まあまあってとこだな」

ボーモントは、ラッパーに白っぽい斑点のある葉巻の吸い口を切り、震える両手とは不釣り合いに落ち着き払った声でこう尋ねた。「テイラーもいたのか」下を向いたまま、目だけを動かしてマドヴィッグを見上げる。

「食事の席にはいなかった。どうしてそんなことを訊く？」

ボーモントは脚を組んだまま前に投げ出し、背もたれに体を預けると、葉巻を持ったほうの手を大ざっぱな半円を描くように動かした。「すぐそこの排水溝で死んでるからさ」

マドヴィッグはたじろいだ様子もなく訊き返した。「死んでる？」

ボーモントはテーブルに身を乗り出した。ほっそりとした顔の筋肉にぐっと力がこもった。手に持った葉巻のラッパーがかすかなぱりぱりという音とともにひび割れる。

「いま、そう言ったろう？」苛立った声。

マドヴィッグはゆっくりとうなずいた。

「で？」ボーモントは返事を促した。

「で、何だ？」

「殺されてたんだぞ」

「だから？」マドヴィッグが言う。「私に泣きわめいて悲しめとでも？」

ボーモントは椅子の上で背筋を伸ばした。「俺から警察に通報していいか」

マドヴィッグがほんのわずかに眉を吊り上げる。「まだ連絡は行っていないのか」

ネッド・ボーモントは金髪の男をじっと見つめていた。「俺が見つけたとき、近くには誰もいなかった。何かする前にあんたと話をしておこうと思ってね。俺が死体を発見したと言って不都合はないんだな？」

マドヴィッグの眉が定位置に戻った。「どんな不都合があるというんだね？」無表情にそう訊き返す。

ボーモントは立ち上がって電話のほうに二歩踏み出したが、すぐに足を止めて金髪の男とふたたび向き合うと、一言ひとことを噛み締めるようにゆっくりと言った。

「テイラーの帽子が見当たらなかった」

「死人に帽子は要らないだろう」マドヴィッグは険しい顔つきをした。「きみは大馬鹿者だ、ネッド」

「さあな、馬鹿はどっちだろうな」ネッド・ボーモントはそう切り返して電話の前に立った。

5

テイラー・ヘンリー殺害さる
上院議員子息の遺体、チャイナ通りで発見

昨夜十時すぎ、チャイナ通りとパメラ街の交差点近くの路上で、ラルフ・バンクロフト・ヘンリー上院議員の長男テイラー・ヘンリー氏（26）が遺体で発見された。市警は強盗殺人の疑いで捜査を開始した。ウィリアム・J・フープス検死官によれば、死因は頭蓋骨折及び脳震盪《のうしんとう》。棍棒《こんぼう》などの鈍器で額を殴られ転倒した際、縁石に後頭部を強打したものと思われる。

遺体の第一発見者はネッド・ボーモント氏（ランドール街九一四番地）。発見後、二ブロック先のログ・キャビン・クラブに直行して警察に通報しようとした。しかし、氏が電話をかけているあいだに、巡回中のマイケル・スミット巡査が遺体を発見し、本部に報告した。

フレデリック・M・レイニー市警本部長はただちに市内の要注意人物の一斉検挙を命じ、犯人の逮捕に向けてあらゆる手段を講じるとの声明を発表した。

遺族への取材によれば、テイラー・ヘンリー氏はチャールズ通りの自宅から九時半ごろ外出し……

ネッド・ボーモントは新聞を脇へよけ、カップのコーヒーを飲み干すと、ソーサーと一緒にベッドサイドテーブルに置いて、いくつか積み上げた枕に背中からもたれた。顔は疲れて土気色をしている。掛け布団を首もとまで引き上げ、両手を頭の後ろで組むと、不満を残した目で寝室の窓と窓のあいだの壁に飾られたエッチング版画を見つめた。

そのまま三十分ほど、瞬きをするほかは身じろぎもせず、ただじっと横たわっていた。やがて新聞を拾い上げ、同じ記事を読み返した。読み進むうち、不満の色は、目から顔全体に広がっていった。ふたたび新聞を傍らに置き、ベッドから大儀そうにのろのろと下りると、白いパジャマを着たしなやかな体を小さな柄入りの茶と黒の部屋着で包み、茶色の室内履きに足を入れて、軽く咳をしながら居間に出ていった。

古風なしつらいの居間は、広々としていた。天井は高く、窓は幅広く、暖炉の上には巨大な鏡があり、カーテンや椅子の張り地には赤いベルベットが惜しげもなく使われている。テーブルの箱から葉巻を一本取り、ゆったりとした赤い椅子に腰を落ち着けた。足は遅い朝の陽射しが床に描く平行四辺形の内側に置かれ、吐き出された煙は陽の光にさらされるなり、ふいに濃度と輪郭を持った。ボーモントは難しい顔をし、葉巻を吹かす合間に爪を嚙んだ。

ドアにノックの音が響いた。ネッド・ボーモントはまっすぐに座り直した。眼光は鋭さを帯び、顔が警戒で引き締まる。「どうぞ」

白いジャケット姿のウェイターが入ってきた。

「ああ、きみか」ボーモントは拍子抜けしたように言うと、赤いベルベット張りの椅子の上で姿勢を崩した。

ウェイターは居間を素通りして寝室に入り、空いた器を載せたトレーを手に出てくると、立ち去った。ボーモントは葉巻の吸いさしを暖炉に投げこみ、浴室に入った。髭を剃り、入浴をすませ、身支度を整え終えるころには、顔には血の気が戻り、身のこなしにも疲労の名残は見当たらなくなっていた。

6

ネッド・ボーモントは午前中のうちに自宅を出ると、リンク通りに面した淡い灰色の壁のアパートまでの八ブロックの道のりを歩いて行った。玄関でボタンを押す。かちりと音がして入口の錠が外れると、建物に入り、小さな自動エレベーターで六階に上がった。

六一一とあるドアの戸枠に埋めこまれた呼び鈴のボタンを押した。ドアはすぐに開いて、やっと二十歳になったばかりかというような小柄な女が出てきた。目は黒っぽい色をして、怒っていた。顔は目の周りを除いて透けるように白く、やはり怒っていた。「あら、あんたなの」そう言うと、いきなり怒りを向けたことを謝罪するかのように微笑み、落ち着いてといったふうに曖昧《あいまい》に片手を動かした。声はきんきんと甲高《かんだか》い。茶の毛皮のコートは着ているが、帽子はかぶっていなかった。短く切りそろえた髪――色は黒に近い――は丸い頭を包みこむように滑らかで、エナメルを思わせる艶を放っている。耳たぶで揺れる金のイヤリングには、赤めのうがはめこまれていた。

女は後ろに下がりながらドアを開けた。

ボーモントは室内に足を踏み入れながら尋ねた。「バーニーは起きてるか？」

怒りがまたしても女の顔を燃え上がらせた。「何よ、あんな強欲男！」金切り声で叫ぶ。

ネッド・ボーモントは、女のほうを向いたままドアを閉めた。

女が近づいてきて、ネッド・ボーモントの肘の上を両側からつかんで揺さぶった。「ねえ、あの男のためにこのあたしがどんな犠牲を払ったか、あんたにわかる？ あたしはね、これ以上ないってくらいすてきな家族を捨ててきたのよ。父さんや母さんは、あたしのことを天使か何かみたいに大事に大事にしてくれてたのに。あの男はろくなものじゃないって言われたわよ。誰からもそう言われた。みんなの言うとおりだったみたいね。気がつかなかったのは、お馬鹿さんなあたし一人ってわけ。でも、今度のことでよおくわかった……」そして耳を刺すような声で罵《ののし》り言葉を延々と並べ立てた。

ネッド・ボーモントは眉一つ動かさず、まじめくさった面持ちで最後まで耳を傾けた。目は病人のそれだった。息が続かなくなって女の言葉が途切れる隙《すき》を待って口をはさむ。「バーニーはいったい何をした？」

「何をしたかって？　あの男はね、あたしを置いてとんずらしたのよ。あの……」その先はまた罵り言葉が続いた。

ボーモントは顔をしかめた。唇は無理に笑みを作っていたが、力はない。「俺宛てのものを預かったりしてないよな」

女は上下の歯を合わせてかちりと鳴らすと、顔を近づけた。目は大きく見開かれている。「あの男、あんたにお金でも借りてるの？」

「俺は競馬で――」ボーモントは咳払いをした。「昨日の第四レースで、三千二百五十ドル勝ったことになってる」

女はボーモントの腕から手を離すと、さげすむように笑った。「取り返せるかどうか、やってみたら。ほら、見てよ」そう言って両手を広げる。左手の小指に赤めのうの指輪があった。次にその両手を持ち上げて、イヤリングの赤めのうに触れる。「これ以外の宝石はみんなあいつが持ってった。たまたまこうやって着けてなかったら、これだって持ってかれてたでしょうよ」

ボーモントは場違いに冷静な声で尋ねた。「出てったのはいつだ？」

「昨夜《ゆうべ》。あたしが気づいたのは今朝になってからだけど。でも、あのろくでなしには、あたしと知り合ったことを後悔させてやるつもりよ」女は服の内側に手を入れ、何かを取り出した。拳を握った手をボーモントの目の前に突きつけておいて開く。くしゃくしゃに丸めた紙片が三枚、掌に載っていた。ボーモントがつまみあげようとすると、女はさっと拳を握り直し、後ずさりながら手を引っこめた。

ボーモントの口の端が苛立ったように動いた。手は体の横に下りた。

女が興奮した口ぶりで言った。「朝刊に出てたテイラー・ヘンリーの記事、見た？」

「見た」口調こそ穏やかだったが、息が速くなって、胸はせわしく上下していた。

「これ、何だかわかる？」女は拳を開き、丸めた紙片をふたたび見せた。

ボーモントは首を振った。目は細められ、ぎらついている。

「テイラー・ヘンリーの借用書」勝ち誇ったような声。「合計千二百ドル分」

ボーモントは何か言いかけていったん口をつぐんだあと、そっけなく言い直した。

「テイラーは死んだ。そんなものには一セントの価値もない」

女は借用書を服の内側にしまうと、ネッド・ボーモントに近づいた。「いいこと？一セントの価値もないから、テイラーは死んだのよ」

「何か根拠があって言ってるのか」

「信じたくないなら勝手にすれば」女は言った。「でも、これだけは教えてあげる。バーニーはね、先週の金曜日にテイラーに電話して、三日以内に返せ、それ以上は待てないって言ってた」

ボーモントは親指の爪で口髭の片側をなでつけた。「きみはただ怒ってるだけじゃない。そうだね？」言葉を選ぶようにして訊く。

女は怒った顔を作った。「怒ってるに決まってるでしょ。これを警察に届けようと思ってるくらい怒ってるわよ。そうよ、警察に届けてやるんだから。さすがにそこまでしないだろうと思ってるなら、あんたはただの馬鹿ね」

ボーモントはまだ納得できないといった表情をしていた。「それをどこで手に入れた？」

「金庫にあった」女は艶やかな頭を室内に向けてかしげた。

「バーニーが出てったのは、昨夜の何時ごろだ？」

「知らないわよ。あたしは九時半に帰ってきて、それからずっとバーニーを待ってた。夜が明けるころになって、初めて何か変だと思って、その辺を見て回ったのよ。そしたら、ここに置いてた現金も、あたしの宝石も、みんななくなってるじゃないの。この指輪とイヤリング以外はみんななくなってた」

ボーモントはまた親指の爪で口髭をなでつけた。「行き先に心当たりは?」

女は片足で床を蹴り、拳を上下に振ると、またしてもあの怒りに燃えた甲高い声で、いなくなったバーニーを罵り始めた。

ネッド・ボーモントは言った。「それくらいにしておけ」女の手首をつかんで押さえつける。「そうやってわめくほかに何もする気がないなら、その借用書を貸せ。俺がしかるべき対処をしておく」

女はボーモントの手を振りほどいて叫んだ。「あんたになんか渡さない。これは警察に届けるんだから。ほかの誰にも渡さないんだから」

「わかったよ、じゃあ、好きにしろ。で、バーニーの行き先に心当たりはないのか、リー?」

リーは憎々しげな声で、バーニーがどこにいるかについては心当たりはないが、バーニーをどこに堕《お》としてやりたいかならすぐにでも答えられると言った。

ボーモントはうんざりした調子で言った。「ありがたいね。そういう皮肉こそ、こういうときには大いに役に立つってものだ。どうかな、ニューヨークに帰ってるって可能性はありそうか」

「あたしが知るわけないでしょ」女はふいに用心深い目をして言った。

苛立ちがネッド・ボーモントの頬をまだらに染めた。「いま何を考えてる？」疑わしげにそう訊いた。

女は無邪気な仮面をかぶっていた。「別に。何か考えてると思うの？」

ボーモントは女の鼻先に顔を突きつけた。それから、一言発するごとにゆっくりと首を左右に振りながら、少なからぬ重みを持った声で言った。「それを警察に届けるのをやめようなんて考えるな。かならず届けろよ」

女は答えた。「あんたに言われなくたって行くってば」

7

ネッド・ボーモントは、同じアパートの一階にある薬局で電話を借りた。市警の番号にかけ、ドゥーラン警部を電話口に呼び出す。「もしもし、ドゥーラン警部でいらっしゃいますか……私はミス・リー・ウィルシャーの代理の者です。ミス・ウィルシャーは、リンク通り一六六六番地のバーニー・デスペインのアパートにいます。デスペインは昨夜、テイラー・ヘンリー名義の借用書を残して急に姿を消したようで……ええ、そうです。ミス・ウィルシャーによれば、デスペインは二日ほど前にテイラー・ヘンリーを脅迫したとか……はい、それで、すぐにでも警部にお目にかかりたいと……いやいや、至急そちらから来てくださるか、迎えをよこしていただいたほうが……ええ……いや、その必要はないかと。名乗ったところで、ご存じないでしょうから。私はミス・ウィルシャーの代理で電話をかけてるだけですし。デスペインのアパートには電話がないものですから……」ボーモントはさらに少しだけ相手の声に耳を傾けたあと、無言のまま受話器を架台に戻し、薬局を出た。

8

ボーモントは、テームズ通りの北端に近い、こぎれいな赤煉瓦《れんが》の住宅が並ぶ一角のなかにある一軒を訪ねた。呼び鈴を鳴らすと、若い黒人の娘が出てきて、褐色の顔いっぱいに笑みを浮かべた。「ご機嫌いかがですか、ミスター・ボーモント」そう言ってドアを大きく開け、温かく迎え入れた。

ネッド・ボーモントは言った。「やあ、ジューン。どなたかご在宅かな」

「はい、お二人ともまだ食堂にいらっしゃいますよ」

ボーモントは奥の食堂に向かった。ポール・マドヴィッグと母親が赤と白のクロスをかけたテーブルをはさんで座っていた。テーブルにはもう一脚椅子が用意されていたが、そこには誰も座っておらず、その前に並べられた皿やカトラリーにも使われた形跡はない。

ポール・マドヴィッグの母親は、背の高い痩せぎすの女性だった。年齢は七十を超えているが、金髪は色こそさすがに淡くなってきたとはいえ、まだ完全には白くなっていない。目は、息子のそれに負けずに青く透き通って若々しかった。それどころか、食堂に現われたネッド・ボーモントを見上げた老婦人の目は、息子の目よりよほど若々しくきらめいた。額に深い皺を寄せた。「ああ、やっと来たのね。年寄りをほったらかしにしておくなんて、いけない子ね」

ボーモントは打ち解けた笑みを見せた。「お言葉ですがね、お母さん、俺はもう立派な大人ですから、いろいろと忙しいんです」それからマドヴィッグに軽く手を振った。「やあ、ポール」

マドヴィッグが言った。「かけろよ。ジューンに言って、適当に何か持ってこさせよう」

ネッド・ボーモントはミセス・マドヴィッグが差し出した骨張った手を取ると、腰をかがめてキスをしようとした。ミセス・マドヴィッグは手を引っこめて叱りつけた。

「あらあら、まだほんの坊ちゃんのくせに、いったいどこでそんな手管を覚えたの」

「もう立派な大人なんですって」そう切り返したあと、マドヴィッグに向き直った。「ありがとう。でも、ついさっき朝飯をすませたばかりだから」空いた椅子に目をやる。「オパールは？」

ミセス・マドヴィッグが答えた。「ベッドで休んでますよ。気分がすぐれないとかで」

ボーモントはうなずき、少し間を置いてから、お義理のように付け加えた。「大したことじゃないといいが」目はマドヴィッグを見つめていた。

マドヴィッグがうなずく。「頭が痛いとか、そんな程度だよ。踊りすぎると、たいがいこうだ」

ミセス・マドヴィッグが言った。「娘がどんなときに頭痛を起こすかも知らないなんて、まったく、父親の鑑《かがみ》だわね」

マドヴィッグの目の周りに皺が刻まれた。「母さん、皮肉はそのくらいで勘弁してくれよ」それからボーモントに顔を向けた。「いいニュースを持ってきたんだろうね」

ボーモントはミセス・マドヴィッグの背後を回って空いている椅子に腰を下ろした。「バーニー・デスペインが昨夜、街を出た。俺がペギー・オトゥールに賭けて勝った金を持って」

金髪の男の目が大きく見開かれた。

ボーモントは続けた。「ただし、テイラー・ヘンリーの計千二百ドル分の借用書は置いていった」

金髪の男の目は、今度は細められた。

ボーモントがさらに続ける。「リーの話じゃ、金曜にテイラーに電話して、返済期限は三日後だと言い渡したらしい」

マドヴィッグは手の甲で顎先に触れた。「そのリーというのは？」

「バーニーの女だ」

「そうか」ボーモントがそれ以上何も言わないのを見て、マドヴィッグは続けた。

「返済が遅れたらどうすると脅したって？」

「それは聞いてない」ボーモントはテーブルに腕を置き、そこに体重をかけるようにして金髪の男のほうに身を乗り出した。「俺が保安官補か何かに任命されるよう根回ししてもらえないか、ポール」

「冗談だろう！」マドヴィッグはそう叫んで目をしばたたかせた。「そんな肩書き、何に使う気だ？」

「あったほうがことを運びやすいからだよ。俺はデスペインを追う。バッジがあれば、面倒に巻きこまれずにすむ」

マドヴィッグは不安をたたえた目で年下の男を見つめた。「そこまで息巻く動機はいったい何だ？」ゆっくりとそう尋ねる。

「三千二百五十ドル」

「なるほどな」マドヴィッグはあいかわらずゆっくりと言葉を継いだ。「しかし、金を持ち逃げされたとわかる前から——昨夜のうちから、何かで気が立っていただろう」

ネッド・ボーモントは焦《じ》れたように腕を動かした。「思いがけず死体を見つけても、瞬き一つするなって言うのか？　まあいい。その件はいまは関係ないからな。肝心なのはこっちだ。俺は是が非でもデスペインを捕まえたい。何としてもだ」血の気の引いた顔は強張《こわば》り、声は必死とも聞こえるほど真剣だった。「いいか、ポール。これは金だけの問題じゃない。むろん、三千二百五十ドルといえば大金だ。しかし、五ドルだったとしても同じことだよ。二か月もただの一度も勝てずにいれば、さすがの俺も気がめいる。いいか、運に見放されたら、俺に何が残る？　そこへ二か月ぶりに勝ちが巡ってくるわけだ。厳密には勝ったつもりになる。俺は本来の調子を取り戻す。丸めてた背中をしゃんと伸ばして、人間らしく振る舞えるようになる。やられてばかりの負け犬じゃないって自信も戻る。もちろん、金だって大事だよ。だが、問題はそこじゃない。負けて負けて負け続けた結果、俺がどうなるかだ。わかるか？　俺は打ちのめされかけてた。ところが、ようやく悪運と縁が切れたらしいと安心したとたん、そいつが俺の金を持ち逃げする。冗談じゃない。ここで泣き寝入りしたら負けだ。二度と立ち直れない。俺にはあきらめる気はない。あいつを探し出す。どのみちそうする覚悟でいるが、バッジを手配してもらえれば、面倒が少なくてすむ」

マドヴィッグは大きな手を広げると、ネッド・ボーモントの青筋の立った顔を乱暴に押しのけた。「わかったよ、ネッド！　何とかしてやろう。一つ気に入らないのは、きみが公私混同している点だが——まあ、この際だ——そういうことなら——一番いいのは、地方検事局付きの特別捜査官に任命してもらうことだろうな。そうすれば、きみはファーの部下ということになる。ファーもよけいな詮索《せんさく》はしないだろう」

ミセス・マドヴィッグは両手に空いた皿を一枚ずつ持って立ち上がった。「男同士の話に口をはさまない主義じゃなかったら」辛辣《しんらつ》な調子でそう言う。「ここらでひとこと言ってるところですよ。そうやって何やら怪しげなことを企んだりして、どんなしっぺ返しを食らっても私は知りませんからねって」

ネッド・ボーモントは皿を持ったミセス・マドヴィッグをにこにこと見送った。だが、姿が消えたとたん、真顔に戻って言った。「さっそく手配してもらえないか。今日の午後から動けるように」

「わかった」マドヴィッグはうなずいて立ち上がった。「ファーに電話しよう。ほかに私にできることがあれば――」

ボーモントは答えた。「すぐ相談するよ」

マドヴィッグは食堂を出ていった。

入れ違いに褐色の肌をしたジューンが現われ、食卓の片づけを始めた。

「ミス・オパールは眠ってると思うかい？」ボーモントは尋ねた。

「いえ、ミスター・ボーモント。たったいまお茶とトーストをお持ちしたところですから」

「ちょっと二階に行って、俺が顔を出してもかまわないか、確かめてもらえないかな」

「お安いご用です、ミスター・ボーモント」

ジューンが出ていくと、ボーモントはテーブルから立ち上がり、食堂のなかを歩き回った。血の気が戻り始め、頬骨のすぐ下の辺りがまだらに赤く染まった。まもなくマドヴィッグが戻ってくると、ボーモントは足を止めた。

「よし」マドヴィッグが言った。「ファーがいなければ、バーベロに面会しろ。手配してくれるはずだ。話はもう通じてる」

「恩に着るよ」ボーモントは礼を言い、戸口で待っているジューンに顔を向けた。

「ミス・オパールがいらしてくださいとおっしゃってます」

9

オパール・マドヴィッグの寝室は、青にあらかた占領されていた。ネッド・ボーモントが入っていくと、青と銀の部屋着姿のオパールは、ベッドの上に積み上げた枕にもたれていた。瞳は父親や祖母と同じ青で、やはり二人に似て骨格のしっかりした体つきをし、ほのかにピンク色をした肌はいまも子供のような柔らかさを感じさせた。見ると、目は充血していた。

オパールは膝《ひざ》に置いたトレーにトーストを下ろし、ボーモントのほうに手を差し伸べると、真っ白な歯を見せて微笑んだ。「こんにちは、ネッド」その声は、しっかりしているとは言いがたかった。

ボーモントは差し出された手を取る代わりに、甲を軽くはたいて言った。「よう、おちびさん」そしてベッドの足の側に腰を下ろした。長い脚を組み、ポケットから葉巻を取り出す。「煙で頭痛がひどくなるかな」

「ううん、平気」

しかしボーモントは、自分に言い聞かせるように一つうなずくと、葉巻をポケットに戻し、朗らかな態度を脱ぎ捨てた。ベッドに腰掛けたまま体をひねり、オパールをまっすぐに見る。ボーモントの目は同情で潤んでいた。声はかすれた。「気持ちはわかるよ、おちびちゃん。つらいよな」

オパールは無垢《むく》な目をしてボーモントを見つめた。「平気よ、ほんと。頭痛はもうほとんど治っちゃったし、そもそも大したことなかったんだから」さっきとは違い、今度はしっかりとした声だった。

ボーモントはかすかに微笑んで尋ねた。「おっと、いまや俺は部外者ってわけか」

オパールは眉間《みけん》に軽く皺を寄せた。「何の話かわからないわ、ネッド」

ボーモントの唇から笑みは消え、目はオパールをじっと見据えた。「テイラーの話だ」

膝の上のトレーがかすかに動いただけで、オパールの表情はいささかも変わらなかった。「ええ、でも——知ってるでしょう——あの人とは何か月も会ってなかったから。ほら、パパに言われて——」

ボーモントは唐突に立ち上がった。「へえ、そうか」肩越しにそう言い、ドアに向かって歩きだした。

ベッドの上の少女は黙っていた。

ボーモントはそのまま寝室を出て階段を下りた。

階段の下の玄関ホールでは、ポール・マドヴィッグがコートに袖を通しているところだった。「例の下水工事の契約の件で会社に行く用ができた。よければファーのところまで乗せていくが」

ボーモントが「頼む」と答えると同時に、二階からオパールの声が聞こえた。「ネッド。ねえ、ネッド！」

「いま行くよ」ボーモントは二階に向けてそう返事をしておいて、マドヴィッグに言った。「急いでるなら、先に行ってくれ」

マドヴィッグは懐中時計を確かめた。「おっと、遅れそうだ。また今夜――クラブで？」

「ああ、会おう」ボーモントはそう答えて、また階段を上った。

トレーはベッドの足のほうに押しやられていた。オパールが言う。「ドアを閉めて」ボーモントが言われたとおりにすると、オパールはベッドの上で姿勢を変え、ボーモントが座る場所を空けた。それからこう尋ねた。「どうしてあんな態度を取るの?」

「俺に嘘をつくからだ」ボーモントはいかめしい声で言って腰を下ろした。

「でも、ネッド!」オパールの青い目が、ボーモントの茶色の目を探ろうとする。

ボーモントは尋ねた。「テイラーに最後に会ったのはいつだ?」

「最後に話をしたのはいつかってこと?」オパールは無邪気な顔と声で言った。「何週間も前——」

ボーモントはふいに立ち上がった。「そうか」肩越しにそう言って、出口に向かう。

ドアまであと一歩というところで、ようやくオパールが呼び止めた。「ネッド。お願いだから意地悪しないで」

ボーモントは無表情のままゆっくりと振り返った。

「あなたとあたし、お友達よね」オパールが言う。

「ああ、友達だな」ボーモントはすげなく答えた。「ただし、そこに嘘が入ると、友達だってこともつい忘れがちになる」

オパールはベッドの上で横向きになって一番上の枕に頬を預けると、泣きだした。声は立てなかった。涙が滴《したた》り落ちたところが薄い灰色に染まった。

ボーモントはベッドに戻ってオパールの隣に座り直し、少女の頭を肩に抱き寄せた。オパールはそのまましばらく静かに泣いていた。やがて、ボーモントのコートの、オパールの唇が押し当てられたところからくぐもった声が聞こえてきた。「知って――知ってたの？　あたしがあの人と会ってたこと」

「知ってた」

オパールははっと体を起こした。「パパも知ってるってこと？」

「いや、それはないと思うよ。はっきりとは言えないが」

オパールはボーモントの肩に顔を押し当てた。そしてさっきと同じようにくぐもった声で言った。「ああ、ネッド。昨日の午後もあの人と一緒にいたのに。午後じゅうずっと一緒にいたのに！」

ボーモントはオパールをきつく抱き締めたが、何も言わずにいた。

また少し間があって、オパールが訊いた。「誰が――ねえ、あの人にあんなことをしたのは誰なんだと思う？」

ボーモントの体がぎくりと動いた。オパールがふいに顔を上げた。その顔には、少し前までの弱々しさはもうなくなっていた。「知ってるの、ネッド?」

ボーモントは口ごもり、唇を湿らせた。それからつぶやくように答えた。「ああ、見当はついてる」

「誰なの?」オパールが鋭い声で聞く。

ボーモントはオパールの視線を避け、またしても口ごもった。それから、ゆっくりとこう尋ねた。「時期が来るまで、誰にも話さないと約束できるか」

「約束する」オパールは即座に答えた。しかし、ボーモントが口を開く前に、両手で肩の辺りをつかんで黙らせた。「待って。犯人を逃がさないって約束してくれなくちゃ、あたしも約束できない。犯人をかならず捕まえて罰を受けさせるってあなたも約束して」

「そんな約束はできない。誰にもできないよ」

オパールは唇を嚙んでボーモントを見つめていたが、やがて言った。「わかった。あたしは黙ってるって約束する。で、犯人は誰なの?」

「テイラーは、バーニー・デスペインって賭博師に、とても返しきれない額の借金をしてた。きみはこの話を聞いてなかったか？」

「じゃ、その——そのデスペインって人が——？」

「俺はそうにらんでる。で、どうなんだ、テイラーはちらっとでもその借金の話をしたことがあったかい？」

「何か困ってるような話はしてた。それは知ってる。でも、具体的なことは聞いてない。あたしが知ってるのは、お金のことでお父さんと喧嘩したってことだけ。それに、そう——〝絶体絶命だ〟って言ってた」

「デスペインという名前が出たことはないか」

「いいえ、一度も。どういうことなの？　どうしてそのデスペインって人が犯人だと思うの？」

「デスペインはテイラーの借用書を持ってたんだ。合計で千ドルを超える借用書だよ。だが、回収できなかった。しかも昨夜、急に街を出た。警察がいまその男を捜してる」ボーモントは横目でオパールを見やって声をひそめた。「そいつを捕まえて牢屋に放りこむ手伝いをする気はないか」

「いいわ。どんなこと？」

「ちょっと不道徳な話なんだがね。やつを有罪にするのはおそらく難しい。しかし、もしやつが犯人だとしたら、やつを確実に捕まえるために、きみは、その——少々不道徳な頼みでも引き受ける気はあるか？」

「どんなことでもする」オパールは答えた。

ボーモントは溜め息をつき、上下の唇をこすり合わせた。

「ねえ、何をすればいいの？」オパールが急《せ》かした。

「テイラーの帽子を一つ、手に入れてもらいたい」

「え？」

「テイラーの帽子が必要なんだ」ボーモントは言った。顔が赤い。「やってくれるかい？」

オパールは困惑顔をした。「でも、帽子なんか何に使うの、ネッド？」

「デスペインを確実に捕まえるのに使う。いまはそれしか話せない。どうだ、できそうか？」

「で——できると思うけど、でも、どうして——」

「いつ手に入る？」

「今日の午後にでも。たぶんね」オパールは言った。「でも、どうして――」

ボーモントはふたたびオパールの言葉をさえぎった。「きみは何も知らないほうがいい。この話を知ってる人間は少なければ少ないほど都合がいいんだ。帽子のことも同じだ」ボーモントは少女に腕を回して抱き寄せた。「なあ、テイラーを本気で愛したから会ってたのか？　それとも、お父さんに対する反抗心からただ――」

「本気で愛してた」オパールは涙声で答えた。「ほんとよ。あの人を本気で愛してたの」

第2章　帽子のトリック

1

微妙にサイズの合わない帽子をかぶったネッド・ボーモントは、荷物をポーターに運ばせてグランドセントラル駅の四十二丁目出口から通りに出ると、栗色のタクシーを呼び止めた。ポーターにチップを渡してタクシーに乗りこみ、ブロードウェイを北上して角を一つ曲がったところにあるホテルの名を運転手に告げると、座席にゆったりと落ち着いて葉巻に火をつけた。タクシーは劇場に向かう車で渋滞するブロードウェイをのろのろと進んだ。ボーモントは葉巻を味わうというより、ただ吸い口を噛みしだいていた。

マディソン街との交差点にさしかかったとき、信号を無視した緑色のタクシーが、ボーモントの乗った栗色のタクシーにまともに突っこんできた。栗色のタクシーは縁石沿いに停《と》まっていた別の車にぶつかり、ボーモントの体は衝撃で後部座席の隅に叩きつけられ、そこにガラスの雨が降り注いだ。

ボーモントは起き上がると、車を降りた。野次馬が集まり始めている。怪我はないと申告し、警察の事情聴取に応じた。微妙にサイズの合わない帽子を探し出して頭に載せる。荷物を別のタクシーに移し、新しい運転手にまたホテルの名を告げると、今度は初めから座席の隅に体を縮めて押しこみ、目的地に着くまで青ざめた顔で全身を震わせていた。

宿帳に記入をすませて郵便物が届いていないか尋ねると、電話の伝言メモ二枚と切手の貼られていない封筒二通を渡された。

部屋に案内してくれたベルボーイに一パイント入りのライウィスキーを頼んだ。ベルボーイが行ってしまうと、ドアに鍵をかけ、伝言メモに目を通した。いずれも日付はその日で、時刻は午後四時五十分と午後八時五分だった。腕時計を確かめる。午後八時四十五分だ。

一つめの伝言はこうだった。〈ガーゴイルにいる〉。もう一つは、〈トム＆ジェリーにいる〉。あとで電話する〉。伝言の主はどちらも〈ジャック〉だった。

次に封筒の封を切った。紙が二枚入っている。大きく力強い文字がびっしりと並んでいた。日付は前日だった。

女はマーティンの一二二一号室に滞在してる。宿泊名義はシカゴ在住のアイリーン・デール。駅から、東三十丁目に住む男と女に電話をかけた。三人であちこち行った。行き先のほとんどはもぐりの酒場だ[1]。やつを探してるんだろうが、いまのところ見つかってないらしい。俺は七三四号室に泊まってる。男と女の姓はブルックだ。

もう一通には紙一枚しか入っていなかったが、やはり同じ筆跡で書かれ、日付はその日だった。

1　この作品の背景のひとつに、一九二〇年から三三年に施行された「禁酒法」があると思われる。そのため、アルコールの販売は非合法として描写される。

今朝、デュワードに会ったが、バーニーが来てるかどうかは知らないそうだ。

あとで電話する。


どちらも〈ジャック〉と署名されていた。

ボーモントはシャワーを浴び、荷物から洗い立ての下着を出して着替えをした。葉巻に火をつけたところで、ベルボーイがライウィスキーを届けにきた。チップをやり、浴室からグラスを持ってくると、寝室の窓際に椅子を引き寄せた。葉巻を吹かし、ウィスキーのグラスを傾けながら通りの向かいを眺めていると、部屋の電話が鳴った。

「もしもし……ああ、ジャックか……そうだ、ちょっと前に着いたところだ……え、どこだって？……わかった……ああ。すぐに行く」

ウィスキーをもう一口だけ飲み、微妙にサイズの合わない帽子をかぶって椅子の背にかけてあったコートに袖を通し、ポケットの一つを軽く叩いて中身を確かめ、明かりを消して部屋を出た。

時刻は午後九時十分だった。

2

ブロードウェイからすぐのところに、〈トム&ジェリー〉というネオンサインが掲げられた建物があった。ネオンサインの下の曇りガラスの両開きのドアを開けてなかに入ると、目の前に細い廊下が延びていて、左側の壁にドアが一枚だけあった。その奥は小さな食堂だった。

角のテーブルに座っていた男がネッド・ボーモントに気づいて立ち上がり、人さし指を持ち上げて合図した。背はごく平均的で若く、小粋な出《い》で立ちをしている。髭をきれいに剃った浅黒い顔は、なかなかの男ぶりだった。

ボーモントはそのテーブルに近づいた。「よう、ジャック」二人は握手を交わした。

「女は二階にいるよ。ブルックって夫婦と一緒だ」ジャックがボーモントに言った。「あんたは階段に背中を向けて座ればいい。三人が出てくとか、やつが来るとかすれば俺が見逃さないし、人が多いから、向こうはあんたに気がつかないだろう」

ボーモントはジャックのテーブルについた。「三人はここでやつと待ち合わせてるのかな」

ジャックは肩をすくめた。「そこまではわからない。しかし、何かあって時間を潰《つぶ》してるのは確かだろう。腹減ってないか？　一階じゃ酒は出してない」

ボーモントは答えた。「食うより飲みたいな。二階に目立たない席はないのか」

「大して広くないからな」ジャックが難色を示す。「ボックス席がいくつかあるから、見つからずにすむかもしれないが、やつがほんとに現われたら、おそらく気づかれる」

「気づかれないほうに賭けよう。飲みたい気分だし、あいつが現われるようなら、ここで話をつけてやる」

ジャックはいぶかしげにボーモントを見つめていたが、やがて目をそらして言った。「ま、ボスはあんただからな。ボックス席が空《あ》いてるか、見てくるよ」さらにもう一瞬ためらったあと、また肩をすくめて、席を立った。

ネッド・ボーモントは椅子の上で体をひねり、若い伊達男《だておとこ》が二階に消えたあとも階段の入口から目を離さずにいた。まもなくジャックが下りてきて、二段めから手招きした。ボーモントが行くと、ジャックが言った。「ボックス席はほとんど空いてた。

女は入口に背中を向けて座ってるから、気づかれずにブルック夫妻の顔も確かめられる」

そろって二階に上がった。胸までの高さの板で仕切られたボックス席は、階段を上りきった右手に並んでいる。階段のてっぺんで振り返ると、幅広のアーチ形の入口の向こうにバーが見え、さらにその奥に食堂が見えた。

ボーモントの視線は、淡いベージュ色のワンピースに茶の帽子を合わせたリー・ウィルシャーの背中をとらえた。茶色の毛皮のコートは椅子の背にかけてある。ボーモントは連れの二人を観察した。リーの左斜め前には、猛禽《もうきん》を思わせる鉤鼻《かぎばな》と尖った顎をした四十がらみの男が座っている。真正面には、目と目のあいだが離れた、ぽっちゃり気味の赤毛の女がいた。女は声を立てて笑っている。

ジャックが先に立ってボックス席に向かった。テーブルをはさんで腰を下ろす。ボーモントは食堂に背を向ける側を選び、木の仕切りという目隠しを最大限に利用しようと、ベンチシートの一番奥に陣取った。帽子は取ったが、コートは脱がずにおいた。

ウェイターが注文を取りにきた。ボーモントはライウィスキーを、ジャックはジンリッキーを頼んだ。

ジャックは煙草のパックを開けて一本抜き、それにじっと目を落としたまま言った。

「これはあんたの計画だし、ボスはあんただ。しかし、ニューヨークにもやつの仲間がいるとしたら、ここは片をつけるのにうってつけの場所とは言えない」

「こっちにも仲間がいるのか」

ジャックは煙草を唇の端にはさんでから答えた。煙草が指揮棒のように動く。「あの三人がやつを待ってるんだとすれば、この店はやつの行きつけの一つなのかもしれないだろう」

ウェイターが酒を運んできた。ボーモントは一息でグラスを干したあと、むっつりと言った。「そうだとしたって、関係ないさ」

「いや、大いにあると思うね」ジャックは自分のグラスを取って一口飲んだ。煙草に火をつけたあと、もう一口飲む。

「いずれにせよ」ボーモントは言った。「やつが現われたら即座に片をつける」

「わかった」ジャックの端整な浅黒い顔に浮かんだ表情からは、本心は読み取れなかった。「俺はどうする?」

「おまえは手を出さないでいい」ボーモントはそう言うと、ウェイターに合図した。スコッチをダブルで注文した。ジャックはジンリッキーのお代わりを頼んだ。ボーモントは、今度のグラスも運ばれてくるなり空にした。ジャックはまだ半分以上残っている最初のグラスを下げさせ、二杯めをちびちびとすすった。ジャックが一杯分も飲みきらないうちに、ボーモントはさらに二杯、スコッチのダブルを胃袋に流しこんでいた。

と、そのとき、バーニー・デスペインが階段を上ってきた。

階段を見張っていたジャックが気づいて、テーブルの下でボーモントの爪先をそっと踏んだ。空のグラスに見入っていたボーモントは顔を上げた。ふいにその目に険しく冷たい色が浮かぶ。テーブルに両手をついて立ち上がった。ボックス席を出て、デスペインのほうを向いた。「おい、俺の金をよこせ、バーニー」

デスペインのすぐあとから階段を上ってきた男がデスペインの前に出ると、ボーモントの体に左の拳を叩きこんだ。その男は上背のあるほうではなかったが、肩はたくましく、拳はまるで大きなグローブだった。

ネッド・ボーモントはボックス席の仕切りに背中からぶつかった。体を二つに折る。

膝から力が抜けたが、倒れはしなかった。そのままの姿勢でじっとしていた。目が焦点を失い、肌は色を失っていく。まもなく何事かつぶやくと、階段のほうへ歩きだした。

そのまま階段を下りた。脚はふらつき、顔は青ざめていた。帽子はかぶっていなかった。一階の食堂を素通りして表に出る。縁石に立って嘔吐《おうと》した。吐くものがなくなると、すぐそこで客待ちをしていたタクシーに乗りこみ、グリニッチヴィレッジの住所を告げた。

3

ネッド・ボーモントは一軒の建物の前でタクシーを降りた。褐色砂岩《ブラウンストーン》の階段を下った先にある地階のドアは開けっぱなしで、暗い通りに騒音と明かりが漏れていた。ボーモントはそのドアを抜け、細長い空間に足を踏み入れた。白いジャケット姿のバーテンダーが二人、長さ六メートルほどのバーで男女十人ほどの客の相手をしていた。ウェイターも二人いて、テーブル席のあいだを動き回っている。

「おや、驚いたな、ネッドじゃないか！」髪の薄いほうのバーテンダーがシェイクしていたピンク色のカクテルをトールグラスに注いだあと、濡れたままの手をバーカウンター越しに差し出した。

「やあ、マック」ボーモントはその濡れた手を握った。

ウェイターの一人も近づいてきて握手を求めた。次によく太った血色のよいイタリア系の男がやってきた。ボーモントはその男にトニーと親しげに呼びかけた。ひととおり挨拶がすむと、ボーモントはさっそく酒を注文しようとした。

「おっと、待て」トニーはバーのほうを向くと、空のカクテルグラスでカウンターをこつこつと鳴らし、バーテンダーの注意を引いて言った。「今夜はこいつから一セントも受け取るな。店のおごりで好きなだけ飲ませてやってくれ」

ボーモントは言った。「そういうことなら、ありがたくいただこう。スコッチをダブルで頼むよ」

店の奥のテーブルから二人組の女が立ち上がり、声をそろえて呼びかけた。「ネッド、こっちこっち！」

「すぐ戻る」トニーにそう断って、ボーモントは奥のテーブルに行った。女たちは代わるがわるネッドを抱き締め、近況を尋ねたり連れの男たちに紹介したりしながら、同じテーブルにボーモントの場所を空けた。

ボーモントは椅子に落ち着いてから女たちの質問に答え、ニューヨークには短期間滞在するだけで長くいる予定はないことを説明し、いま飲んでいるのはスコッチのダブルだと言った。

午前三時少し前、五人は席を立ち、トニーの店を出て、三ブロック先の似たような店に移動し、見分けがつかないほどそっくりなテーブルを囲んで、それまで飲んでいたのとまったく同じ酒を飲んだ。

三時半になると、男の一人が帰っていった。男は何も言わずに席を立ち、残った四人も知らぬ顔でいた。十分後、ネッド・ボーモントともう一人の男、女たちもそろって店を出た。交差点でタクシーを拾い、ワシントンスクウェア近くのホテルに向かった。そこで男と、女の片方がまず降りた。

残った一人、フェディンクという女は、ボーモントを七十三丁目の自分のアパートに連れ帰った。アパートは暑いくらいだった。玄関のドアを開けたとたん、暖かい空気が噴き出して二人を出迎えた。居間に入って三歩めで、女は溜め息を漏らすなり床に倒れこんだ。

　ボーモントはドアを閉め、女を揺り起こそうとしたが、無駄だった。なかば引きずるようにしてどうにか奥の部屋に運び、インド更紗《さらさ》が張られたベッド兼用の長椅子に横たえた。服の一部を脱がせ、毛布を何枚かかけたあと、窓を一か所だけ開けた。それから浴室に行って吐いた。居間に戻り、コートも脱がずにソファに体を伸ばすと、眠りこんだ。

4

　頭のすぐそばで鳴りだした電話のベルが、ネッド・ボーモントの意識を呼び戻した。目を開き、足を床に下ろし、横向きになって室内に視線を走らせた。電話のありかを発見すると、また目を閉じて体から力を抜いた。

　ベルはしつこく鳴り続けている。ボーモントはうめきながらふたたび目を開けると、身をよじらせ、体の下敷きになっていた左腕を解放した。手首を目の前に持ってきて目を細める。腕時計の風防ガラスはなくなっており、針は十二時十二分前を指して止まっていた。

ソファの上でふたたび身をよじらせ、左肘を支えにして上半身を起こし、左手に頭を載せた。電話はまだ鳴りやまない。まともに開く気のなさそうな目で室内を見回す。明かりはついたままだった。開けっぱなしのドアの向こうをのぞくと、長椅子の端の毛布がフェディンクの足の形に盛り上がっているのが見えた。

またうめき声を漏らして起き上がり、乱れた黒髪を指でかき上げて、親指の付け根でこめかみをもみほぐした。唇は乾ききって、茶色のかさぶたのようだった。舌で湿らせようとして、不味《まず》いものでも舐めたような顔をする。立ち上がり、軽く咳をしながら手袋をはずしてコートを脱ぎ、ソファにかけておいて浴室に行った。

出てくると、長椅子に近づいてフェディンクの様子を確かめた。うつぶせでぐっすり眠っている。青い袖に包まれた腕を片方だけ、ねじれたような格好で頭の上に投げ出していた。電話のベルはやんでいる。ボーモントはネクタイをまっすぐに直してから居間に戻った。

椅子二脚のあいだに置かれたテーブルの上に蓋《ふた》の開いた箱があり、ムラドの煙草が三本入っていた。「ノンシャランでいこう」ムラドの広告のキャッチフレーズをぼそりとつぶやいて一本取り、紙マッチを探して火をつけると、台所に立った。オレンジ四つをトールグラスに絞って飲む。次にコーヒーを淹《い》れて二杯飲んだ。

台所から出ると、フェディンクがかぼそい一本調子の声で訊いた。「テッドはどこ?」片方の目がボーモントを見上げているが、まぶたは半分しか開いていない。

ボーモントは長椅子に近づいた。「テッドって?」

「昨夜《ゆうべ》一緒にいた人」

「誰か一緒だったのか?　俺は知らないぞ」

フェディンクは口を開き、雌鳥《めんどり》が鳴くような耳障りな笑い声を立てたあと、また閉じた。「いま何時?」

「それも知らない。そろそろ陽が昇るころじゃないか」

フェディンクは枕代わりにしていた更紗のクッションに顔をうずめた。「昨日、せっかく理想の王子様を見つけて、結婚の約束までしたっていうのに、あたしったら、大事な王子様をほったらかしにして、その辺のごろつきを拾って帰ってきちゃったらしいわね」フェディンクは頭の上に伸ばした手を開き、また握りしめた。「ところで、ねえ、ここ、あたしのうちよね?」

「少なくとも、ここの鍵は持ってたぜ」ボーモントは言った。「オレンジジュースとコーヒー、飲むか」

「いらない。いまはただ死にたいだけ。もう消えてよ、ネッド。二度とあたしの前に現われないで」

「おいおい、そいつはまたひどい言い草じゃないか」ボーモントは意地の悪い口調で言った。「まあ、努力はしてみよう」

コートと手袋を着け、くしゃくしゃになった黒っぽいハンチング帽をコートのポケットから引っ張り出してかぶると、フェディンクのアパートをあとにした。

5

三十分後、ネッド・ボーモントは、宿泊中のホテルの七三四号室のドアをノックした。すぐにジャックの眠たげな声がドア越しに聞こえてきた。「誰だ?」

「ボーモントだ」

「ああ」そっけない返事。「いま行く」

ジャックがドアを開けて明かりをつけた。緑の水玉模様のパジャマを着ていた。素足で歩いている。目はどんよりして、眠気の覚めきらない顔は赤らんでいた。あくびをしながら挨拶代わりにうなずき、ベッドに戻ると、仰向《あおむ》けに寝転がって天井を見上げた。やがていかにも社交辞令といったふうに訊いた。「調子はどうだ?」

ボーモントはドアを閉めた。ドアとベッドの中間地点に立って、不機嫌な目でベッドの上の男を見つめた。「あれからどうなった?」

「とくに何もなかった」ジャックはまたあくびをした。「それとも、俺があれからどうしたかって話か?」返事を待たずに先を続ける。「店を出て、やつらが出てくるまで、向かいの並木の陰から見張ってた。デスペインと女、それにあんたをぶん殴ったやつが一緒に出てきて、四十八丁目のバックマンってアパートに行ったよ。デスペインは、バートン・デューイって名前でそこに部屋を借りてる。九三八号室だ。俺は三時過ぎまでねばったが、引き上げてきた。俺が何か見逃してるんじゃなきゃ、三人ともまだあそこにいるよ」ジャックは部屋の隅に向けて首を軽くかしげた。「あんたの帽子なら、あの椅子の上だ。預かっといたほうがいいだろうと思ってね」

ボーモントは椅子に近づき、微妙にサイズの合わない帽子を拾い上げた。黒っぽい皺くちゃのハンチング帽をコートのポケットに押しこみ、代わりにその帽子を頭に載せる。

ジャックが言った。「一杯やりたければ、そこのテーブルにジンがある」

「いや、やめとこう。ところで、銃はあるか」

ジャックが天井をにらみつけるのをやめた。ベッドの上で体を起こし、両腕を大きく広げて三度めのあくびをすると、こう尋ねた。「これからどうするつもりだ？」会話を途切らせないためだけに訊いているといった調子だった。

「デスペインに会いにいく」

ジャックは膝を引き寄せて胸に抱くようにし、背を軽く丸めてベッドの足のほうをじっと見つめたまま、ゆっくりと言った。「やめといたほうがいいと思うな。とりあえず、いますぐは」

「いますぐじゃなくちゃだめなんだ」ボーモントの顔は病人のような黄みがかった灰色をしていた。力のない目は縁が充血して、まぶたは満足に開いておらず、白目はまったく見えていない。唇は乾ききって、ふだんよりどことなく分厚い印象だった。

「まるで寝てないのか」ジャックが訊いた。

「少しは寝たよ」

「酔いつぶれて？」

「まあな。で、銃はあるのか、ないのか」

ジャックは毛布の下で向きを変え、足を床に下ろした。「まずは休んだらどうだ？　片をつけるのはそのあとだっていいだろう。そのざまじゃ無理だ」

ボーモントは言った。「いや、いまから行く」

「ふう、しかたないな。だが、あんたの判断は狂ってる。連中は、そんなよれよれの状態でやりあえるような甘ちゃんじゃない。筋金入りだ」

「銃はどこだ？」ボーモントは訊いた。

ジャックは立ち上がってパジャマの上着のボタンを外し始めた。

ボーモントは言った。「俺に銃を渡して、おまえはベッドに戻れ。俺一人で行くから」

ジャックはいま外したボタンを留め直すと、ベッドに戻った。「銃なら一番上の抽《ひき》斗《だし》だ。必要なら、予備の弾も同じとこに入ってるよ」それだけ言って横を向くと、目を閉じた。

ボーモントは銃を取って尻ポケットに押しこんだ。「じゃ、またあとでな」明かりを消して、玄関を出た。

6

バックマン・アパートはどっしりと威圧感のある黄色い建物で、そのブロックをほぼ占領していた。ボーモントはロビーに入り、ミスター・デューイにお会いしたいと告げた。名前を尋ねられ、「ネッド・ボーモント」と答えた。

五分後、ボーモントはエレベーターを降り、長い廊下を歩きだしていた。廊下の先で、バーニー・デスペインがドアを開けて待っている。

デスペインは小柄な男だった。背が低くて筋張っていて、体格のわりに頭が大きい。ただ、近づいてみると、その異様なまでのバランスの悪さは、長くて豊かなうえにふわふわと縮れた髪のせいでよけいに強調されていたのだとわかる。顔は褐色で、目は小さいが、鼻や口は大作りで、額の横皺と法令線はくっきりと深かった。片側の頰にかすかに赤みがかった傷痕《きずあと》が走っている。青いスーツには丁寧にアイロンがかけられていた。宝石類は一つも身につけていない。

デスペインは小馬鹿にしたような笑みを浮かべて戸口に立っていた。「やあ、おはよう、ネッド」

ボーモントは言った。「バーニー。話がある」

「だろうと思ったよ。階下《した》から電話があって、あんたが来てるって聞かされた瞬間にな。あんたはこの俺に話があって来たに違いねえって思った」

ボーモントは無言だった。黄色みを帯びた顔の口もとは堅く引き締まっていた。

デスペインの表情がゆるんだ。「いつまでもこんなとこに突っ立ってるのもなんだな。ま、とりあえず入れよ」そう言って一歩脇によけた。

入ってすぐは小さな玄関ホールになっていた。玄関と向き合った、やはり開いたままのドアの奥に、リー・ウィルシャーと、ネッド・ボーモントを痛めつけた男の姿が見えていた。二人は旅行鞄二つに荷物を詰める手を止めて、こちらをうかがっている。

ボーモントは玄関ホールに足を踏み入れた。

デスペインもなかに入って玄関のドアを閉めた。「キッドはあわて者でね。あんたがあんな顔つきで俺に近づいてくるのを見て、こいつはまずいと思っちまったわけだ。

あのあと、こっぴどく叱っておいたよ。あんたが謝れと言えば、素直に謝るはずだ」

ネッド・ボーモントをにらみつけていたリー・ウィルシャーにキッドが小声で何か言った。リーは意地の悪い笑い声を立ててこう答えた。「そりゃそうよ、骨の髄まで博打打《ばくち》ちだもの」

バーニー・デスペインが言った。「ほら、遠慮しないで入れって、ミスター・ボーモント。あの二人はいまさら紹介するまでもねえよな」

ボーモントはリーとキッドのいる部屋に入った。

キッドが訊く。「腹はどうだ、痛むか」

ボーモントは答えなかった。

デスペインが大きな声で言う。「驚いちまうよな！　話があるっていって来たくせにこんな無口なやつ、ほかには見たことねえ」

「おまえと話がしたい」ボーモントは言った。「この二人の前じゃないと、話はできないのか？」

「俺はできねえな」デスペインが答えた。「あんたはどうだか知らねえが。この二人と一緒がいやなら、さっさと出てけばいい」

「俺はここに用がある」

「ああ、そうだった、金の問題があったんだっけ」デスペインはキッドに顔を向けてにやりとした。「たしか金の問題があったんだ。なあ、キッド?」

キッドは、ボーモントがいま入ってきたドアの前に移動していた。「あったあった」きしるような声だった。「けど、どんな問題だったかは忘れちまったな」

ネッド・ボーモントはコートを脱ぎ、茶色の安楽椅子の背にかけた。その椅子に腰を下ろし、取った帽子は背後に置いた。「今日は金の件で来たんじゃない。俺は──えっと、何だっけ」コートの内ポケットから書類を取り出して広げ、さっと目を走らせて続けた。「俺は地方検事局付きの特別捜査官として来た」

それまで楽しげに輝いていたデスペインの目が、ほんの一瞬、焦点を失った。しかしすぐにこう言った。「そいつはまたずいぶんと出世したな! この前会ったときは、ポールの使いっ走りだったのに」

ボーモントは書類を折り畳み、コートのポケットに戻した。

デスペインが続けた。「そういうことなら、話を進めろよ、捜査官の仕事をしてみせろよ。捜査ってのはどうやってやるものか、手本を見せてくれ」ボーモントの正面に座り、大きすぎる頭をしきりに振る。「まさか、テイラー・ヘンリー殺しの件で事情を聴きに、わざわざニューヨークまで来たとか言いだすなよな」

「いや、そのために来た」

「あいにくだな。労力を省いてやろうとしてたのに」デスペインは大げさに手を振り回して、床に並んだ旅行鞄を指し示した。「リーから話を聞くなり荷造りを始めたんだよ。あの街に帰って、あんたの陰謀を笑い飛ばしてやろうと思ってな」

ネッド・ボーモントは背もたれにゆったりと体重を預けた。片手は背中に回していた。「これが陰謀なら、黒幕はリーだろう。警察に情報を提供したのはリーなんだから」

「そうよ」リーが腹立たしげに言った。「そうするしかなかったからよ。あんたがあの部屋に警察を差し向けたおかげでね」

デスペインが言った。「たしかにまあ、このリーはおつむの出来がいいほうじゃない。しかし、借用書なんか何の証拠にもならねえよ。あれは――」

「ちょっと、あたしを馬鹿呼ばわりする気?」リーが憤然とわめく。「あんたに警告するためだけに、はるばるこんなところまで来たのは誰だと思ってるの？　あんたに全財産持ち逃げされたっていうのに、わざわざ――」

「言えてるな」デスペインは朗らかにうなずいた。「ここに来たってこと自体が、おまえの頭が空っぽだっていう証拠だ。こいつをまっすぐここに案内してきたんだからな」

「本気でそう思ってるんなら、あの借用書を警察に渡した自分が誇らしいわよ。どうなの、ほんとのところは」

デスペインが言った。「俺がどう思ってるかは、こちらの客人がお帰りになってからゆっくり話してやる」それからボーモントに向き直った。「で、善良な市民たるポール・マドヴィッグが、あんたを代理でよこして俺をはめようとしてるってわけか」

ボーモントはにやりとした。「これは陰謀でも何でもないんだ、バーニー。おまえもわかってるだろう。リーが糸口をくれた。俺たちが集めたほかの情報を合わせると、みごとに辻褄《つじつま》が合う」

「リーがしゃべったことのほかに、まだ何かあるってのか」

「ああ、いろいろとな」

「たとえば何だ？」

ボーモントはまたにやりとした。「教えてやりたいのはやまやまなんだがね、バーニー。ただ、ほかの人間がいる前では話したくない」

デスペインが言った。「ちくしょうめが！」

戸口からキッドがあのきしるような声でデスペインに言った。「このまぬけをさっさと追い出して、もう行こうぜ」

「待て」デスペインは眉をひそめ、ボーモントに訊いた。「逮捕状が出てるのか」

「いや、それは――」

「出てるのか、出てねえのか」その声からは、ちゃかすような響きは消えていた。

ボーモントはゆっくりと言った。「俺の知るかぎりは出てない」

デスペインは立ち上がって、椅子を後ろに押しやった。「だったら、とっとと俺の前から消えろ。さもないとまたキッドをけしかけるぞ」

ネッド・ボーモントは立ち上がった。コートを拾い上げ、ポケットからハンチング帽を引っ張り出して片手に持ち、反対の腕にコートをかけると、低い声で言った。

「後悔するのはそっちだぞ」それから肩をそびやかして部屋を出た。キッドのきしるような笑い声とリーのさらに耳障りな声がボーモントを玄関から送り出した。

7

バックマン・アパートを出ると、ネッド・ボーモントは足早に通りを歩きだした。表情は疲れていたが、目はきらめき、唇がかすかな笑みを作るのに合わせて、黒い口髭もかすかに上下している。

一つめの角でジャックと行き合った。「おい、ここで何してる?」

ジャックが答えた。「俺は一応いまもあんたに雇われてる身だからな。何か手伝えることがないかと思ってさ」

「いい心がけだ。じゃあ、大急ぎでタクシーをつかまえてくれないか。やつらはすぐにでも姿をくらまそうとするはずだ」

「はいよ」ジャックは通りを歩いていった。

ネッド・ボーモントは角に立って待った。そこからなら、アパートの正面玄関と横手の通用口の両方を見張れる。

まもなくジャックがタクシーに乗って戻ってきた。ボーモントも乗りこみ、運転手に言ってすぐそばで待機させた。

「連中に何したんだ?」タクシーが指示どおりの場所に停まると、ジャックが尋ねた。

「いろいろとな」

「ふうん」

十分後、ジャックが言った。「見ろよ」指さした先、バックマン・アパートの通用口前にタクシーが横付けしようとしていた。

旅行鞄を両手に提げたキッドが最初に建物から姿を現わした。キッドがタクシーに乗ったあと、デスペインと女が走り出てきて同じように乗りこんだ。タクシーが走りだす。

ジャックが運転席に身を乗り出して運転手に指示を出す。タクシーはもう一台の尾行を始めた。朝のまばゆい陽射しにあふれた通りから通りへと走り、さんざん回り道をしたあげく、西四十九丁目の古びたブラウンストーンの一軒家に着いた。

デスペインのタクシーが家の前で停まるなり、今度も三人のうちキッドが最初に歩道に降り立った。通りの左右を確かめたあと、いったんタクシーに戻った。入れ違いにデスペインと女が降り、急ぎ足で家のなかに入った。キッドが荷物を持ってそのあとを追う。

「ここで待っててくれ」ボーモントはジャックに言った。

「何する気だ？」

「運試しさ」

ジャックが首を振る。「昨夜と同じだ。ここも面倒に巻きこまれるとやばい界隈《かいわい》だぞ」

ボーモントは言った。「俺がデスペインと一緒に出てきたら、ここはもういい。別のタクシーでバックマンに戻って、そっちを見張っててくれ。俺が行ったきり出てこなかったら、どうするかはおまえに任せる」

タクシーのドアを開けて降りた。武者震いが出た。目はぎらついている。タクシーから身を乗り出して何か言おうとしているジャックを無視して通りを渡り、男二人と女が消えた家に向かった。

玄関前の階段を迷わず上ってドアノブに手をかけた。ノブは抵抗なく回った。鍵がかかっていない。ドアを押し開け、薄暗い廊下をちらりとのぞいたあと、なかに滑りこんだ。

と、背後でドアが大きな音を立てて閉まり、次の瞬間、キッドの拳が飛んできて頭をかすめた。ハンチング帽が吹き飛び、勢いでボーモントは壁に叩きつけられた。めまいがして、壁の上を滑り落ちた。片膝が床につきかけた。キッドの次の一発は頭上の壁にめりこんだ。

ボーモントは歯を食いしばり、キッドの股間に拳を叩きこんだ。短く鋭い一撃はキッドの顔を歪《ゆが》めさせ、後ろに転倒させた。ボーモントはその隙に体勢を立て直し、キッドの次の攻撃に備えた。

廊下の少し奥の壁にバーニー・デスペインがもたれていた。大きな笑みを浮かべ、目を細めてこちらを見やりながら、小声でこう繰り返していた。「やっちまえ、キッド、やっちまえ……」リー・ウィルシャーの姿はどこにもなかった。

キッドの次の二発はボーモントの胸に当たった。ボーモントは壁に背中からぶつかって、咳きこんだ。顔を狙って繰り出された三発めをかわしておいて、キッドの喉に前腕を当てて押しのけると同時に腹を蹴飛ばした。キッドは雄叫《おたけ》びをあげ、両の拳を突き出しながら向かってきたが、ボーモントが前腕と足で稼いだ距離が、ボーモントに右手でポケットからジャックのリボルバーを取り出すゆとりを与えた。銃を水平に持ち上げる暇はなく、銃口がまだ下を向いている状態で引き金を引いた。弾はキッドの右ももに当たった。キッドが悲鳴を漏らして廊下の床に倒れこんだ。仰向けに転がったまま、怯《おび》えて充血した目でボーモントを見上げている。

ボーモントはキッドから一歩離れると、左手をズボンのポケットに入れ、バーニー・デスペインに呼びかけた。「俺と一緒に来い。話がある」ボーモントの顔には有無を言わせぬ決意があった。

頭上で足音が響いた。家の奥のどこかでドアが開く気配がし、廊下の先で興奮した声が聞こえたが、姿は見えない。

デスペインは恐ろしいものから目が離せなくなったかのように、長いことボーモントを見つめていた。やがて、無言のまま、床に倒れた男をまたぐと、先に立って玄関を出た。ボーモントは玄関前の階段を下りる前にリボルバーをジャケットのポケットに押しこみ、そのままポケットのなかで銃を握っていた。

「あのタクシーに乗れ」ちょうどジャックが降りようとしているタクシーを指さして、デスペインに命じた。タクシーに乗りこむと、〝行き先が決まるまで〟その辺を適当に走ってくれと運転手に頼んだ。

タクシーが走りだすと、デスペインがようやくまた口をきけるようになった。「これじゃ強盗じゃねえか。欲しいものは何だってやるよ。死にたかねえものな。だが、これは強盗だぜ」

ボーモントは冷ややかに笑うと、首を振った。「忘れるな。俺は出世したんだぜ。なんと地方検事の部下だ」

「そうは言っても、俺に逮捕状が出てるわけじゃねえ。指名手配されてるわけじゃねえだろ。さっきあんたが自分でそう――」

「あれは嘘だよ、バーニー。いろいろわけがあってね。おまえはりっぱに指名手配されてる」

「何の容疑でだ?」

「テイラー・ヘンリー殺し」

「それか。ふん、だったら向こうに帰ったところで怖がることもねえな。だって、何の証拠があるっていうんだ? たしかに、借用書は持ってたよ。それは否定しない。やつが殺された晩に街を出た。それも否定しない。やつは意地でも金を払おうとしなかったから、ちょいと脅してやった。それも事実だな。しかしよ、腕利きの弁護士にかかれば、そんなの物の数にも入らねえ。だいたい、リーの証言によれば、俺は問題の借用書を金庫に置いたまま、九時半より前に街を出てるんだぞ。つまり、その晩、俺には借金を取り立てにいく予定はなかったってことじゃねえか」

「そうだな。だが、証拠はほかにもある」

「いいや、あるわけがねえ」デスペインは厳《げん》として言った。

ボーモントはあざけるように笑った。「それがあるんだよ、バーニー。今朝、おまえに会いにいったとき、俺は帽子をかぶってただろう。覚えてるか」

「どうだろうな。かぶってたような気もする」

「じゃあ、帰るとき、コートのポケットからハンチング帽を出してかぶったのは覚えてるか」

浅黒い男の小さな目に、困惑と不安が忍び入った。「だから？　だから何だよ？　何が言いたい？」

「証拠のことさ。あの帽子はサイズが微妙に合ってなかったことは覚えてるか」

バーニー・デスペインがしゃがれた声で言った。「そんなこと知るわけねえだろ、ネッド。いったい何が言いてえんだよ？」

「サイズがちゃんと合ってなかったのは、俺の帽子じゃないからだ。殺されたとき、テイラーがかぶってた帽子がまだ見つかってないことは覚えてるか」

「そんなこと知るわけねえだろ。あいつのことなんか何も知らねえんだよ」

「ともかく、俺の言いたいのはこうだ。俺が今朝かぶってたのはテイラーの帽子で、その帽子はいま、おまえがバックマンに借りてる部屋の茶色の安楽椅子の背もたれと座面のクッションの隙間に押しこまれてる。それとほかの証拠を合わせたら、おまえは困ったことになりそうだな。そうは思わないか」

デスペインは恐怖の叫び声をあげていたところだろうが、ボーモントはすかさずデスペインの口を手でふさぎ、耳もとで低くささやいた。「騒ぐな」

褐色の肌の上を汗の粒が転がり落ちた。デスペインはのしかかるようにして両手でボーモントのコートの襟をつかむと、早口で一気に言った。「なあ、頼むよ、やめてくれ、ネッド。金ならちゃんと払う。俺をはめたりしねえって約束するなら、利息もつけて、一セント残らず返すよ。金をごまかすつもりなんかなかったんだ。誓ってもいい。ちょっとあわてちまってさ、分割で返せねえかって考えてた。それだけだよ、ネッド。ほんとだ、誓ってもいい。いまは手持ちがねえ。だが、リーの宝石を今日のうちに売っ払うつもりでいる。そのなかから一セント残らず返すよ。いくらだったっけな、ネッド？　すぐに全額返す。昼前に返すから」

ネッド・ボーモントは褐色の男を押しのけ、タクシーの自分の側に戻らせた。「三千二百五十ドルだ」

「三千二百五十ドル。わかった、ちゃんと払うよ。一セント残らず。大至急。昼までに」デスペインは腕時計を確かめた。「そうとも、店に着いたらすぐ払う。老いぼれスタインはもう店を開けてるはずだ。ただ、俺を警察に突き出したりしねえって約束してくれよ、ネッド。昔のよしみでさ」

ボーモントは思案しているように両手をこすり合わせた。「確約はできないな。とにかく、いますぐは約束できない。地方検事局に雇われてるってことを忘れるわけにはいかないからな。おまえが重要参考人だってこともだ。というわけで、取引材料はあの帽子一つってことになる。条件はこうだ。おまえは俺に金を返す。俺はあの帽子を俺一人で回収にいくし、ほかの誰にも帽子のことはしゃべらない。この条件に異議があるなら、俺はニューヨーク市警の半数をあの帽子のところに案内する。おまえがどうなるかはわかるな。さ、好きなほうを選べ」

「ちくしょうめ!」バーニー・デスペインはうめいた。「わかったよ、このまま老いぼれスタインの店に行くように運転手に言え。住所は――」

第3章　ハリケーン・パンチ

1

ニューヨークから着いた汽車を降りたネッド・ボーモントの目は力を取り戻し、背筋はぴしりと伸びていた。胸板が薄いことにさえ目をつぶれば、弱点らしい弱点はどこにも見つからない。顔色はいかにも健康そうで、肌に張りもあった。大股で弾むような足取りで歩きだし、プラットホームと地上をつなぐコンクリートの階段を上って待合室を横切り、案内カウンターの顔見知りに手を振って、通りに面したドアから駅を出た。

ポーターが荷物を運んでくるのを歩道で待つあいだに朝刊を買った。荷物を積んでランドール街に向かうタクシーのなかで新聞を広げた。第一面の短い記事が目を引いた。

三兄弟に二度めの悲劇
フランシス・F・ウェスト氏殺害さる
兄の死亡現場のすぐ近くで

昨夜、アクランド街一三四二番地のウェスト家を、この二週間で二度めの悲劇が襲った。フランシス・F・ウェストさん(31)は、兄のノーマンさんが先月、密造酒を運搬中だったと見られる自動車に轢《ひ》かれて死亡した交差点から一ブロックと離れていない路上で射殺された。

事件は午前零時過ぎ、ウェストさんがウェイターとして勤務するロカウェイ・カフェから帰宅する途中で発生した。目撃者によれば、アクランド街を高速で走行してきた黒い大型の幌《ほろ》付き自動車がウェストさんの前に回りこむようにして歩道に乗り上げ、計二十発以上を乱射したという。うち八発がウェストさんに当たった。目撃者が現場に駆けつけたときには、ウェストさんはすでに死亡していた。死の車は完全に停止することなく直後に速度を上げ、次の交差点を曲がってバウマン通りを走り去ったという。市警は車の発見に全力を挙げているが、特徴に関する目撃証言は矛盾しており、追跡に手間取っている。車内にいた人物に関する情報は、これまでのところ一件も寄せられていない。

三兄弟の最後の一人、フランシスさんと同じく先月のノーマンさん轢き逃げ事件の目撃者でもあるボイド・ウェストさんは、フランシスさん殺害の動機は見当もつかないと話している。フランシスさんを恨んでいた人物には心当たりがないという。来週、フランシスさんと結婚式を挙げる予定だったベーカー街一九一七番地のマリー・シェパードさんも、取材に対し、婚約者の死を願っていた人物は知らないと答えている。

先月、ノーマン・ウェストさんを轢いた車を運転していたとされるティモシー・イヴァンズは、取材を拒否した。イヴァンズは故殺《こさつ》容疑で逮捕・起訴され、現在は市拘置所で公判開始を待っている。

ボーモントは時間をかけて丁寧に新聞を折り畳むと、コートのポケットにしまった。

唇は軽く引き結ばれ、瞳はめまぐるしく働いている思考を映してきらめいていた。しかし、表情にそれ以外の変化はなかった。タクシーの座席の片隅にもたれ、火のついていない葉巻を指先でもてあそぶ。

自宅アパートに帰り着くと、帽子もコートも取らずにまっすぐ電話の前に立ち、四つの番号にかけ、相手が出るたびに、ポール・マドヴィッグはそちらにいないか、いまどこにいるか知らないかと尋ねた。四か所に問い合わせたところで、マドヴィッグ探しはあきらめた。

受話器を戻し、テーブルに置いていた葉巻を拾って火をつけ、テーブルの端に置き直してからふたたび受話器を取ると、市役所の番号にかけた。地方検事の事務所につないでもらう。待っているあいだに爪先を椅子の座面の縁に引っかけて電話の近くに引き寄せ、腰を下ろして葉巻をくわえた。

まもなく、電話の相手に向かって話し始めた。「もしもし、ファー検事はいらっしゃいますか……ネッド・ボーモントと言います……はい、お願いします」深々と煙を吸いこみ、吐き出す。「もしもし、ファー検事ですか……ええ、いま帰ったところで……ええ。いまから行ってもかまいませんかね……そうです。ポールからウェスト殺しの件で何か話がいってますか……いや、それが、連絡がつきませんでね。そちらはどうです？　じつは、あの事件に関して、あんたの耳に入れておきたいことがあって……そうだな、じゃあ、三十分後では？……わかりました」

受話器を置き、玄関に戻って、ドア脇のテーブルの上の郵便物をあらためた。雑誌が何冊かと手紙が九通届いていた。差出人をすばやく確かめながら——しかし封は切らないまま——一通ずつテーブルに戻していった。それから寝室に行って服を脱ぎ、シャワーを浴びて髭を当たった。

2

地方検事マイケル・ジョセフ・ファーは、がっちりした体つきの男だ。年齢は四十。赤みがかった髪に、やはり赤みがかった激《げき》しやすそうな顔つきをしている。ウォールナット材の机の上には、電話機が一台と、緑の縞《しま》めのうの大きなデスクセットがあるだけだ。縞めのうの台座の上に金属の裸像が片足で立ち、飛行機を高々と掲げている。その両側に、黒と白のペンが二本、外向きの角度で斜めに突き出していた。

ファーはボーモントの手を両手を使って握り、革張りの椅子を勧めたあと、自分の椅子に戻った。椅子を前後に揺らしながら訊く。「ニューヨーク行きはどうだった?」儀礼的な表情をしていたが、その陰では好奇心がぎらついている。

「順調でしたよ」ボーモントは答えた。「ところで、フランシス・ウェストの件ですがね。やつが死んで、ティム・イヴァンズの公判に何か影響が出たりはしませんか」

ファーはぎくりとしたが、それをごまかそうと、快適な姿勢を探しているふりをしてそわそわと体を動かした。

「どうかな、そう大きな影響はないだろうね。情勢が一気にひっくり返るということはまずないと思うよ。検察側の証人はまだもう一人残っているわけだから」ファーはあからさまにボーモントの目を避けて、ウォールナット材の机の角を凝視していた。

「どうしてそんなことを訊くのかね? 何か考えがあるのか?」

ボーモントは、自分の顔を見ようとしない男を険しい目で見つめた。「いや、どうだろうなと思っただけですよ。でも、まあ、公判は維持できるんでしょう。三兄弟の残りの一人が、運転手は確かにティムだったと証言できて、しかも証言する気があるとすれば」

ファーはあいかわらず目を伏せたまま言った。「それは心配ない」椅子を前後にそっと揺らしている。前に三センチ、後ろに三センチ。それを五、六回繰り返した。肉づきのよい頬の、顎の筋肉が通っているあたりがひくついた。まもなく一つ咳払いをして立ち上がると、今度はやけに親しげな目でボーモントを見やった。「少しここで待っていてもらえないか。確認しておきたいことを思い出した。ここでは、私がちょっと目を離すと、何もかも忘れられてしまうんだ。帰らないでくれよ。デスペインの件を話し合いたい」

ボーモントは地方検事の背中に「どうぞごゆっくり」とつぶやくと、それから十五分、静かに葉巻を吸いながら待った。

戻ってきたファーは顔を曇らせていた。「待たせてしまってすまない」椅子に腰を下ろしながら言う。「仕事がたまりまくっていてね。いつまでもこんな調子だと――」言葉の代わりに両手を降参するように持ち上げて締めくくった。

「お気になさらず。ところで、テイラー・ヘンリー殺しの捜査に進展は？」

「ないね。こちらこそ、その件を訊きたいと思っていたよ――デスペインのことをね」ファーはまたしてもボーモントの視線をあからさまに避けている。

相手が見ていないのをいいことに、ボーモントの唇の端がほんの一瞬、あざけるようなかすかな笑みを作った。「よくよく調べてみたら、あいつに不利な証拠はほとんど何もありませんでした」

ファーは机の角に向かってゆっくりとうなずいた。「そうだとしても、事件当夜に街を出たというのはやはり怪しいな」

「それには別の動機があったようです」ネッド・ボーモントは言った。「うなずける動機がね」笑みが影のように浮かんで消えた。

ファーはまたしても自分を納得させたがっているかのようにうなずいた。「きみはデスペインが犯人である可能性はないと考えているんだな」

ネッド・ボーモントは何食わぬ顔でこう答えた。「ええ、あいつがやったとは俺は思いませんね。しかし、物事に絶対ということはない。あいつをしばらく留置場に放りこんでおきたいなら、理由はいくらでも見つけられますよ」

地方検事は顔を上げてボーモントを見つめ、疑念と親しみがないまぜになった笑みを浮かべた。「よけいな詮索だと思うなら、遠慮なくそう言ってくれよ。ポールはいったいどうしてバーニー・デスペインを追ってきみをニューヨークまで行かせた?」

ボーモントはすぐには答えず、考えこむような顔をしていた。やがて肩を軽く上下させて言った。「ポールが行かせたんじゃない。俺が行かせてくれと頼んだんですよ」

ファーは無言だった。

ボーモントは葉巻の煙で肺を満たし、また空っぽにしてから続けた。「バーニーは俺に配当金を払わずに逃げようとした。事件の夜、街を出た理由というのはそれです。テイラー・ヘンリーは、俺が千五百ドル賭けてたペギー・オトゥールが一等でゴールした晩に、たまたま殺されたというだけですよ」

地方検事はあわてたように言った。「いやいや、私はかまわないんだよ、ネッド。きみとポールが何をしようと、私が口を出すことではないからね。私は――私は、その、確信が持てないだけだ。デスペインはテイラー・ヘンリーと偶然に出くわして、衝動的に額をかち割ったのかもしれない。そうだな、やはり大事を取ってしばらく勾留したほうがいいだろうな」下顎の突き出た見栄えのしない口もとが、どことなく媚《こ》びるような笑みを作る。「ポールやきみのすることにくちばしを突っこむつもりなどないよ。ただ——」血色のよい顔は腫《は》れぼったく、てらてらと光っていた。ふいに腰をかがめると、机の抽斗を勢いよく開けた。紙のこすれ合う音がした。まもなくファーの手は、抽斗から出て机を横切り、ネッド・ボーモントの前に置かれた。その手はすでに封の切られた白い小さな封筒を差し出していた。「これを見てくれ」ファーは冴えない声で言った。「きみの意見が聞きたい。単なる悪戯《いたずら》かな」

ボーモントは封筒を受け取ったものの、すぐにはなかを見ようとしなかった。地方検事の赤ら顔を注視している。その目は冷たい光をたたえていた。

刺すような視線にさらされたファーの顔がいよいよ赤くなり、肉づきのよい手を片方だけ持ち上げてなだめるように動かした。そして言い訳じみた調子で言った。「いやね、そんなものを本気で相手にするつもりはないんだよ、ネッド。ただ——その、どんな事件を担当しても、かならずそういった類のつまらない手紙は送られてくるものだが——まあいい、とにかく読んで意見を聞かせてくれ」

さらにしばらくじっと相手を凝視したあと、ボーモントはようやく視線をそらして封筒に向けた。宛先はタイプライターで打たれていた。

市内
市役所
地方検事局　M・J・ファー殿
親展

消印はその前の土曜のものだった。白い便箋が一枚だけ入っており、時候の挨拶も差出人の署名もなく、タイプライターで打った文章が三つ並んでいた。

テイラー・ヘンリーが殺害されたあと、ポール・マドヴィッグが被害者の帽子を一つ盗んだのはなぜか。
殺害時にテイラー・ヘンリーがかぶっていた帽子はどうなったのか。
テイラー・ヘンリーの遺体を最初に発見したと主張する男が検事局に雇用されたのはなぜか。

ボーモントは便箋を折り畳んで封筒に戻し、机の上に置くと、親指の爪で口髭を真ん中から左へ、真ん中から右へとなでつけ、動じた様子のない目で地方検事を見やりながら、やはり動じた様子のない声で言った。「で？」

ファーの頬の、顎の筋肉があるあたりがまたしてもひくついた。眉根を寄せ、すがるような目をする。「頼むよ、ネッド」切々とした調子だった。「こんなもの、私が本気で相手にしているとは思わないでくれ。仕事柄、何かあるたびにこの手のおふざけが山ほど送りつけられてくるのは本当だ。ただ、これはきみにも見てもらっておいたほうがいいだろうと思っただけのことだ」

ボーモントは言った。「俺はかまいませんよ。いまおっしゃったとおりの考えでいらっしゃるかぎりはね」目も声もあいかわらず落ち着き払っていた。「ポールには話しましたか」

「この手紙のことをか？　話していないよ。これは今朝届いたんだが、今日はまだポールに会っていないからね」

ボーモントは机から封筒を拾い上げると、コートの内ポケットにしまった。地方検事は不安げな顔つきで封筒の行方《ゆくえ》を目で追ったものの、何も言わなかった。

ボーモントは封筒をしまい、別のポケットからラッパーに斑点のある細い葉巻を取り出した。「俺だったらポールには黙っておきますよ。そうでなくても、ポールにはほかに考えなくちゃならないことがたっぷりありますから」

ファーはボーモントが最後まで言い終えないうちに口を開いていた。「そうだな。きみの助言に従うとしよう、ネッド」

そのあと、しばし沈黙が続いた。ファーはまた机の隅に目を向け、ボーモントは思案ありげにファーをじっと観察していた。その沈黙は、地方検事の机の下から低いブザーの音が聞こえてようやく終わった。

ファーが電話に出た。「ああ……ああ」突き出した下唇が上唇に這《は》い上り、顔がいっそう赤みを帯びてまだらに染まった。「おい、冗談じゃない！」噛みつくように言う。「ここに引っ張ってきて、面通しだ。それでもだめなら、説得の材料を探す……そうだ……頼んだぞ」ファーは受話器を架台に叩きつけ、ぎらついた目をボーモントに向けた。

葉巻に火をつけようとしていたボーモントは、はたと手を止めた。葉巻を片手に、火のついたライターを反対の手に持ち、その狭間《はざま》に顔を軽く突き出すような姿勢だった。瞳が光を放った。唇のあいだから舌の先を出し、すぐに引っこめると、空笑いをした。「何かありましたか」説明を促すようにそう尋ねる。

地方検事の声は荒々しかった。「ボイド・ウェストだ。運転手はイヴァンズだったと証言した兄弟の片割れだよ。さっききみから訊かれて、それもそうだと思ってね、いまも運転手の顔をちゃんと覚えていて証言できるか、確かめに行かせたんだ。ところがなんと、自信がなくなったそうだよ、ちくしょうめが」

ボーモントは、やっぱりというようにうなずいた。「とすると、どうなります？」

「はいそうですかと引き下がるわけにはいかない」ファーはうなるように言った。「一度は証言したんだ。陪審の前でも同じ証言をしてもらう。すぐに連れてくるよう指示したよ。私との面談が終わるころには、もとのいい子に戻っているはずだ」

ボーモントは言った。「それはどうでしょうね。もし説得に応じなかったら？」

地方検事が拳を握って机に振り下ろし、机が揺れた。「かならず証言させる」

ボーモントはその剣幕にも動じなかった。葉巻に火をつけ、ライターの火を消してポケットにしまい、煙を吐き出すと、どこかおもしろがっているような口調で尋ねた。

「ええ、きっと説得に応じるでしょう。しかし、万が一応じなかったら？　ティムの顔を見て、〝この男だったとは断言できない〟と言いだしたら？」

ファーはまた机を打ち据えた。「そんなことは言わせない。私と話し合いさえすれば——陪審の前に出て、こう言うはずだ。〝この男に間違いありません〟」

ボーモントの顔からおもしろがっているような表情が消えた。いくらかうんざりした口調で言う。「やつは証言を撤回するでしょう。あんたにもわかってるはずだ。しかし、あんたに何ができる？　あんたには打つ手がない。違いますか。つまり、ティム・イヴァンズを有罪にできそうにないってことです。乗り捨てられた車には密造酒がたっぷり積まれてた。しかし、ノーマン・ウェストが轢かれたとき、その車を運転してたのはティムだったことを裏づけるのは、ウェスト兄弟の証言だけだった。ところがフランシスは死に、ボイドは証言を恐れてる。公判はとても維持できませんよ。あんたにもわかっているはずだ」

ファーが憤って声を張り上げた。「私が黙って——」

葉巻を持ったほうの手をもどかしげに動かして、ボーモントはさえぎった。「あんたがじっと座っていようが、立っていようが、自転車をこいでいようが、負けは負けです。わかってるでしょうに」

「どうかな。私はこの市と郡を代表する検事だ。その私が——」ファーはふいに怒鳴り散らすのをやめた。咳払いをし、ごくりと喉を鳴らす。その目から好戦的な色がかき消え、まずは当惑が、次に恐怖に似た表情が取って代わった。机に身を乗り出す。赤い顔に不安が表われてしまうのを心配するゆとりもないほど動揺している。「もちろん、きみが――ポールが――とにかく、私が引っこんだほうがいい理由が一つでもあるとしたら――その、なんだ――成り行きに任せることも考えよう」

さっきと同じ空笑いがネッド・ボーモントの唇の端をまたしても押し上げ、葉巻の煙の奥で両の瞳が光を放った。ゆっくりと首を振り、気持ちの悪いほど甘ったるい声でやはりゆっくりと言う。「いいや、ファー検事、理由はどこにもありませんよ。理由と呼べるようなものは一つもない。ポールは、選挙が終わったらティム・イヴァンズを釈放させると約束しました。ただし、嘘だと思うかもしれませんが、ポールは誰かを殺させたことなど一度もないし、仮にあったとしても、イヴァンズを救うために誰かを消すような真似はしない。あいつはポールにとって、そこまで重要な人間じゃないからです。いいですか、ファー検事。理由は一つもありませんよ。しかしそれ以前に、何かあるかもしれないとあんたが疑ったとは思いたくないですね」

「よせよ、ネッド、誤解しないでくれ」ファーが抗議した。「きみだってよく知っているはずだ。ポールやきみの意見を尊重するという点では、私はこの街の誰にも負けていないつもりだよ。それはきみも知っているはずだろう。成り行きに任せるというさっきの話だって、何か意味があって言ったことでは——とにかくだ、どんなときも私を信用してくれてかまわない」

「それならけっこう」ボーモントはそっけなく言って立ち上がった。

ファーも立ち上がり、机を回ってこちら側に来ると、赤らんだ手を差し出した。「何か急ぎの用でもあるのかね。せっかくだから、ボイド・ウェストがどう申し開きをするか、見物していったらどうだ？ いや、それより」——腕時計を見る——「今夜のきみの予定は？ 一緒に食事でもどうかな」

「あいにくですが」ネッド・ボーモントは答えた。「急いでますので」

ファーはボーモントの手を握ってやたらに上下させ、ときどきは顔を見せてくれ、そのうち食事に行こうと言った。「ええ、そのうち」ボーモントはぼそりとそう答えて事務所をあとにした。

3

ウォルター・イヴァンズは、釘打ち機を操る作業員の列の傍らに立っていた。イヴァンズはこの製箱工場に職工長として勤務している。ネッド・ボーモントの姿にすぐに気づいて片手を上げると、真ん中の通路を歩いてきた。イヴァンズの青磁色の瞳と生白い丸顔は、歓迎の表情を浮かべようとしてはいるものの、心から喜んでいるようには見えない。

「やあ、ウォルト」ボーモントはそう声をかけたあと、自分より背の低い男が差し出している手を露骨に無視せずにすむよう、さりげなく体の向きを変えた。「静かなところで話そうか」

イヴァンズが何か言ったが、機械が木材に釘を打ちこむやかましい音にかき消された。二人はたったいまボーモントが入ってきた、開けっぱなしのドアに向かった。ドアのすぐ外は頑丈な板で作られたデッキになっている。長さ六メートルほどの木の階段が、デッキと下の地面をつないでいた。

デッキに出ると、ボーモントは訊いた。「検察側の証人の一人が昨夜殺された。聞いてるか」

「あ、ああ、し、新聞で読んだ」

「残った一人が証言を撤回するかもしれないって話は？」

「い、いや。そ、それは知らなかったよ、ネッド」

「証言が撤回されれば、ティムは釈放されるぞ」

「そ、そうか」

ボーモントは言った。「あまりうれしそうじゃないな」

イヴァンズはシャツの袖で額を拭った。「い、いや、うれしいよ、ネ、ネッド。ほんとだよ！」

「おまえはウェストと知り合いだったのか。昨夜殺されたフランシス・ウェストだ」

「し、知り合いってほどじゃないよ。ティ、ティムに、て、手加減してやってくれって、た、頼みにいったことならあるが。い、一度だけ」

「そしたら何だって？」

「手加減なんか、し、しないって」

「それはいつの話だ？」

イヴァンズは片足からもう一方へ体重を移し、またしても袖で額を拭った。「ふ、二日か三日前」

ボーモントは静かに訊いた。「やつを殺した犯人に心当たりはないか、ウォルト？」

イヴァンズは勢いよく首を振った。

「じゃあ、やつを殺させた人間に心当たりはないか、ウォルト？」

イヴァンズが首を振る。

ボーモントは、何かを考えているような顔をして、イヴァンズの肩越しに遠くを見つめた。三メートルほど先のドアから釘打ち機の騒々しい音が漏れてくる。別の階からは回転のこぎりの低い音が聞こえていた。イヴァンズが深々と息を吸って吐き出す。遠くを見やっていた視線を小柄な男の青磁色の目にふたたび戻したとき、ボーモントの態度は思いやりすら感じさせるものに変わっていた。ほんのわずかにかがみこみ、声をひそめてこう尋ねた。「大丈夫か、ウォルト？　弟を助けたい一心で、おまえがウェストを射殺したのかもしれないと邪推してる連中がきっといるぞ。どうだ、昨夜《ゆうべ》は――」

「ゆ、ゆ、昨夜は、ずっとク、クラブにいたよ。は、は、八時から、よ、夜中の二時過ぎまでずっと」ウォルター・イヴァンズはどもりながらも精一杯の早口で答えた。「ハリー・スロスと、べ、ベン・フェリスと、ブラガーに訊いてみてくれ」

ボーモントは笑い、陽気に言った。「そうか、ついてるじゃないか、ウォルト」

それからイヴァンズに背を向けると、木の階段伝いに通りに下りた。「またな、ネッド」イヴァンズが愛想よくそう声をかけたが、ボーモントは振り返らなかった。

4

製箱工場から四ブロック歩き、レストランに入って電話を借りた。その日の朝と同じ四つの番号にかけ、ポール・マドヴィッグはいないかと尋ねたが、結局マドヴィッグはつかまらず、折り返し電話をくれという伝言をマドヴィッグ宛てに残した。それからタクシーを拾って自宅に帰った。

玄関脇のテーブルの上に郵便物が増えていた。帽子とコートをかけ、葉巻に火をつけたあと、郵便物を抱えて、赤いベルベット張りの椅子のなかで一番大きなものに腰を下ろした。四番めの封筒は、地方検事に見せられたのとそっくりだった。封を切ると、時候の挨拶も差出人の署名もない、タイプライターで打った文章が三つ並んだ便箋が一枚だけ出てきた。

貴君が発見したとき、テイラー・ヘンリーはすでに死んでいたのか、それとも、彼が殺された現場に居合わせたのか。

通報したのが、警察が遺体を発見したあとだったのはなぜか。

無実の者に罪をなすりつける証拠を捏造《ねつぞう》することによって、罪人を救うことができると思うか。

読み終えたボーモントは目を細め、額に皺を寄せた。葉巻の煙を大きく吸いこむ。地方検事に送られてきた手紙と比べてみた。便箋とタイプライターの文字は酷似している。三つの文章の配置も、消印の時刻も同じだった。

難しい顔をして便箋をそれぞれの封筒に戻し、封筒をポケットに入れたが、またすぐに取り出して読み返し、便箋や封筒を調べた。やたらに吹かしたせいで、葉巻の片側だけが燃え尽きかけていた。顔をしかめ、傍らのテーブルの端に葉巻を置くと、落ち着かない指で口髭をいじった。手紙をまたポケットにしまい、背もたれに体を預け、天井を見上げて爪を噛んだ。髪をかき上げた。指先をカラーと首のあいだに押しこんだ。まっすぐに座り直し、ポケットから封筒を取り出したが、目を落としもせずにまたしまった。下唇を嚙む。やがてうんざりしたように一つ頭を振ると、ほかの郵便物に目を通し始めた。と、電話が鳴った。

電話の前に立つ。「もしもし……ああ、ポールか、いまどこだ？……あとどのくらいで出る？……ああ、いいね、ちょっと寄ってもらえると助かる……わかった。うちで待ってるよ」

それから郵便物の仕分けに戻った。

5

通りの向かいの灰色の教会のお告げの鐘を合図にしたかのように、ポール・マドヴィッグがボーモントのアパートに現われた。「よう、ネッド。いつ帰ってきた？」

上機嫌にそう言いながら入ってくる。大きな体は灰色のツイードのスーツに包まれていた。

「今日の昼前だ」握手に応じながらボーモントは答えた。

「上首尾だったか」

ボーモントは満足げな笑みを浮かべ、白い歯がこぼれた。「目当てのものは手に入れたよ――全部な」

「そいつはよかった」マドヴィッグは帽子を脱いで椅子に放り、暖炉のそばの別の椅子に腰を下ろした。

ボーモントはさっきまで座っていた椅子に戻った。「俺が留守のあいだに何かあったか?」傍らのテーブルに銀のシェーカーが置いてある。その隣の、半分だけ酒が入ったカクテルグラスを持ち上げた。

「下水工事のごたごたが片づいた」

ボーモントはカクテルを一口飲んで訊いた。「大損か」

「ああ、かなりの痛手だ。本来ならもっと利益が出ているだろう。しかし、選挙は目前だ。問題を大きくするよりはいい。来年、セーレム通りとチェスナット街の伸張工事が決まれば、それで取り返せるだろうしな」

ボーモントはうなずいた。目は、金髪の男が前に投げ出して組んでいる足首を見つめていた。「ツイードの服に絹の靴下を合わせるものじゃない」

マドヴィッグは脚を伸ばして持ち上げ、自分の足首をまじまじと見た。「だめか？絹の肌触りが気に入ってるんだが」

「だったらツイードのほうをあきらめろ。テイラー・ヘンリーの埋葬はすんだのか」

「ああ、金曜にな」

「葬儀には参列したか」

「行った」マドヴィッグは言い訳でもするように付け加えた。「上院議員に言われてね」

ボーモントはグラスをテーブルに置き、ジャケットの胸ポケットから白いハンカチを取り出して口もとを軽く拭った。「上院議員はお元気でいらっしゃるのかね？」そう尋ねながら、金髪の男をはすに見やった。瞳に表われたからかうような色を隠そうとはしなかった。

マドヴィッグは、やはりどこかばつが悪そうに答えた。「元気だよ。今日は午後からほとんどずっと議員と一緒にいた」

「議員の家で？」

「ああ」

「金髪の天敵もいたのか」

マドヴィッグは眉一つ動かさなかった。「ジャネットのことなら、いたよ」

ボーモントはハンカチをしまい、喉の奥でうがいのようなくぐもった音を立てた。

「ふむ。ジャネットと呼び捨てにする仲になったらしいぞ。どうだ、うまくいきそうか」

マドヴィッグは平静を取り戻し、淡々と言った。「結婚する予定に変わりはない」

「相手はそのことを——あんたが結婚まで考えてるってことを知ってるのか」

「そろそろ勘弁してくれよ、ネッド！」マドヴィッグが憤然と言う。「この尋問はいったいいつまで続くんだ？」

ボーモントは笑い、銀のシェーカーを取って振ると、カクテルのお代わりを注いだ。

「フランシス・ウェスト殺しをどう思う？」グラスを手に座り直すと、そう尋ねた。

マドヴィッグは一瞬、当惑したような顔をした。だがすぐに納得したように言った。

「ああ、昨夜《ゆうべ》アクランド街で射殺されたって男か」

「そう、そいつの話だ」

さっきよりは小さな困惑がマドヴィッグの青い目に舞い戻った。「どう思うと言われても、その男を知らないからな」

ボーモントは言った。「ウォルト・イヴァンズの弟に不利な証言をしようとしてた兄弟の片割れだよ。もう一人の目撃者、ボイド・ウェストは、怯えて証言を撤回しかけてる。そうなれば起訴は取り下げだろう」

「よかったじゃないか」そう言い終わらないうちに、マドヴィッグの目に疑念が忍びこんだ。投げ出していた脚を引き寄せ、上半身を乗り出す。「〝怯えて〟?」

「そうだ。〝びびって〟のほうがお好みか?」

マドヴィッグの顔は警戒するように強張り、青い瞳は氷のようになった。「ネッド。いったい何が言いたい?」突き刺すような声だった。

ボーモントはカクテルを飲み干してグラスをテーブルに置いた。「選挙が終わるまでティムを釈放できないとあんたに断られたあと、ウォルト・イヴァンズはシャド・オロリーに泣きついた」まるで日課を暗唱するかのように、あえて平板な口調を通す。

「シャドは手下を何人か差し向けて、証言台に立つなとウェスト兄弟を脅した。片方は脅しを突っぱねた。それで殺された」

マドヴィッグは顔をしかめて反論した。「シャドがティム・イヴァンズのために一肌脱ぐ理由などないだろう」

カクテルシェーカーに手を伸ばしながら、ボーモントはもどかしげに言った。「そうだな、いまの話は単なる推測だ。忘れてくれ」

「よせよ、ネッド。きみの話は推測だろうが何だろうが、私にとっては聞く価値のあるものなんだ。何か考えがあるなら、ぜひ話してもらえないか」

ボーモントは中身をグラスに注がないまま、シェーカーをまた置いた。「単なる推測にすぎないかもしれないがね、ポール、俺の目にはこう見えるんだ。ウォルト・イヴァンズがあんたの下で第三区を取りまとめてることや、俺たちのクラブのメンバーだってことは周知の事実だな。ウォルトから頼まれれば、あんたが手を尽くして弟を窮地から救い出してやるだろうってこともだ。とすると、この街の全員が——全員は大げさにしろ、ほとんどの人間が、あんたがイヴァンズの弟に不利な証言をする予定だった証人の一人を始末させ、もう一人を黙らせたんじゃないかと疑い始めるだろう。

そう考えるのは主に部外者だ。あんたがこのところやけに顔色をうかがってる婦人団体とか、堅気の一般市民だな。一方、事情に通じてるごく一部の連中、あんたが証人を殺そうがどうしようが屁とも思わない連中の耳には、真相に近い噂が入ることになる。あんたの手飼いの者の一人が面倒を解決するのにシャドを頼らざるを得なくなった、そしてシャドは面倒を解決してやったらしいとな。あんたはシャドが掘った落とし穴にまんまと落ちたってわけだ。それとも、さすがのシャドも、そこまでえげつないことはしないだろうと思うか？」

　マドヴィッグは歯を食いしばり、うなるように言った。「いや、思わないね。あのげす野郎ならやりかねない」足もとの小さなカーペットに織りこまれた緑色の葉にじっと目を注いでいる。

　ボーモントは金髪の男をしばし見つめたあと、先を続けた。「もう一つ、別の問題がある。こっちの可能性はそう高くはないかもしれないが、万が一シャドがその気を起こせば、あんたには対抗のしようがない」

　マドヴィッグは目を上げて尋ねた。「どういうことだ？」

「昨夜《ゆうべ》、ウォルト・イヴァンズはほとんどずっとクラブにいた。夜中の二時までいたそうだよ。選挙の開票日とか、宴会の日でもなければ、だいたい十一時には引き上げるやつがだ。わかるか？　あいつはアリバイを作ってたんだ――俺たちのクラブで。もし」ネッド・ボーモントの声は一段低くなり、黒い目は鋭さと厳しさを帯びた――「シャドが偽の証拠をでっち上げて、ウェスト殺しをウォルトに押しつけたとしたら？　あんたの大事な婦人団体や、その手のことで騒ぎ立てるのが大好きな連中は、ウォルトのアリバイは偽物だと決めつけるだろう。つまり、ウォルトを守るために、俺たちが偽のアリバイを作ってやったと考えるだろうってことだ」

「あのげす野郎めが」マドヴィッグは立ち上がると、ズボンのポケットに両手を突っこんだ。「せめて選挙が終わってるか、もっとずっと先の話だったら！」

「そうしたら、こんな面倒はそもそも起きてなかっただろうな」

マドヴィッグは部屋の中央に向かって二歩踏み出してつぶやいた。「あのげす野郎めが」そこに突っ立ったまま、眉間に皺を寄せて、寝室のドアの脇に置かれた台の上の電話をにらみつけていた。分厚い胸が、呼吸に合わせて上下している。やがてボーモントのほうに顔を向けないまま、唇の端から言葉を押し出すように言った。「第二の問題を防ぐ手だてを考えてくれないか」電話のほうに歩きだしかけたが、思い直したように踏みとどまった。「いや、いまのは取り消しだ」そうつぶやくと、振り返ってボーモントの顔を見た。「それより、いっそのこと、我々のこの街からシャドを叩き出してやろうじゃないか。あの男はいいかげん目障りになってきた。すぐにでも追い出してやろう。そうさ、今夜にでも作戦決行だ」

ボーモントは尋ねた。「たとえばどうやって?」

マドヴィッグがにやりとした。「たとえば、だ。市警のレイニーに話をつけて、ドッグ・ハウスとパラダイス・ガーデンズを営業停止にさせる。その二軒だけじゃなく、シャド一味が関わっているもぐりの酒場を残らず潰すんだ。レイニーに言って、一斉に手入れをしてもらう。今夜のうちに一軒残らず潰してやる」

ボーモントは気乗りのしない口ぶりで言った。「レイニーを困らせるだけじゃないかな。この街の警察は、禁酒法の取り締まりには慣れてないだろう。喜んで引き受けるとは思えない」

「この私のためなら、この一度くらい、喜んでやるさ」マドヴィッグは言った。「それでもまだ、借りを返しきったとは考えないだろうよ」

「かもな」ボーモントの表情も声も、あいかわらずどっちつかずだった。「しかし、そこまでやるのは、手動ウィンチ一つで簡単に開く金庫に、わざわざハリケーン・パンチを浴びせるみたいなものだ」

「何かほかにいい考えでもあるのか、ネッド？」

ボーモントは首を振った。「確かなことは何一つ言えないが、二、三日、様子を見てからでも遅くは――」

ところがマドヴィッグは首を振った。「だめだ。黙って見ているわけにはいかない。金庫の開けかたなど、私は何一つ知らないがね、ネッド、喧嘩のしかたなら、私なりにわきまえている。どっちの手も休ませずに打ち続けることだ。ボクシングは結局ものにならなかったし、ほんの数えるほどリングに上がったときも、そのたびにこてんぱんにやられたがね。よし、ミスター・オロリーにはハリケーン・パンチをお見舞いすることにしよう」

6

「それについてはまったく心配いらない」ロイド眼鏡をかけた筋骨たくましい男はそ

う断言すると、椅子の背にゆったりともたれた。

その左に座った男——茶色の口髭はふさふさしているのに、頭髪はかなり枯れぎみで、体は痩せて骨張っている——は、さらにその左に座った男に言った。「そこまで楽観できるとは私には思えないんだが」

「そうか？」たくましい男が、左の痩せた男のほうに顔を向け、ロイド眼鏡越しにねめつけた。「ポールが私の区にじきじきに顔を出す必要さえないわけで——」

痩せた男が言う。「馬鹿言え！」

マドヴィッグが痩せた男に訊いた。「パーカーには会ったか、ブリーン？」

ブリーンが答える。「会いましたよ。五と言ってましたがね、もう二、三は期待できると思いますね」

ロイド眼鏡の男が嘲《あざけ》るように言った。「ああ、ああ、そうだろうよ！」

ブリーンが横目でロイド眼鏡をせせら笑った。「へえ？　じゃあ訊くが、そっちは誰からそれだけ引き出せるっていうんだ？」

そのとき、幅広のオーク材のドアにノックの音が三つ響いた。

ボーモントは前後逆向きに置いてまたがっていた椅子から立ち上がった。ドアを三十センチにも満たない程度だけ開けて、訪問者を確かめる。ノックをしたのは、額のせまい、浅黒い肌をした男だった。皺だらけの青い服を着ている。部屋には入ろうとせず、声の大きさも控えめだったが、興奮した口調のせいで、話の内容は部屋にいる全員の耳に聞き取れた。「シャド・オロリーが下に来てる。ポールに会いたいそうだ」

ボーモントはドアを閉め、向きを変えてポール・マドヴィッグを見やった。部屋にいる十人の男たちのうち、額のせまい男がもたらした知らせにまったく動じていないのは、ボーモントとマドヴィッグだけらしい。ほかの八人にしても、内心の高ぶりをそのまま顔に表わすことはなかった——かえって石のように無表情になった者さえいる——にしても、全員の息遣いが前より明らかに速くなっていた。

ボーモントは、訪問者の言葉を繰り返すまでもないことに気づいていないふりをして、適度な驚きを声に忍びこませながら言った。「オロリーが会いたいそうだ。下に来てる」

マドヴィッグは懐中時計を見た。「いますぐは忙しいと伝えてくれ。だが、しばらく待ってもらえるなら、ぜひ会おうとな」

ボーモントはうなずいてドアを開けた。「ポールはいま取りこみ中だと言え」ノックをした男にそう指示を与える。「しかし、しばらく待っていられるなら、あとで会う」

マドヴィッグは、角張った黄色っぽい顔をした男に、チェスナット通りの向こう側ではどのくらいの票が望めそうかと尋ねていた。角張った顔の男は、前回よりは〝段違いに〟票を伸ばせるだろうが、反対勢力を崩壊させられるほどではないと答えた。そう説明しているあいだも横目でちらちらとドアのほうをうかがっていた。

ボーモントは窓のそばに置いた椅子にふたたびまたがると、葉巻を吹かし始めた。

マドヴィッグは次の男に、ハートウィックという男からどの程度の額の選挙献金が期待できるかと尋ねた。今度の男はドアのほうを見やりはしなかったが、返事はしどろもどろだった。

マドヴィッグとボーモントの落ち着き払った態度や選挙問題に的を絞った事務的な議論も抑制力にはならず、場の緊張感は高まる一方だった。

十五分後、マドヴィッグが立ち上がった。「よし。安心は禁物だが、どうやら形になってきたな。このあとも頼むよ。この調子なら、きっと勝てる」それからドアの傍らに立ち、いちいち握手を交わしながら全員を送り出した。男たちはどこか急いだ様子で立ち去った。

マドヴィッグと二人きりになると、椅子に座ったままだったボーモントが訊いた。

「俺はどうする？　残ったほうがいいか、いないほうがいいか？」

「いてくれ」マドヴィッグは窓に近づき、陽射しのあふれるチャイナ通りを見下ろした。

「どっちの手も休ませずに打ち続ける、か」少し間をおいて、ボーモントが言った。

マドヴィッグは振り返ってうなずいた。「ほかに喧嘩のしかたを知らない」――椅子にまたがった男に子供のような笑みを向ける――「あとは、そう、足も総動員しろってことくらいかな」

ボーモントは何か言いかけたが、ドアノブが回る音がそれをさえぎった。

ドアが開き、男が入ってきた。背は平均より少し高いくらいで、ほっそりした体つきをしており、その華奢《きゃしゃ》な印象が、腕っ節も弱そうだという誤った印象を与えている。髪はみごとなまでに真っ白だが、年齢はせいぜい三十五といったところだろう。どちらかといえば細面《ほそおもて》だが、彫刻のように整った顔立ちのなかで、透き通った灰青色の瞳がひときわ異彩を放っていた。紺色のスーツの上に紺色のコートを着こみ、黒い手袋をした手に黒い山高帽を持っている。

続いて入ってきたのは、いかにも凶悪な風貌《ふうぼう》をしたO脚の男だった。似たような背の高さで、肌は浅黒く、なで肩の具合や太い腕の長さ、のっぺりとした顔が、どこか類人猿を連想させた。この男は、帽子——灰色のソフト帽——をかぶったままでいた。ドアを閉め、そこに寄りかかると、格子縞のコートのポケットに両手を突っこんだ。

白髪の男は、このときにはもう二人めの四歩か五歩先を行っていて、帽子を椅子の一つに置き、手袋を取ろうとしていた。

マドヴィッグはズボンのポケットに両手を入れたまま愛想よく微笑みかけた。「やあ、調子はどうだね、シャド？」

白髪の男が答える。「上々だよ、ポール。そっちは？」力強く響きのよいバリトンだった。かすかなアイルランド訛りが聞き取れた。

マドヴィッグは椅子にまたがった男のほうに軽く頭をかしげてみせた。「ボーモントとはもう会ったことがあるね？」

シャド・オロリーが答える。「ある」

ボーモントも言った。「あるよ」

どちらも会釈一つしなかった。ボーモントに至っては、椅子から立ち上がりもせずにいる。

オロリーは外した手袋をコートのポケットにしまって言った。「政治は政治、商売は商売だ。私は金の力でここまで来た。これからも金は惜しまないつもりだ。ただし、遣った金に見合ったものを手に入れたいとは思う」抑制の効いた声は、癪《しゃく》に障るほど思慮深げだった。

「何が言いたいのかな」マドヴィッグがさほど気にかけていないような調子で訊いた。

「この街の警察官の半数は、私や私の友人から巻き上げた金で面白おかしく暮らしている」

マドヴィッグはテーブルの前の椅子に腰を下ろした。「で？」前と同じ軽い口調だった。

「遣った金に見合ったものを手に入れたいということだ。私は自由を買ってる。よけいな口出しをされたくない」

マドヴィッグは含み笑いをした。「まさか、シャド、この私に陳情にきたのか？

きみのお巡りが買収に応じなくなって困ってると?」

「ドゥーランから昨夜聞いたよ。私の店を閉めさせろという命令をあんたからじかに受けたとね」

マドヴィッグはまた含み笑いをし、ネッド・ボーモントのほうを振り返った。「きみはどう思う、ネッド?」

ボーモントはかすかに笑みを作ったが、何も答えなかった。

マドヴィッグが言う。「私がどう思うか聞きたいか? ドゥーラン警部は働きすぎらしい。警部には長い休暇をやるべきだな。私が忘れていたら、誰か思い出させてくれ」

オロリーが言った。「私は自由を買ったつもりでいるんだ、ポール。だから、自由がほしい。商売は商売、政治は政治だ。その二つは分けて考えようじゃないか」

マドヴィッグが応じる。「それはできない相談だな」

オロリーの青い目は、夢見るようにどこか遠くのものを見つめた。いくらか悲しげな笑みを浮かべる。かすかにアイルランド訛りのある歌うような声も悲しげな響きを帯びた。「死人が出るぞ」

マドヴィッグの青い目からは何も読み取れない。声の調子からも本心はうかがい知れなかった。「きみが死人を出せばな」

白髪の男はうなずいた。「それは避けられないだろう」さっきと同じ悲しげな声だった。「あんたに叩かれたくらいで潰れるほど、私は小物ではない」

マドヴィッグは椅子にもたれて脚を組んだ。あいかわらず声に重々しさはなかった。「そうだな、きみは簡単に負けを認めるような小物じゃないかもしれない。しかし、今回は負けを認めるしかないよ」

シャド・オロリーの目から、夢見るような表情、悲しげな表情がたちまち消えた。黒い帽子をかぶり、コートの襟を立てた。それから、白く長い指をマドヴィッグに突きつけるようにして言った。「今夜、ドッグ・ハウスを再開する。よけいな手出しはしないことだ。手を出してみろ、こっちにも考えがある」

マドヴィッグは組んでいた脚をほどき、テーブルの上の電話に手を伸ばした。市警の番号にかけ、本部長を電話口に呼び出す。「やあ、レイニー……ああ、元気だよ、おかげさまで。ご家族は元気かい？……それはよかった。ところで、レイニー、シャドが今夜また店を開けようとしているらしいと聞いてね……ああ……そうだ、ボールみたいにぴょんぴょん弾むまで、徹底的に叩いてやってくれ……ああ……ありがとう。じゃ」受話器を元の位置に押し戻し、オロリーに向き直った。「これでよくわかっただろう、自分がどんな立場に置かれてるか。きみは終わりなんだよ、シャド。この街ではもう終わりなんだ」

オロリーが静かに言った。「よくわかったよ」それから向きを変えると、ドアを開けて帰っていった。

O脚のごろつきは、わざわざ足もとの敷物を狙って唾を吐き、挑むような目でマドヴィッグとボーモントをにらみつけたあと、出ていった。

ボーモントは両方の掌をハンカチで拭った。マドヴィッグが物問いたげな視線を向けていることには気づいていたが、何も言わなかった。目は陰気な色をしていた。

少しあって、マドヴィッグが促した。「どう思う？」

ボーモントは言った。「作戦を誤ったな、ポール」

マドヴィッグは立ち上がって窓の前に立った。「やれやれだ！」肩越しに振り返って嘆くように言う。「いったいどうすればきみのお気に召す？」

ボーモントは立ち上がり、出口に向かった。

マドヴィッグは窓に背を向けて腹立たしげに訊いた。「おい、またいつもの馬鹿をやる気か?」

「まあな」ボーモントはそう答えて部屋を出た。一階に下りて帽子を受け取り、ログ・キャビン・クラブをあとにした。七ブロック先の鉄道駅まで歩き、ニューヨーク行きの切符を買い、夜の列車を予約した。それからタクシーを拾ってアパートに帰った。

7

灰色の服を着たずんぐり体形の不格好な女と、ぽっちゃり太った、大人と呼ぶにはまだ幼い少年が、ネッド・ボーモントの指示を聞きながら、スーツケースと革の旅行鞄三つに荷物を詰めていた。そこに呼び鈴の音が響いた。

床に膝をついていた女がよいしょと言って立ち上がり、玄関に行ってドアを大きく開けた。「あらまあ、ミスター・マドヴィッグじゃありませんか。どうぞお入りくださいな」

「ご機嫌いかがかな、ミセス・デュヴィーン？ 会うたびに若々しくなるね」マドヴィッグはそう言いながら入ってくると、並んだスーツケースや旅行鞄を見渡し、最後に少年を見た。「やあ、チャーリー。セメントミキサーの仕事はそろそろできそうかな？」

少年ははにかんだように微笑んだ。「こんにちは、ミスター・マドヴィッグ」

マドヴィッグの笑みは次にボーモントに向けられた。「旅行にでも行くのか」

ボーモントは他人行儀な笑みを返した。「そんなところだ」

金髪の男は室内に視線を巡らせたあと、旅行鞄やスーツケース、椅子の上や開いたままの抽斗に積み上げられた衣類の山などをもう一度見やった。女と少年は荷造りを再開している。ボーモントは椅子の上の衣類の山を確かめて、いくぶん色あせたシャツを二枚見つけると、脇によけた。

マドヴィッグが訊いた。「三十分ほどいいか、ネッド？」

「時間なら売るほどある」

「じゃあ、帽子を取ってこい」

ボーモントは帽子とコートを取って戻った。「入るだけ詰めておいてくれ」女にそう指示し、マドヴィッグとともに玄関に向かった。「入りきらなかった分は、ほかのものと一緒にあとで送ってくれればいい」

階段を下りて通りに出た。一ブロック南へ歩いたところで、マドヴィッグが尋ねた。

「いったいどこに行くつもりだ、ネッド?」

「ニューヨークだ」

細い横丁に入った。

マドヴィッグがまた訊く。「そのまま帰らないつもりか」

ボーモントは肩をすくめた。「ああ、この街には二度と帰らない」

赤煉瓦の建物の裏手に設けられた緑色の木のドアを開け、通路を進み、また別のドアを開けてバーに入った。五、六人の男が酒を飲んでいた。バーテンダーや客の三人と挨拶を交わしながら、テーブルが四つ並んだ奥の部屋に向かった。部屋は無人だった。テーブルの一つにつく。バーテンダーが顔をのぞかせて言った。「いつもどおり、ビールで?」

マドヴィッグが答えた。「ああ、頼む」バーテンダーが行ってしまうと、ボーモントに訊いた。「どうしてだ?」

ボーモントは答えた。「ちっぽけな街の面倒にはもう飽きたからさ」

「面倒というのは私のことか」

ボーモントは何も言わずにいた。

マドヴィッグはしばらく黙っていた。やがて溜め息をついて言った。「最悪のタイミングで私を見捨ててくれるんだな」

バーテンダーがペールエールのジョッキを二つと、つまみにプレッツェルの入ったボウルを一つ、運んできた。バーテンダーが出て行き、ドアを閉めるのを待って、マドヴィッグが叫ぶように言った。「まったく、ネッド、きみは本当に扱いづらい男だよ！」

ネッド・ボーモントは肩を軽く上下させた。「つきあいやすい男だと自己申告した覚えはないぜ」そう言ってジョッキを持ち上げ、ビールを飲んだ。

マドヴィッグはプレッツェルを取って一口大に割っていた。「本当に行くつもりか、ネッド？」

「ああ」

マドヴィッグはプレッツェルのかけらをテーブルに置くと、ポケットから小切手帳を取り出した。一枚破り取り、別のポケットからペンを取り出すと、小切手に数字を書きこみ、署名した。扇のように振ってインクを乾かし、ボーモントの前に置く。

ボーモントは小切手に目を落として首を振った。「金には困ってないし、あんたに貸しもない」

「いや、ある。これでも足りないくらいだよ、ネッド。頼むから受け取ってくれ」

「わかった。礼を言うよ」ボーモントはそう言って小切手をポケットにしまった。

マドヴィッグはビールを飲み、プレッツェルを食べ、またビールを飲もうとしかけて、ジョッキをテーブルに下ろした。「今日の午後、クラブで起きたことのほかに、何か思うことが——何か不満でもあったか」

ボーモントは首を振った。「そういう言いかたはやめてくれ。相手が誰でも気に入らない」

「おいおい、ネッド。いまの言いかたの何が気に入らない?」

ボーモントは答えなかった。

マドヴィッグはまたビールを一口あおった。「オロリーの扱いを間違ったと思う理由を話してもらえないか」

「話したところで何も変わらないだろう」

「聞いてみないとわからない」

ボーモントは言った。「しかたないな。いまさら遅いとは思うがね」椅子を後ろに傾け、片手でジョッキを持ち、反対の掌にプレッツェルを載せた。「シャドとしては、売られた喧嘩を買うしかない。いまの状況じゃ、そうするしかないだろう？　あんたはあいつをコーナーに追い詰めたんだ。この街ではもうおしまいだと言い渡した。シャドにしてみれば、こうなったら、どんなに見込みが薄かろうと、賭けに出るしかないわけさ。今度の選挙であんたを負けさせることができれば、そのために費やした労力はそっくり報われるだろう。だが、あんたが選挙に勝てば、ほかの土地に流れていくしかない。あんたはあいつを潰すのに警察を利用した。となると、あいつは警察に反撃するしかないし、実際に反撃するだろうな。するとあんたは、何らかの手を打って、犯罪が急激に増加しただけみたいに見せかけなくちゃならなくなる。ところがだ、あんたの目下の最優先課題は、この市の現政権の再選だ。考えてみろよ。よりによって選挙前のこの時期だ、犯罪が急増して、それに対応しきれなかったら、現政権は無能らしいと世間は思うに決まってる。そうなったら――」

てさえぎった。

「じゃあ何だ、シャドに降伏すべきだったとでも？」マドヴィッグが眉間に皺を寄せ

「そこまでは言わない。ただ、やつに逃げ道を残してやるべきだったと言いたいだけだ。コーナーに追い詰めたのはまずかった」

マドヴィッグの眉間の皺がいよいよ深くなる。「きみの喧嘩の流儀がどんなものなのかは知らない。だが、先に手を出してきたのは向こうだぞ。相手をコーナーに追い詰めたら、すかさずとどめを刺す。私はそういうやりかたしか知らない。そのやりかたで、ここまでのし上がった」そう言って少し頬を赤らめた。「べつに、ナポレオンにでもなったつもりでいるわけじゃないよ、ネッド。しかし、第五区のパッキー・フラッドの使い走りから始めて、いまの地位まで昇り詰めたのは事実だ」

ボーモントはジョッキを空にすると、椅子の前の脚を床に下ろした。「ほらな、話したところで何も変わらないんだ。好きなようにすればいいさ。古き良き第五区のやりかたがどこででも通用すると思ってるなら、そう思ってればいい」

マドヴィッグの声には、怒りと屈辱が少しずつ混じり合っていた。「おまえは俺の政治手腕は幼稚だと見下してるんだな。そうだろう、ネッド」

今度はネッド・ボーモントの頬が赤く染まった。「そうは言ってないよ、ポール」

「だが、要するにそういうことだろう。違うか」マドヴィッグが言い募る。

「違う。ただ、今回は自分で自分の首を絞めたんじゃないかとは思ってる。手始めに、ヘンリー家の口車に乗せられて上院議員を後押しすることになった。コーナーに追い詰められた敵にとどめを刺すチャンスはあったのに、敵にはたまたま娘やら社会的地位やらがあって、それに目がくらんだあんたは――」

「そのくらいにしておけ、ネッド」マドヴィッグがうなった。

ボーモントの顔からいっさいの表情が消えた。「そろそろ行かないと、列車に乗り遅れる」そう言って立ち上がると、部屋を出ていこうとした。

すぐにマドヴィッグが追いついてきて、肩に手を置いて引き止めた。「待てよ、ネッド」

ボーモントは振り返らずに言った。「その手を離せ」

マドヴィッグはもう一方の手をボーモントの腕に置き、ボーモントを振り向かせた。

「俺の話を聞けって」

ボーモントは繰り返した。「離せ」唇は青ざめて強ばっている。

マドヴィッグがボーモントを揺さぶった。「馬鹿な真似はよせ。俺とおまえは――」

ボーモントは左の拳でマドヴィッグの口のあたりを殴りつけた。

マドヴィッグはボーモントから手を離し、後ろに二歩よろめいた。心臓が三つほど打つあいだ、マドヴィッグの口はだらしなく開き、顔には驚愕《きょうがく》が浮かんでいた。だが、すぐに怒りがその顔をどす黒く覆い、口はぴしゃりと閉じられた。顎に力がこもり、筋肉が盛り上がる。両手で拳を作り、肩を丸めた。体重が前に移動を始めた。

ボーモントの手が素早くテーブルのほうに動いて、重たいガラスのジョッキをつかんだ。しかし、持ち上げようとはしなかった。体はジョッキに手を伸ばしたときにテーブルのほうに少し傾いたままだった。しかしそれを除けば、金髪の男と真正面から向き合って立っていた。顔は引き攣《つ》れたように歪められ、口の周りの皮膚が張りつめて白い皺が浮いている。黒い目は、マドヴィッグの青い目に鋭い視線をねじこんでいた。

一メートルに満たない距離をはさんで、二人はにらみ合った。大きな肩を丸め、大きな拳をいざ振り出そうとして、危ういほど前のめりの姿勢でいる長身のたくましい金髪の男。上半身をわずかに傾け、そちら側の腕を伸ばして重たいガラスのジョッキの持ち手をつかんだ、黒い髪と黒い目をした長身の細身の男。室内に聞こえているのは、二人の息遣いだけだった。薄っぺらのドアの向こうのバーからは何の物音も聞こえてこない。グラスがぶつかり合う音も、くぐもった話し声も、水の跳ねる音も、聞こえない。

二分近くが過ぎたころ、ネッド・ボーモントはジョッキから手を離し、マドヴィッグに背を向けた。表情に変化はなかった。ただ、いまはもうマドヴィッグからそらされた目だけは違っていた。怒りに燃えていた瞳は、氷のように冷えきっていた。急ぐ様子もなく一歩ドアのほうに踏み出す。

腹の底から絞り出すようなかすれた声で、マドヴィッグが呼びかけた。「ネッド」ボーモントは立ち止まった。顔がいっそう青ざめた。振り返ろうとはしなかった。マドヴィッグが言った。「この自惚《うぬぼ》れきった大馬鹿野郎めが」ネッド・ボーモントは振り返った。ゆっくりと。

マドヴィッグが掌でボーモントの顔を押しのけた。ボーモントはよろめき、あわてて脚を踏み換え、テーブルの椅子に片手を置いて体重を支えた。

マドヴィッグが言う。「本当なら、めちゃくちゃに殴ってやるところだぞ」

ボーモントはばつが悪そうに笑うと、いま手を置いた椅子に腰を下ろした。マドヴィッグは向かいの椅子に腰を下ろし、ジョッキでテーブルをごんと叩いた。

バーテンダーが部屋のドアを開けて顔を出した。

「お代わりを頼む」マドヴィッグは言った。

バーで飲んでいる男たちの話し声や、グラスとグラス、グラスと木がぶつかり合う音が、ドアの隙間から流れこんできた。

第4章　ドッグ・ハウス

1

ベッドで朝食をとっていたネッド・ボーモントは、声を張り上げた。「どうぞ」玄関が開いて閉じる気配がした。「誰だ?」

居間から低いしゃがれ声が聞こえた。「おい、どこだ、ネッド?」ボーモントがこれに答える前に、耳障りな声の主が寝室の戸口に現われた。「あんたの部屋にしちゃ、ずいぶんとお品がいいじゃねえか」屈強な体格の若い男だった。四角い顔は血色が悪く、唇の厚い大きな口をしている。その口の端から紙巻煙草がぶら下がっていた。きらめく黒い目はやぶにらみ気味だ。

「よう、ウィスキー」ボーモントは声をかけた。「まあ、かけろよ」

ウィスキーは室内に視線をめぐらせた。「ずいぶんいいとこに住んでんだな」唇から煙草を取り、ボーモントを見たまま、煙草の先で肩越しに居間を指した。「あの大荷物は何だよ？　引越でもすんのか？」

ボーモントは口に入っていたスクランブルエッグをゆっくりと嚙み、飲み下してから答えた。「まあな、検討中だ」

ウィスキーが言う。「へえ」そう言いながら、ベッドに向けて置かれた椅子に腰を下ろした。「どこに？」

「たぶん、ニューヨークだな」

「たぶんってのは何だよ、たぶんってのは」

「とりあえずニューヨーク行きの切符を買ってあるってことさ」

ウィスキーは煙草を指先で叩いて灰を床に落とし、唇の左端にくわえ直した。洟《はな》をすする。「いつまで向こうにいるつもりだ？」

トレーから口に運ばれようとしていたコーヒーカップが止まった。ボーモントは何か思案しているような顔で血色の悪い若者を眺めたあと、こう答えた。「切符は片道だ」ようやくコーヒーを飲む。

ウィスキーは目を細めてボーモントを見つめた。まぶたがほとんど完全に閉じて、黒いきらめきが糸のように細くなった。煙草を口から離し、またしても灰を床に落とす。それから、しゃがれ声で説得するように言った。「発《た》つ前にシャドにいっぺん会わねえか」

ボーモントはカップを下ろしてにやりとした。「シャドと俺の仲だ。俺がさよならも言わずに行っちまったら、さぞ傷つくだろうしな」

「そういう話じゃねえよ」

ボーモントは膝の上のトレーをベッドサイドテーブルに置いた。体を横向きにして寝そべり、肘を枕について上半身を支え、毛布を胸まで引き上げた。それから尋ねた。「じゃ、どういう話なんだ?」

「あんたとシャドなら、組んで商売できんじゃねえかって話だよ」

ボーモントは首を振った。「いや、それはないと思う」

「あんたの読みだって、たまには間違ってることはあんだろう?」

「まあな」ベッドの上の男は打ち明けるように言った。「一九一二年にそんなことがあったな。何を考え違いしたかはもう忘れたが」

ウィスキーは立ち上がり、トレーの上の皿の一枚で煙草を揉み消した。それからベッドの脇、テーブルのすぐ横に立ったまま、言った。「とにかく会ってみねえか、ネッド?」

ボーモントは眉をひそめた。「時間の無駄になるだけだろう、ウィスキー。シャドと俺が仲よく手を組めるとは思えない」

ウィスキーは歯のあいだから息を吸いこんで耳障りな音を立てた。分厚い唇が下に大きく突き出ているために、その音は嘲笑《ちょうしょう》のように聞こえた。「シャドは組めそうだと思ってる」

ボーモントは目を見開いた。「へえ? つまり、おまえはシャドの使いで来たってことか」

「そうだよ」ウィスキーが言った。「そうじゃなきゃ、あんたんちに押しかけてきて、こんなふうにくっちゃべったりしてねえよ」

ボーモントはまた目を細めて訊いた。「どうしてだ?」

「シャドがあんたと組んで商売ができそうだと思ってるからだって」

「いや、そのことじゃなくて」ボーモントは説明した。「俺がシャドと組みたがると思ってる理由を訊いてるんだ」

ウィスキーはげんなりした顔をした。「なあ、俺を馬鹿だと思ってるのか、ネッド？」

「いいや」

「だったらよ、あんたとポールが昨日《きのう》、ピップ・カーソンの店で喧嘩別れしたらしいって噂、この街にいりゃ誰でも知ってるってことくらい、あんたにもわかるよな」

ボーモントはうなずいた。「なるほど、そういうことか」まるで独り言のようにつぶやく。

「そうだよ、そういうことだよ」しゃがれ声の男は安心させるように続けた。「ポールがシャドの酒場を閉鎖させたのは間違いだってあんたは考えた。それが喧嘩別れの原因だって話がシャドの耳に入ったわけだ」

ボーモントは考えこむように言った。「しかし、会うっていうのはどうかな。俺はこの街とさよならしたいんだよ。大都会に戻りたいんだ」

「少しは頭を使えって」ウィスキーがしゃがれ声で言う。「大都会ならよ、選挙が終わるまでちゃんと待っててくれるだろ。あわてるこたあねえ。シャドはうなるほど金を持ってるし、その金を太っ腹に遣ってマドヴィッグをぶちのめしてやるつもりでいるんだ。どのみち行くにしてもよ、こっちで一儲《ひともう》けしてからのほうが賢いぜ」

「なるほどな」ボーモントはゆっくりと言った。「話だけはしてみても損はなさそうだ」

「だろ？　そうこなくちゃ」ウィスキーは勢いこんだ。「ほら、坊や、布おむつのピンをちゃんと留め直せ。さっそく行くぞ」

「わかった」ボーモントはベッドを出た。

2

シャド・オロリーは立ち上がり、軽く会釈をして出迎えた。「やあ、ボーモント。よく来てくれた。帽子とコートはその辺に置いてくれ」手は差し出さなかった。

「おはよう」ボーモントはそう応じてコートを脱ぎ始めた。

戸口からウィスキーが言った。「じゃ、俺はまたあとで顔出しますから」

オロリーが応じる。「ああ、かならず来てくれよ」

ウィスキーがこちらを向いたまま後ずさりしながらドアを閉めた。部屋にはボーモントとオロリーだけが残された。

ボーモントはコートをソファの肘にかけ、上に帽子を置き、その隣に腰を下ろした。それから、無表情にオロリーを見つめた。

オロリーは自分の椅子に座り直していた。クッションの分厚い、艶のないワイン色の地に金色の模様入りのどっしりとした椅子だった。脚を組み、両手の指先を合わせると、上になったほうの膝にのせた。彫刻のように整った顔をうつむけ、灰青色の瞳で上目遣いにボーモントを見つめ返す。それから、アイルランド訛りのある耳に快い声で切り出した。「きみに借りができたようだ。ポールを説得してくれたそうだな――」

「あんたに貸しを作った覚えはない」ボーモントは言った。

オロリーが訊き返す。「ほう、そうか?」

「そうさ。あの時点では、俺はポール側の人間だった。だから、ポールのためを思って助言したまでだ。戦略を誤ってると思ったからね」

オロリーは穏やかに微笑んだ。「ポールが自分の誤りをようやく悟るころには、すでに手遅れになっているというわけだな」

しばし沈黙が流れた。オロリーはクッションになかば埋もれたような状態で座ったまま、ネッド・ボーモントに微笑みかけていた。ボーモントもソファからオロリーを見つめた。どんな考えが頭のなかを巡っているのか、その目からは読み取れない。

やがてオロリーが沈黙を破った。「ウィスキーからどこまで聞いた？」

「何も。あんたが俺に会いたがってるってことだけだ」

「その点に間違いはない」オロリーは言った。両手の指先を離し、ほっそりとした手の甲で、もう一方の掌を軽く叩いた。「きみとポールが喧嘩別れしたというのは本当か」

「もうとっくに知ってるんじゃないのか」ボーモントは答えた。「だから迎えをよこしたものと思ってたよ」

「噂は私の耳にも入っている。しかし、噂を聞いたのと、事実を事実として知っているのとは同じことではないからね。きみはこれからどうするつもりでいた？」

「ポケットにはニューヨーク行きの切符があるし、荷造りもうすんでる」

オロリーは片手を持ち上げて艶やかな白い髪をなでつけた。「ニューヨークの出身だそうだな」

「出身がどこかは誰にも話したことがない」

オロリーは髪を整えていた手で抗議でもするような仕草をした。「私が他人の出身地を気にするような人間に見えるか」

ボーモントは黙っていた。

白髪の男は続けた。「ただ、このあとのきみの行き先は気になる。勝手な希望を言わせてもらえるなら、ニューヨーク行きはしばらく延期してもらえるとありがたい。この街にはまだ、きみの利益になりそうなことが山ほど残っていると考えたことはないか」

「ないね」ボーモントは答えた。「今朝、ウィスキーが来るまでは」

「いまはどう考えている？」

「何も考えてない。とりあえず、あんたの話の続きを待ってるだけだ」

オロリーはまた手を持ち上げて髪に触れた。灰青色の目は親しげだが、鋭い光を放っていた。「この街に来てどのくらいになる？」

「十五か月」

「ポールと懇意になってからは？」

「一年かな」

オロリーはうなずいた。「それなら、ポールのことをいろいろと知っているだろう」

「まあな」

「私が利用できそうな情報をいろいろと持っているだろう」

ボーモントはぶっきらぼうに言った。「で、条件は？」

オロリーは深い椅子から腰を上げると、ボーモントが入ってきたのとは反対側のドアを開けた。巨大なイングリッシュブルドッグがよたよたと入ってきた。オロリーが椅子に戻る。犬はワイン色に金色模様の椅子の前の敷物に腹ばいに寝そべると、陰気な目で主人を見上げた。

オロリーが言った。「私から提示できるのは、ポールに心ゆくまで仕返しをするチャンスだ」

「それにはまるで魅力を感じないな」

「ほう？」

「俺のなかではもう仕返しはすんでる」

オロリーが顔を上げた。静かな声で訊く。「つまり、ポールを痛めつけるのは気が進まないというわけか」

「そうは言ってない」ボーモントはいくらか焦れったそうに答えた。「あいつが痛い目に遭おうがどうしようが、俺の知ったことじゃないさ。だが、何かするときは、俺一人でやれる。それも俺の気が向いたときにだ。あんたのくれるチャンスに乗っかって、その結果あんたに借りを作るのはごめんだな」

オロリーは機嫌よく何度もうなずいた。「そうか、それならいい。あの男はすでに一度痛い目に遭ったわけだな。で、上院議員の息子を始末したのはなぜだ?」

ボーモントは笑った。「そうあわてるなって。まだそっちの条件を聞いてないぞ。ところで、いい犬だな。何歳になる?」

「そろそろ寿命だよ。七歳だ」オロリーは脚を伸ばし、靴の爪先で犬の鼻面をなでた。犬がのろのろと尻尾《しっぽ》を振る。「これではどうかな。今度の選挙が終わったら、この州で最高級の賭博場をきみに任せよう。鉄壁の保護もつけて」

「そんな不確かな取引は呑めないな」ボーモントはどこか退屈したように言った。「選挙であんたの陣営が勝たなきゃ、立ち消えになる話だろう。まあ、どのみち、選挙がすむまでこの街にいる気はない。それを言ったら、選挙までいる気もないんだ」

オロリーは爪先で犬の鼻をなでるのをやめた。顔を上げてまたボーモントを見ると、夢見るような笑みを浮かべた。「我々が勝つとは思わないのか」

ボーモントも笑みを返した。「金を賭けるのだって遠慮したいね」

オロリーはあいかわらず夢見るように微笑んだまま、続けて訊いた。「私と組むのにあまり乗り気ではないようだね、ボーモント?」

「ああ」ボーモントは立ち上がって帽子を拾い上げた。「最初からその気はなかった」さりげない口調だった。ただ、相手の心情を汲んだように無表情を貫いている。「ウィスキーにも言った。時間の無駄になるだけだろうって」コートに手を伸ばす。

白髪の男が言った。「まあ、かけたまえ。まだ話し合いの余地はあるはずだ。よく話し合えば、落としどころが見つかるかもしれない」

ボーモントは少したためらったあと、肩をほんのわずかに上下に動かした。帽子を取り、コートと一緒にソファの肘かけに置き直すと、その隣に腰を下ろした。

オロリーが続ける。「我々の側につけば、いまここで一万ドル、現金で渡す。選挙で勝ったら、開票日の夜にさらに一万支払おう。さっき話した賭博場の提案もそのまま生かしておく」

ボーモントは唇をすぼめ、眉間に皺を寄せ、陰鬱な目でオロリーを見つめた。「引き換えにポールを裏切れってことか」

「ポール・マドヴィッグの裏の顔を『オブザーヴァー』紙に暴露してもらいたい。下水工事の請負、テイラー・ヘンリー殺しの手口と動機、去年の冬のシューメーカーを巡る疑惑、市政を陰で操るやり口」

「下水工事のごたごたはもう片づいた」ボーモントの口調は、ほかのことを考えるのに忙しいといったふうだった。「醜聞を流すよりはと、儲けをあきらめたんだ」

「そうか」オロリーはあっさり引き下がった。静かな自信が感じられた。「しかし、テイラー・ヘンリー殺しには何かあるだろう」

「そうだな、それは使えるだろう」ボーモントは眉を寄せて続けた。「しかし、シューメーカーの件は」――ちょっと口ごもった――「あれを表に出すと、俺まで困った立場に追いこまれかねない」

「それはまずいな」オロリーがすかさず言った。「なら、それも除外するとしよう。ほかに何かないか」

「路面電車の経営権の期間延長とか、去年の郡役場の騒動あたりかな。ただ、まずはちゃんと裏を取る必要がある」

「手間をかける甲斐はあるはずだ。きみにとっても私にとっても」オロリーが言った。「ヒンクルという『オブザーヴァー』の記者に記事を書かせよう。きみは知っていることを話す。ヒンクルがそれを聞いてまとめる。手始めにテイラー・ヘンリー殺しからいこうか。新鮮なスキャンダルだからね」

ボーモントは親指の爪で口髭をなでてつぶやいた。「どうするかな」

オロリーは笑った。「おっと、一万ドルが先だろうということか。ふむ、一理あるな」立ち上がり、犬が出てきたほうのドアを開け、その奥の部屋に入った。ドアが閉まる。犬はワイン色に金色模様の椅子の前に寝そべったきり動こうとしない。

ボーモントは葉巻に火をつけた。犬が頭を持ち上げてその様子を観察した。

オロリーは緑色の百ドル札の分厚い束を持って戻ってきた。茶色の帯封に青いインクで〝$10,000〟と書いてある。オロリーは空いたほうの掌に札束をぴしゃりと叩きつけて言った。「じつはヒンクルをそっちの部屋に待機させてある。用意ができたら来るように言っておいた」

ボーモントは顔をしかめた。「頭のなかを整理するのに少し時間が必要だ」

「思いついたまま話してくれればそれでいい――体裁を整えるのはヒンクルに任せて」

ボーモントはうなずき、葉巻の煙を吐き出した。「ま、やってみよう」

オロリーは紙幣の束を差し出した。

「ありがとう」ボーモントは現金を受け取って上着の内ポケットにしまった。平らな胸のその部分が札束の形に盛り上がった。

「礼を言うのはこちらのほうさ」オロリーが自分の椅子に戻る。

ボーモントは唇にはさんでいた葉巻を取って言った。「忘れないうちに言っておきたいんだが、ウォルト・イヴァンズをフランシス・ウェスト殺しの犯人に仕立て上げたところで、ポールとしては痛くもかゆくもないと思う」

オロリーは束の間、見透かそうとするような目をボーモントに向けたあと、尋ねた。

「それはどうしてかな」

「あいつがクラブを利用してアリバイを主張しようとしても、ポールが許さないからだ」

「犯行時刻にイヴァンズがクラブにいたことを忘れろと全員に命令する構えでいると

いうことか」

「そうだ」

オロリーは一つ舌打ちをして訊いた。「私がイヴァンズをはめようとしているとポールが疑っているのはなぜだろう」

「ちょっと考えればわかることさ」

オロリーはにやりとした。「つまり、きみが推理したということだな。ポールはそこまで頭の切れる男ではない」

ボーモントは控えめに得意げな顔をしてから尋ねた。「で、あいつをどうやってはめるつもりだ?」

オロリーは喉の奥で笑った。「あのピエロをブレイウッドに行かせて、中古の銃を買わせた」灰青色の目がふいに冷酷で無情になった。しかしすぐに楽しげな表情が戻った。「しかし、まあ、いまとなってはどうでもいいことだ。ポールが是が非でも大事《おおごと》にして騒ぎ立てるつもりでいるらしいいまとなってはね。あの男が私にちょっかいを出そうと決めたのは、イヴァンズの件がきっかけなんだな」

「そうだ」ボーモントは答えた。「といっても、今回のことがなくても、いずれはこうなってただろう。ポールとしては、あんたにこの街で成功する足がかりを与えたのは自分なんだから、あんたは自分の翼に守られるひな鳥であり続けるべきで、自分を巣から追い落とすほど成長するのはけしからんと思ってる」

オロリーは柔和に微笑んだ。「そして私は、その足がかりを与えたことを後悔させる親不孝者になるわけか」自信ありげな口ぶりだった。「ポールは――」

そのとき、ドアが開いて男が一人入ってきた。だぶだぶの灰色の服を着た若い男だった。耳と鼻が異様に大きい。茶色の髪はぼさぼさで、そろそろ床屋に行ったほうがよさそうだ。どことなく垢染《あかじ》みた顔には年齢《とし》のわりに深い皺が刻まれていた。

「入ってくれ、ヒンクル」オロリーが声をかけた。「こちらはミスター・ボーモントだ。スクープのネタを提供してくれる。原稿に目鼻がついたら、私にも読ませてもらえないか。明日の朝刊に最初の記事を載せよう」

ヒンクルは決して美しいとは言えない歯をのぞかせて笑みを作り、よく聞き取れない挨拶をボーモントに向けてつぶやいた。

ボーモントは立ち上がって言った。「よし。いまから俺のアパートに来ないか。そこで仕事にかかろう」

オロリーがかぶりを振った。「ここのほうがいい」

ボーモントは帽子とコートを拾い上げ、笑みを浮かべて言った。「あいにくだが、このあと電話がかかってくる約束になってるし、ほかにもいろいろあるものでね。ほら、きみも帽子を取ってこいよ、ヒンクル」

ヒンクルは怯えたような顔で突っ立ったまま黙りこくっている。

オロリーが言う。「きみにはここにいてもらいたいんだよ、ボーモント。きみに万が一のことがあったらたいへんだろう。しかし、ここなら身の安全を保証できる」

ボーモントはとっておきの笑みを見せた。「俺が金を持ち逃げするんじゃないかって心配してるなら」――上着の内ポケットに手を入れ、札束を取り出す――「話がすむまであんたが預かっててくれてもいい」

「そんな心配はしていない」オロリーの口調は穏やかだった。「だが、きみと私が密談したという話がポールの耳に入ろうものなら、きみの立場は一気に危うくなるだろう。きみの命を賭けるような真似はしたくない」

「その賭けには乗ってもらうしかなさそうだな」ボーモントは言った。「俺は帰るよ」

オロリーが言う。「だめだ」

ボーモントは言った。「いや、帰る」

　ヒンクルはいきなり向きを変え、部屋を出ていった。

　ボーモントも向きを変え、別のドア――この部屋に入ってきたときに使ったドアを目指し、背筋を伸ばして悠然と歩きだした。

　オロリーが足もとのブルドッグに何かささやいた。犬はのろいなりに急いだ様子で立ち上がると、よちよちとボーモントを追い越していき、ドアの前に足を踏ん張って立つと、不機嫌な目でボーモントをねめつけた。

　ボーモントは唇を結んだまま笑みを作り、オロリーのほうを振り返った。百ドル札の束はまだボーモントの手にあった。それを持ち上げてみせる。「こいつはあんたのケツにでも突っこんでおけ」そう言って札束をオロリーに投げつけた。

　ボーモントがその手を下ろした瞬間、ブルドッグがぎこちない身のこなしで飛び上がった。ボーモントの右手首に食らいつく。その衝撃でボーモントの体は左に回転した。そのまま片膝をつくと、腕を床の近くまで下ろして犬の体重が手首にかかるのを防いだ。

　シャド・オロリーが立ち上がり、ヒンクルが出ていったほうのドアを開けた。「おい、ちょっと頼む」そう声をかけ、あいかわらず床に片膝をついて犬に腕を引っ張られるままになっているボーモントに近づいた。犬は床に腹がつきそうな体勢で四つ足を踏ん張り、ボーモントの腕をがっちりとつかまえている。

ウィスキーと二人の男が部屋に入ってきた。片方は、オロリーのお伴でログ・キャビン・クラブに来た、あのO脚のサル顔の男だった。もう一人は、砂色の髪にがっちりした体つき、薔薇色の頬をした十九か二十歳くらいのむっつり顔の若造だ。むっつり顔がボーモントの背後に回り、ドアとのあいだに立った。O脚のごろつきは、犬がくわえているのではないほう、ボーモントの左腕を右手でつかんだ。ウィスキーはボーモントともう一つのドアの中間地点で立ち止まった。

ここでオロリーが犬に声をかけた。「パティ」

犬はボーモントの手首を放すと、よたよたと主人のところへ戻っていった。

ボーモントは立ち上がった。顔は青ざめ、汗で濡れていた。上着の破れた袖口と手首を見る。血が掌を伝って滴《したた》っていた。手は震えている。

オロリーがアイルランド訛りのあの歌うような声で言った。「きみが招いた結果だ」

ボーモントは手首から目を上げて白髪の男を見た。「そうだな。だが、この程度じゃまだ、俺をこの部屋に足止めするのは無理だぜ」

3

ネッド・ボーモントはまぶたを持ち上げ、うめき声を漏らした。

砂色の髪と薔薇色の頬をした若造が肩越しにむっつりと言った。「うるせえんだよ、おやじ」

浅黒いサル男が言った。「ほっとけって、ラスティ。あいつがまた出ていこうとすれば、俺たちもまた遊べるんだからよ」腫れた拳を見下ろしてにやりとする。「ほら、カードを配れ」

ボーモントはフェディンクがどうのと、女の名前をつぶやきながら起き上がった。裸の幅のせまいベッドの上に寝かされていた。シーツや毛布の類はいっさいない。血だらけだったマットレスは大量の血を吸っていた。顔は腫れ上がって青黒く染まり、血だらけだった。乾いた血がシャツの袖口と犬に嚙まれた手首を糊《のり》のようにくっつけている。手にも乾いた血がこびりついていた。そこは壁が黄色と白に塗られた小さな寝室で、ベッドのほかに椅子が二脚とテーブル、それに簞笥《たんす》が置いてあり、壁には鏡と白い額に入ったフランスの版画が三枚かかっている。ベッドの足の側の向こうに開いたままのドアがあり、浴室の白いタイルの一部が見えていた。ドアはもう一つあって、そちらは閉まっている。窓はまったくない。

浅黒いサル男と砂色の髪と薔薇色の頰をした男は椅子に座り、テーブルでカードをしていた。テーブルの上には紙幣と硬貨が合計二十ドル分ほどある。

ボーモントはどこか奥深くから湧いた憎悪の鈍い輝きを放つ目でカードゲームに興じる男たちを見やったあと、ベッドから下りようとした。ベッドから這い出すだけで一苦労だった。右腕はまるで使い物にならない。左手で脚を片方ずつ押してベッドの縁《へり》から下ろす。二度、ベッドの上で横向きに倒れ、左腕を支えにして体を起こさなくてはならなかった。

サル男が一度だけ横目でボーモントを見やり、おどけた調子で訊いた。「よう、どうだ、頑張ってるか」だが、それ以外は二人ともボーモントを完全に無視していた。

ようやくベッド脇の床に両足を下ろし、震えながら立ち上がった。左手をマットレスに置いて体を支えながら、ベッドの端まで移動する。そこで体をまっすぐに起こすと、ゴールを一心に見据え、おぼつかない足取りで閉じたほうのドアを目指した。ドアの近くまで来たところでよろめいて両膝を床についたが、やけくそで投げるように伸ばした左手が偶然にドアノブをつかんでいた。それを頼りにまた立ち上がる。

そのとき、サル男がカードを丁寧にテーブルに置いた。「ちょい待ち」そう言って笑みを浮かべる。その口もとからこぼれた歯はあまりにも美しくて白く、とても生まれつきのものとは思えなかった。サル男はドアの近くに来ると、ボーモントのすぐ隣に立った。

ボーモントはドアノブをがちゃがちゃ言わせていた。

「よう、フーディーニ[2]さんよ」サル男はそう声をかけると、全体重をかけて右の拳をボーモントの顔に叩きつけた。

ボーモントは後ろざまに壁まで吹き飛んだ。まず後頭部がぶつかり、次に背中が壁に当たって、そのまま床に滑り落ちた。

カードを手にテーブルから動かずにいた薔薇色の頬のラスティが、むっつりとした、

2　米国の奇術師。脱出の名人と呼ばれた。

何の感情も感じ取れない声で言った。「よせよ、ジェフ。ほんとに死んじまうぜ」

ジェフはボーモントのものあたりを軽く蹴って言った。「こいつがか？　こいつはよ、殺したって死なねえよ。強情だからな。こいつはそう簡単にくたばらねえ。こういうのがお好きらしいしな」腰をかがめ、気を失っている男の襟もとを両手でつかんで引っぱり上げ、膝立ちにさせた。「なあ、こういうのが好きなんだよなあ」そう言うなり、片手でボーモントをつかんだまま、もう一方の拳で顔を殴りつけた。

ドアノブが外側から音を立てた。

ジェフが声を張り上げる。「誰だ？」

シャド・オロリーの豊かな声が答えた。「私だ」

ドアが開けられるよう、ボーモントを引きずっていって床に転がすと、ポケットから鍵を出して錠を開けた。

オロリーとウィスキーが入ってきた。オロリーは床の上の男を見、次にジェフを見、最後にラスティを見た。灰青色の目に翳《かげ》りが射した。それからまずラスティに訊いた。「ジェフは面白半分に殴ったのか」

薔薇色の頬をした若者は首を振った。「このボーモントが糞野郎だからですよ」

むっつりと言う。「目が覚めるたびに立ち上がって、何かおっぱじめるんです」

「この男は死なせたくない。いまのところはまだな」オロリーは言い、ボーモントを見下ろした。「意識を取り戻させられるかやってみてくれ。話がしたい」

ラスティが立ち上がった。「どうかな、できますかね。かなりやられてますから」

ジェフは楽観的だった。「できるに決まってんだろ。やりかたを教えてやるぜ。ラスティ、おまえはそっちだ、足を持て」自分はボーモントの腋《わき》の下に手を差し入れた。

意識を失った男を二人で浴室に運んでいき、浴槽に横たえた。ジェフが浴槽に栓をし、下の蛇口と上のシャワーの両方から冷水を出した。「じきに目を覚まして歌いだすさ」

五分後、水を滴らせているボーモントを浴槽から引きずり出して立たせた。ボーモントはどうにか自力で立っていた。二人はボーモントをふたたび寝室に連れ戻した。オロリーは椅子の片方に座って紙巻煙草を吹かしていた。ウイスキーの姿は消えていた。

「ベッドに座らせろ」オロリーが命じた。

ジェフとラスティはボーモントをベッドに連れていき、向きを変えさせ、肩を押して座らせた。肩から手を離すなり、ボーモントは仰向けにばたりと倒れた。もう一度上半身を引っ張って座らせると、ジェフはボーモントの腫れ上がった顔を平手で叩いた。「起きろよ、リップ・ヴァン・ウィンクル。[3]お目々を開けろって」

「これじゃ無理だよ」ラスティがあいかわらずむっつりとつぶやく。

「そんなこともねえと思うぜ」ジェフは楽しげに言うと、ボーモントの顔をまた平手で叩いた。

ボーモントはさほど腫れていないほうの目を開いた。

オロリーが声をかける。「ボーモント」

ボーモントは顔を上げ、周囲を見回したが、シャド・オロリーの姿が見えているかどうかは定かではなかった。

オロリーは椅子から立ち上がってボーモントのすぐ前に立ち、かがみこむと、ボーモントの鼻先から十センチほどのところまで顔を近づけた。「聞こえるか、ボーモント」

ボーモントの開いたほうの目が弱々しい憎悪をオロリーの瞳にねじこんだ。

「オロリーだ、ボーモント。私の声が聞こえるか」

腫れ上がった唇を大儀そうに動かして、ボーモントはかすれた声で答えた。「ああ」「よし。よく聞くんだ。きみはじきにポールの秘密を洗いざらい話す」オロリーは明《めい》瞭《りょう》な発音でそう言った。声を荒らげることはしなかった。あの歌うような調子が失われることもなかった。「話すものかと思っているかもしれないね。しかし、きみはかならず話す。話す気になるまで、これが続くんだ。私の言っていることが理解できるか」

ボーモントはにやりとした。その顔で笑うと、不気味だった。「俺はしゃべらない」

オロリーは一歩下がって言った。「やれ」

ラスティはためらったが、類人猿ジェフは、ボーモントが持ち上げた手を乱暴に払いのけると、ボーモントをマットレスに押し倒した。「さて、どうだろうな、こういうのはお気に召すかな」ボーモントの脚を持ち上げてベッドに投げ出す。それからボーモントの上に身を乗り出すと、両の拳で続けざまにボーモントの胴体を打った。ボーモントの胴と腕と脚が痙攣《けいれん》のように動き、口から三度うめき声が漏れた。その

3　W・アーヴィングの小説の主人公。山のなかで二十年間眠り続けたのち、目を覚ました。

あと動かなくなった。

ジェフはベッドの上の男を殴るのをやめて体を起こした。サルを連想させる口でせわしく息をしている。そして、なかば不満を言うように、なかば謝罪するように、低い声で言った。「ちっ、こりゃだめだ。また気絶しやがった」

4

次に意識を取り戻したとき、部屋には誰もいなかった。電灯はつけっぱなしだ。前回と同じように骨折ってベッドから下り、部屋を横切ってドアの前まで行った。鍵がかかっている。ノブを回していると、ドアがいきなり開き、ボーモントは反動で壁に押しつけられた。

下着姿のジェフが裸足で入ってきた。「まったく、学ばない野郎だな。いつだって何か企んでやがる。ぶん殴られるのにまだ飽きねえのかよ」左手でボーモントの喉をつかみ、右手で二度、顔を殴りつけたが、それまでほど容赦ない殴りかたではなかった。それからボーモントを後ろ向きのままベッドのほうに押していくと、放り出すようにしてマットレスに転がし、低い声で言った。「いいかげん、少しはじっとしてろって」

ボーモントは目を閉じたまま横たわっていた。

ジェフが出ていき、鍵のかかる音がした。

ボーモントは痛みをこらえてベッドから這い出し、どうにかドアまでたどりついた。ノブを回してみる。次に二歩後ろに下がり、体当たりを試みたが、よろよろとドアにもたれかかっただけだった。何度も繰り返していると、ついにドアがまた勢いよく開いて、ジェフが入ってきた。

「殴られるのがこんなに好きなやつも初めてだし、殴るのがこんなに楽しいやつも初めてだよ」ジェフは大きく体を横に傾けると、膝より低い位置から拳を振り上げた。

ボーモントはなすすべもなく拳の道筋に突っ立っていた。拳は頬に命中し、そのまま部屋の反対端まで飛ばされ、倒れたまま動かなくなった。二時間後、ウィスキーが部屋に入ってきたときもまだ、同じ場所に横たわっていた。

ウィスキーは浴室から持ってきた水を顔にかけてボーモントの目を覚まさせると、手を貸してベッドに寝かせた。「少しは頭を使えって」ウィスキーは懇願するように言った。「このままじゃ、あのちんぴらどもに殺されるぞ。あいつらは手加減ってものを知らねえんだから」

ボーモントはどんより曇って充血した目で力なくウィスキーを見つめた。「殺したいならそうすればいい」どうにか声を絞り出した。

そのあとは眠り続けた。やがてオロリーとジェフとラスティに起こされた。ポール・マドヴィッグについて話すのは拒んだ。ベッドから引きずり出され、気を失うまで殴られ、またベッドに放り上げられた。

二、三時間後、同じことが繰り返された。食事が運ばれてくることはなかった。

何度めかの暴行のあと、意識を取り戻し、文字どおり這って浴室に行くと、洗面台の脚の陰になった部分の床に細身の安全剃刀《かみそり》の刃が落ちているのが見えた。数か月分の赤錆《あかさび》で覆われている。言うことをきかない指は、タイルの床からそれを拾い上げようとしては取り落とした。十分後、十数回めにしてようやく成功した。喉を掻《か》き切ろうとしたが、やはりそのたびに刃を取り落としてしまい、顎に三つほど切り傷を作っただけで終わった。浴室の床に転がって泣いているうちに眠りこんだ。

次に目を覚ましたとき、立ち上がれそうな気がした。実際に立ち上がれた。頭に冷水をかぶり、グラスで四杯、水を飲んだ。飲むなり胃のなかのものを全部吐いた。そのあと悪寒がして、全身が震え始めた。寝室に戻って血の染みた裸のマットレスに横たわったが、すぐにまた起き上がると、ふらふらとまた浴室に行き、四つん這いになって床を手探りし、錆びた刃を見つけた。床に座りこみ、チョッキのポケットにしまった。そのとき、ポケットのなかのライターが指先に触れた。ライターを取り出してしげしげと眺める。片方だけ開いた目に狡猾《こうかつ》な光が宿った。その光は正気のものとは思えなかった。

歯がかたかた鳴るほど激しく震えながら立ち上がり、ふたたび寝室に戻った。類人猿に似た浅黒い男と薔薇色の頰をした無口な男がカードゲームをしていたテーブルの下に新聞があるのに気づいて、きしるような笑い声を立てる。新聞を引き裂いてくしゃくしゃに丸め、ドアに近づくと、そのすぐ前の床に新聞の玉を転がした。簞笥の抽斗を開けてみると、どの段にも折り畳んだ包装紙が敷かれていた。それも丸め、新聞と一緒にドアの前に置く。剃刀の刃でマットレスを切り裂き、灰色の粗い綿の詰め物を引っ張り出すと、それもドアの前に運んだ。体の震えは止まっていた。足ももうふらついていない。両手も思いどおりに使えていた。それでも、マットレスの中身を抜いているうちにさすがに体力が尽き、しかたなく残りはそのままドアの前に引きずっていった。

それから一人低く笑うと、ライターを取り出した。三度めでうまく火がついた。ドアの前の山にその火を移す。初めはすぐそばで身を乗り出すようにして様子を見守っていたが、煙が濃くなるにつれて咳が出て、しかたなく一歩、また一歩と後退していった。浴室に入り、水で濡らしたタオルを頭に巻いて、目と鼻と口を覆った。よろめきながら寝室に戻る。煙の充満した室内を薄い影のように横切り、ベッドに脚がぶつかると、その傍らの床の上にうずくまった。

ジェフが駆けこんできたときもまだ、そこにうずくまっていた。

ジェフは悪態をつき、咳をしていた。布きれを鼻と口に押しつけている。ジェフがドアを開けたとき、くすぶる山の大部分がドアに押されて少しだけ部屋の奥に動いた。ジェフは残ったものを足で蹴散らし、大きな山も踏みつけながら、ボーモントのところにやってきた。ボーモントの襟首をつかんで部屋から引きずり出す。

外に出ると、あいかわらず襟首をつかんだまま、足で蹴ってボーモントを立ち上がらせ、廊下の突き当たりまで引き立てていった。開いたままのドアの奥にボーモントを投げこむようにしておいて怒鳴りつけた。「あとでその耳を食ってやるからな」それからまたボーモントを蹴ると、廊下に出てドアを閉めた。鍵の回る音がした。

部屋の奥に向けて蹴飛ばされたボーモントは危うく倒れこみかけたが、テーブルの縁をつかんで持ちこたえた。テーブルに手を突いて体を起こし、室内に視線を巡らせた。頭に巻いていたタオルは肩までずり落ちて、マフラーのように首に巻きついている。この部屋には窓が二つあった。手近なほうを開けようとした。鍵がかかっていた。鍵を外し、窓を押し上げた。外は夜だった。片脚で窓台をまたぎ、もう片方も向こうにやったところで前後向きを変え、窓台に腹を押しつけながらそろそろと体を下ろしていき、ついには両手だけでぶら下がった。爪先で足をかける場所を探してみたものの、どこにもない。あきらめてそのまま手を離した。

第5章　病院

1

　看護婦が顔に手を触れて何かしていた。

「ここはどこだ?」ネッド・ボーモントは訊いた。

「聖ルカ病院ですよ」息を殺しているような小さな声だった。薄茶色のぱっちりと大きな目をした小柄な看護婦からは、ミモザの香りが漂っている。

「今日は何曜かな」

「月曜日」

「何年の何月?」ボーモントはそう尋ねたが、看護婦が眉をひそめるのを見て撤回した。「いや、冗談だよ。俺はいつからここに?」

「今日で三日めです」

「電話をかけたい」ボーモントは起き上がろうとした。

「あ、起きちゃいけませんよ。電話は使えませんし、動くと体に障ります」

「だったら、きみが代わりにかけてくれ。番号はハートフォードの6116。ミスター・マドヴィッグに、大至急来てほしいと伝えてくれ」

「ミスター・マドヴィッグなら、毎日、午後からいらっしゃってますよ。ただ、ドクター・テートが面会をお許しになるとは思いません。いまだってもうしゃべりすぎてるくらいですし」

「いまは——朝かな、午後かな」

「朝です」

「午後まで待てない」ボーモントは言った。「いますぐ電話を頼む」

「じきにドクター・テートが回診にいらっしゃいますから」

「ドクター・テートなんか知るか」ボーモントは苛立った口調で言った。「俺が会いたいのは、ポール・マドヴィッグだ」

「いけません」看護婦が応じる。「ドクター・テートがいらっしゃるまで、ベッドでおとなしくしていてください」

ボーモントは看護婦をにらみつけた。「まったくきみは看護婦の鑑だな。患者に口論をふっかけちゃいけないって、誰にも教わらなかったのか」

看護婦は知らん顔をしている。

「ところで、きみのやり方は顎が痛いんだが」

「顎を動かさずにじっとしていてくだされば、痛くないはずですよ」

ボーモントはしばらく黙っていた。やがて尋ねた。「俺はどうしてこんな怪我をしたことになってる？　おっと、そうか、看護の心得も知らないんだから、きみにわかるわけがないな」

「きっと酔っぱらって喧嘩でもしたんでしょう」看護婦はまじめな顔を作ってそう答えたが、すぐに我慢できなくなったように笑いだした。「ほんとに、そんなにしゃべっちゃいけませんよ。それから、先生のお許しが出るまで、面会はあきらめてください」

2

ポール・マドヴィッグは午後一番に現われた。「おお、やっと意識が戻ったか。うれしいよ」そう言って、ベッドから動けない男の包帯の巻かれていない左手を両手で握った。

ボーモントは言った。「俺の体のことは心配いらない。ただ、急いで手を打たなくちゃならないことがある。ウォルト・イヴァンズをつかまえてブレイウッドに連れていけ。一帯で銃を売ってる連中に会わせて、目撃者を探すんだ。あいつはブレイウッドで――」

「その件ならもう聞いた」マドヴィッグがさえぎった。「それに、もうきみの指示どおりにした」

ボーモントは眉根を寄せた。「俺が話したのか？」

「そうさ――病院に担ぎこまれた直後にな。きみは救急病院に運ばれたが、私に会って話をするまでは治療などさせないと言い張った。そこで私が呼ばれて駆けつけると、きみはイヴァンズとブレイウッドの話を終えるなり、意識を失った」

「まったく記憶にない」ボーモントは言った。「で、どうなった?」

「イヴァンズ兄弟は押さえたよ。ブレイウッドで目撃者が見つかって、観念したウォルト・イヴァンズが洗いざらいしゃべってね。大陪審はジェフ・ガードナーと氏名不詳の二名を正式に起訴した。しかし、シャドを連座させるのは無理だろう。イヴァンズがじかに取引した相手はガードナーなんだが、ガードナーはシャドの命令を聞くだけで、自分の頭を使って行動できる人間ではないことは誰でも知っていても、それを証明するのは難題だからね」

「ジェフっていうのは、あのサル面の男だな? もう捕まったのか」

「まだだ。きみが脱出したあと、おそらくシャドがどこかにかくまったんだろう。きみはやつらに監禁されていた。そうだな?」

「そう、ドッグ・ハウスの二階で。罠《わな》を仕掛けるつもりで行ったんだが、シャドのほうが一枚上手《うわて》だったよ」ボーモントは顔をしかめた。「ウィスキー・ヴァソスと一緒に行ったのは覚えてる。犬に嚙まれたことも、ジェフと砂色の髪の小僧にさんざんやられたことも覚えてる。そのあと、火事か何か起きて——そこで記憶が途切れてる。

誰が俺を見つけた？　どこで？」

「夜中の三時に、血の痕を引きずりながらコールマン通りの真ん中を這ってるきみを警察官が発見した」

「へえ、我ながらなかなか奇矯なことをするものだな」ボーモントは言った。

3

大きな目をした小柄な看護婦が静かにドアを開け、そっと顔をのぞかせた。

ボーモントはうんざりしたような声で言った。「しかたないな、お遊びにつきあうよ――〝見いつけた！〟だろう？　しかし、かくれんぼをするには、きみはちょっと大きくなりすぎたんじゃないか」

看護婦はドアを大きく開け、片手でドアの端をつかんで押さえた。「あなたがみんなから殴られる理由がわかったような気がします。起きてるかどうか、確かめたかっただけですよ。ミスター・マドヴィッグと」――ふだん以上に声をひそめ、目を輝かせて続けた――「連れの女性がお見えなので」

ボーモントは不思議そうに、そしてどこかからかうような目で看護婦を見やった。

「ミス・ジャネット・ヘンリーですよ」思いがけないうれしい知らせを報告するような口調だった。

「女性って？」

ネッド・ボーモントは看護婦に背中を見せて横を向いた。目を閉じる。唇の片端はひくついていたものの、声は淡々としていた。「俺はまだ寝てたって伝えてくれ」

「無理ですよ」看護婦が言う。「あなたが寝てらっしゃらないことはお二人ともう知ってます。こうして話してる声が聞こえてなくてもね。寝てらっしゃるなら、私はとっくにお二人のところに戻ってるはずでしょう」

ボーモントは大げさなうめき声をあげると、片肘をついて体を起こした。「断っても、どうせまた来るんだろうし」ボーモントは不満げに言った。「だったら、さっさと会って片づけるか」

看護婦は軽蔑《けいべつ》の目を向け、皮肉めいた口調で言った。「警察にお願いして、病院の前に常駐してもらってるんですよ。あなたに会いたいって女性たちが大勢押しかけてきてて、私たちだけでは追い返しきれませんから」

「ふん、ま、きみの気持ちはわかる」ボーモントは言った。「新聞の社交欄でよく写真を見かける上院議員のお嬢様のお出ましに感激してるんだろう。しかし、俺みたいに年がら年中、そういうお嬢様方に追いかけ回されてれば、きみだってうんざりするだろうよ。おかげで俺の人生はみじめなものさ。お嬢様方といまいましい社交欄のおかげでね。上院議員の娘ばかりだ。どの女も上院議員の娘と決まってる。下院議員の娘だったためしはない。たまには閣僚の娘だったり、市会議員の娘だったりしてもいいじゃないか。なのに、なぜかいつも上院議員の娘だ。きみはどう思う？　上院議員というのはふつうより子沢山なもの——」

「そんな冗談、ちっとも笑えません」看護婦がさえぎった。「いつまででもそうやって虚勢を張っててください。じゃ、お通ししますから」そう言って行ってしまった。

ボーモントは一つ深呼吸をした。目は輝いている。唇を湿らせ、次に引き結んで一人微笑んだ。しかしいざジャネット・ヘンリーが病室に入ってきたときには、ボーモントの顔は無関心で他人行儀な仮面を着けていた。

ジャネットはまっすぐにベッドに歩み寄った。「ああ、ミスター・ボーモント、順調に回復してらっしゃるとうかがったらうれしくなって、お見舞いに来ないではいられなかったの」そう言ってボーモントの手を軽く握り、微笑みかけた。目はさほど濃い茶色ではなかったが、髪や肌の透けるような淡い色との対比で、本来より黒っぽく見えた。「私が来てご迷惑だったとしても、ポールを悪く思わないでくださいな。私がわがままを言って連れてきてもらったんですから」

ボーモントは笑みを返して言った。「来てくださってたいへん光栄ですよ。ご親切にどうも」

ジャネット・ヘンリーに続いて入ってきたポール・マドヴィッグがベッドの反対側に立つ。優しい笑みをジャネットに向け、次にボーモントに向けた。「きっと喜んでくれると思ったよ、ネッド。ジャネットにもそう話してたんだ。ところで、今日は具合はどうだね？」

「上々だよ。どうぞ、そこの椅子を持ってきてかけてくれ」

「いや、あいにく長居はできないんだ」金髪の男が言う。「グランドコートでマクローリンと会う約束があってね」

「私は急いでないわ」ジャネット・ヘンリーが言った。またボーモントに笑顔を向ける。「しばらくいさせていただいてもかまわないかしら」

「歓迎ですよ」ボーモントは愛想よく答えた。

マドヴィッグは椅子を持ってジャネットのいる側に回り、二人にそれぞれうれしそうに微笑んでみせて言った。「いや、よかったよかった」ジャネットがベッド脇に腰を下ろし、黒いコートを椅子の背にかけると、マドヴィッグは懐中時計を確かめてうめき声を漏らした。「おっと、遅れちまう」ボーモントと握手を交わす。「何か入り用のものは？」

「いや、とくにない」

「ゆっくり休めよ」金髪の男はジャネット・ヘンリーに向き直りかけたが、またボーモントに話しかけた。「マクローリンと会うのは初めてなんだが、どこまで話すべきだと思う？」

ボーモントは肩をかすかに上下させた。「あんたが話したいだけ。ただし、あまりあからさまな言葉は使わないことだ。怯えさせるだけだろうからな。それより、回りくどく話せば、人殺しだってやらせられるだろう。たとえばこんなふうだ。〝どこどこにスミスという男が住んでるとしよう。そいつは病気か何かにかかったきり、いっこうによくならない。そんなとき、きみがたまたま私に会いにきて、そのときたまたま私気付《きづけ》できみ宛てに封筒が送られてきていたとしようか。その封筒には、五百ドルの現金が入っていないともかぎらない」

マドヴィッグはうなずいた。「人が殺されるなんて考えたくもない。しかし、例の鉄道の票はぜひとも確保したい」そこで顔をしかめた。「きみにも一緒に来てもらえたらよかったんだが、ネッド」

「あと一日か二日もすれば歩き回れるようになるさ。ところで、今朝の『オブザーヴァー』は見たか」

「いや、まだだ」

ボーモントは病室を見回した。「誰かに持っていかれちまったらしいな。第一面の真ん中の囲みの社説にちょっと気になることが書いてあった。〝市当局に何らかの対策はあるのか?〟って見出しでね。この六週間に市内で起きた事件を一覧にして、犯罪が急激に増えていると主張してる。同時に、逮捕された犯人の、それはもうちっぽけな一覧も載せてた。市警はほとんどお手上げ状態だと言わんばかりにな。不平不満の矛先は、おもにテイラー・ヘンリー殺しに向けられてる」

兄の名を耳にした瞬間、ジャネットはびくりとし、唇を軽く開いて音もなく息を呑んだ。マドヴィッグはジャネットを見やり、すぐにボーモントに視線を移すと、警告するようにかすかに首を振った。

ボーモントは、自分の言葉が二人に与える影響に関心を払う様子もなく続けた。「その点については容赦ない書きっぷりだった。市警は故意に一週間も事件を放置したせいで、政界に深い関わりを持つ賭博師に、事件を利用して別の賭博師に恨みを晴らす機会を与えたと非難してる。俺がデスペインから金を取り返した件だな。新たに得た政治的盟友が自分の息子の殺人をそんな目的に利用したことを議員は果たしてどう考えているだろう、だそうだよ」

マドヴィッグは真っ赤な顔をしてぎこちなく懐中時計を取り出すと、早口に言った。「どこかで朝刊を手に入れて目を通しておこう。申し訳ないが、私はそろそろ──」

「それだけじゃない」ボーモントは顔色一つ変えずにさらに続けた。「市警はこれまでずっともぐり酒場を黙認してきたのに、いまになって、多額の政治献金に応じない経営者に的を絞って一斉検挙したことも批判してた。あんたがシャド・オロリーに対抗するために指示したことだって解釈を添えて。献金に応じたおかげでいまも経営を続けてる酒場の一覧を公表する予定だと書いてあったよ」

「そうか」マドヴィッグは落ち着かない様子で言った。それからジャネットに「先に失礼するよ、ゆっくりしていきたまえ」と声をかけ、ボーモントには「また来る」と言って、出ていった。

ジャネット・ヘンリーは椅子から身を乗り出した。「あなたは私がお嫌いなのね。どうして?」

「いや、かなり好印象を抱いてますよ」

ジャネットは首を振った。「いいえ、はっきりと嫌ってらっしゃるわ。わかります」

「俺の態度だけで判断しないでください」ボーモントは言った。「もともと礼儀のなってない人間ですから」

「あなたは私を嫌ってらっしゃる」ジャネットはボーモントの笑みに応えずに言った。「あなたには嫌われたくなかったのに」

ボーモントはつつましく訊き返した。「なぜ?」

「ポールの一番の親友でいらっしゃるから」

「ポールには」ボーモントはジャネットをはすに見て言った。「俺以外にも友人が大勢います。政界の人間ですからね」

ジャネットはもどかしげにかぶりを振った。「でも、一番の親友はあなたでしょう」そう言ったあと、少し間を置いて付け加えた。「ポールのほうはそう思ってるわ」

「あなたはどう思ってらっしゃるのかな」声はまじめだったが、ボーモントの目にはからかうような色があった。

「一番の親友だと信じてます」ジャネットは真剣に言った。「そうでないなら、いまこうしてここにいらっしゃるはずがないもの。ポールのために、あんなことに耐え抜けるはずがないわ」

ボーモントの唇が引き攣《つ》ったように動いて弱々しい笑みを作った。だが、何も言わなかった。

ボーモントはだんまりを決めこむつもりらしいとはっきりすると、ジャネットはまじめな声で言った。「できれば、私を嫌いにならずにいていただきたかった」

ボーモントはさっきと同じことを言った。「いや、かなり好印象を抱いてますよ」

ジャネットが首を振る。「いいえ、私のことがお嫌いなのよ」

ボーモントは微笑んだ。若々しく魅力的な笑顔だった。目は照れたような表情を浮かべている。それから、若者のようにはにかんだ、秘密を打ち明けるような声音《こわね》で言った。「どうしてあなたがそう感じてらっしゃるか、教えてあげましょう、ミス・ヘンリー。いまから一年ほど前、俺は——そう、言葉は悪いが、ポールにどぶから拾われたような男だ。だから、別世界に住むあなたみたいな人、社交を楽しんだり新聞のグラビア記事に取り上げられたりするような人たちを前にすると、気後れしてつい不自然な態度を取ってしまう。あなたはそれを——そのぎこちなさを敵意と誤解してるんです。でも、それは本当は敵意なんかじゃない」

ジャネットは立ち上がった。「私を馬鹿にしてらっしゃるのね」そう言ったものの、その声に怒りはなかった。

ジャネットが出ていくと、ボーモントは枕に頭を預け、目をぎらつかせながら天井をにらみつけた。

やがて看護婦が入ってきた。「今度は何をやらかしたのかしら」

ボーモントは頭を持ち上げ、不機嫌な視線を看護婦に向けただけで、何も答えなかった。

看護婦が言った。「ミス・ヘンリーがいまにも泣きだしそうな顔で帰っていくのを見かけましたよ」

ボーモントは枕の上に頭を戻した。「俺も腕が鈍ったらしいな。いつもなら、上院議員の娘はかならず泣かせるのに」

4

中肉中背の男がボーモントの病室に現われた。若く、こざっぱりとした服を着て、なめらかな浅黒い肌をし、なかなか整った顔立ちをしている。

ボーモントはベッドの上で体を起こした。「よう、ジャック」

「思ってたより元気そうだな」ジャックはそう言ってベッドのほうにやってきた。

「ああ、おかげさまでまだくたばらずにすんでる。そこの椅子を持ってきて座れよ」

ジャックは腰を下ろし、紙巻煙草のパックを取り出した。

「また仕事を頼みたい」ボーモントは枕の下に手を入れて、封筒を取り出した。

ジャックは煙草に火をつけてから封筒を受け取った。白い無地の封筒で、宛先は聖ルカ病院のネッド・ボーモントになっている。地元局の消印が捺《お》され、日付は二日前だった。なかにタイプライターで打った文字が並んだ便箋が入っていた。ジャックは便箋を引き出して文字を目で追った。

シャド・オロリーがあれほど知りたがっているポール・マドヴィッグのどんな秘密をあなたは知っているのか。

その秘密は、テイラー・ヘンリー殺害に関係しているのか。

関係ないなら、なぜそうまでして秘密にしておこうとするのか。

ジャックは便箋を折り畳んで封筒に戻し、顔を上げて訊いた。「どういう意味か、あんたにはわかるのか」

「いや、いまのところわからない。それを書いたのが誰なのか、突き止めてくれ」

ジャックがうなずく。「これは預かっていいか」

「ああ」

ジャックは封筒をポケットにしまった。「書いた人間に心当たりは？」

「まるでない」

ジャックは火のついた煙草の先端をじっと見つめた。それから言った。「そう簡単にはいかないだろうな」

「わかってる」ボーモントはうなずいた。「いま言えるのは、この一週間で似たような手紙が山ほど——正確には一桁の数だが——届いてるってことだけだ。俺宛てのは、今回で三通め。検事局のファーにも少なくとも一通届いてる。ほかに誰に送られてるかはわからない」

「ほかのやつも見せてもらえないか」

「俺が持ってるのは、いま預けた一通だけだ。ただ、どれもほとんど同じでね。便箋も同じ、タイプライターの文字もそっくり、質問が三つなのも一緒だし、質問のテーマも一貫してる」

ジャックはただすような目でボーモントを見つめた。「だが、質問の内容は微妙に違うんだな？」

「そうだ。だが、質問の焦点は一つだ」

ジャックはうなずき、煙草の煙を吸いこんだ。

ボーモントは言った。「わかってるだろうが、絶対に内密に頼む」

「ああ、わかってる」ジャックはくわえていた煙草を手でつまんだ。「あんたの言う

〝テーマ〟っていうのは、マドヴィッグと殺人事件の関連だな?」

「そうだ」ネッド・ボーモントは洒落者《しゃれもの》の浅黒い若者をまっすぐに見て続けた。「だが、関連なんてものは存在しない」

ジャックの本心は、その浅黒い顔からは読み取れなかった。「あの人が関わってるはずもないしな」ジャックはそう言うと、立ち上がった。

5

看護婦は果物の入った大きな籠を抱えていた。「すてきでしょう?」そう言ってベッドのそばに置く。

ボーモントはあやふやにうなずいた。

看護婦が厚い紙の入った封筒を籠から取ってボーモントに差し出した。「あの女性からですよ、きっと。賭けてもいいわ」

「何を賭ける?」

「あなたがおっしゃるとおりのものを」

ボーモントはうなずいた。意地の悪い疑念が裏づけられたとでもいうような顔だった。「きみはもうカードを見たんだな」

「いやだ、そんなこと——」ボーモントが笑いだしたのを見て口をつぐんだが、憤慨の表情はすぐには消えなかった。

封筒を開け、ジャネット・ヘンリーからのカードを取り出す。書いてあるのは一言だけだった——〈お願い！〉ボーモントは眉をひそめた。それから看護婦に言った。「きみの勝ちだ」カードで親指の爪を軽く叩くようにしながら続ける。「その甘ったるそうな食い物は遠慮なく好きなだけ持っていっていいよ。そうすれば、俺が自分で食べたみたいに見えるから」

その夕方、ボーモントは礼状をしたためた。

親愛なるミス・ヘンリー

たびたびのご親切、まことにありがたく存じます。見舞いにいらしてくださったうえに、果物まで届けていただくとは、たいへん光栄です。お礼の言葉さえ、いまはとっさに浮かびませんが、いつの日か、お礼をきちんとした形でさせていただければ幸いです。

敬具

ネッド・ボーモント

書き終えたところで読み返し、手紙を破り捨て、別の便箋に同じ文面をしたためたが、最後の部分を少しだけ変えた。

いつの日か、きちんとした形でお礼をさせていただければ幸いです。

6

その朝、バスローブに室内履きという姿のボーモントは、病室の窓際に置いたテーブルで「オブザーヴァー」を読みながら食事をとっていた。そこへオパール・マドヴィッグがやってきた。新聞を折り畳み、朝食のトレーの傍らに裏返しにして置き、立ち上がると、ボーモントはにこやかに言った。「やあ、おちびちゃんじゃないか」

「ニューヨークから帰ったあと、どうして電話してくれなかったの？」責めるような口調だった。オパールの顔も青ざめている。その蒼白《そうはく》さが、子供のそれのような肌の質感をいっそう際立たせていたが、同時に、一気に老《ふ》けこんだような印象も与えていた。大きく見開かれた瞳には暗い感情の影がある。だが、その感情の正体は読み取れない。背をぴんと伸ばして立っているが、それは緊張してのことというより、足の下の地面が揺れても自分は揺らがないという自信の表われと見えた。ボーモントが壁際から持ってきた椅子には見向きもせずに、さっきよりも苛立った口調で繰り返した。

「どうして電話してくれなかったの？」

ボーモントは優しく甘やかすように笑った。「その茶色、似合うよ」

「ネッド。お願いだから――」

「ああ、そのほうがおちびちゃんらしいな」ボーモントは言った。「いやね、きみの家に行くつもりでいたんだ。しかし――その――ニューヨークから戻るなり、急に忙しくなって。俺が留守にしていたあいだに起きたいろんなことに片をつけなくちゃならなくなったんだ。で、ようやく落ち着いたと思ったら、シャド・オロリーに遭遇して、ここに運びこまれる羽目になった」ボーモントは腕で半円を描いて病院を示した。

オパールの重々しい態度が、ボーモントの軽い口調につられることはなかった。

「デスペインって人、死刑になるの？」ぞんざいに訊く。

ボーモントはまた笑った。「こんな調子じゃ、ちっとも話が先に進まないな」

オパールは不機嫌な顔つきをしたが、それまでよりは口調を和らげてこう訊いた。

「ねえ、死刑になるの？」

「いや、それはないと思うよ」ボーモントはかすかに首を振った。「テイラーを殺した犯人は、あいつじゃなかったみたいだから」

オパールに驚いた様子はなかった。「その人に――その人に不利な証拠を手に入れるのを――でっち上げるのを手伝ってくれって私に言ったとき、あなたはもう、その人が犯人じゃないって知ってた？」

ボーモントは恨めしげな笑みを作った。「知ってたわけがないだろう、おちびちゃん。俺がそんな人間だと思うか？」

「知ってたのね」オパールの声は、そして瞳も、冷たく軽蔑に満ちていた。「あなたは自分のお金を取り返したかった。そのためにテイラーの事件を利用して、しかも私に手伝わせた」

「そう思いたいなら、お好きにどうぞ」ボーモントはそっけなく言った。

オパールが一歩距離を詰めた。一瞬、顎がほんのかすかに震えた。しかし若さにあふれた顔は、すぐに決然とした硬い表情を取り戻した。「犯人を知ってるの？」ボーモントの目の奥を探るようにのぞきこむ。

　ボーモントはゆっくりと首を振った。

「パパはどうなの？」

ボーモントは目をしばたたかせた。「テイラーを殺した犯人をポールが知ってるかと訊いてるのか？」

オパールは片足で床を踏み鳴らし、叫ぶように言った。「パパがテイラーを殺したのかって訊いてるのよ」

ボーモントはオパールの口を手でふさいだ。素早くドアを確認すると、閉まっていた。「大きな声を出すんじゃない」そうオパールの耳もとでささやく。

オパールはボーモントの手を払いのけ、後ろに下がった。「ねえ、犯人はパパなの？」

怒りのこもった低い声でボーモントは答えた。「そんな馬鹿げたこと、考えるだけなら勝手だが、そこらじゅうで吹聴《ふいちょう》するような真似はしないことだ。胸の内にしまっておくかぎり、どんな馬鹿な考えを持とうがきみの自由だよ。しかし、他人に言い触らすのはよくない」

オパールの目は見開かれ、暗い色を帯びた。「やっぱり、パパが殺したのね」小さな、抑揚のない声だった。だが、そこには絶対の確信があった。

ボーモントはオパールの鼻先に顔を突きつけた。「それは違うよ、おちびちゃん」怒りを砂糖でまぶしたような口調で言う。「殺したのはきみのお父さんじゃない」そのまま顔を突きつけていた。まがまがしい笑みがその顔を歪めていた。

その顔から逃れようとすることなく、表情も声も強ばらせたまま、オパールは言った。「パパじゃないなら、私が何を言おうと、どれだけ触れ回ろうと、関係ないはずよね」

ボーモントの唇の片側だけがひくついて冷笑を作った。「世の中には、いまのきみには理解できないことが驚くほどたくさん存在するんだよ」腹立たしげにそう言う。

「そういう態度でいたら、いつまでたっても理解できないことがな」ボーモントは大きく一歩下がると、固めた拳をバスローブのポケットに押しこんだ。唇の両端が下を向き、額には何本もの皺が刻まれている。細められた目は、オパールのすぐ前の床にじっと注がれていた。「いったいどこからそんな馬鹿げたことを思いついた？」

「馬鹿げてなんかいないわよ。あなただってわかってるくせに」

ボーモントは苛立ったように肩を上下させると、もう一度訊いた。「どこからそんなことを思いついた？」

オパールも肩をすくめた。「どこからでもないわ。ただ――ふいに確信しただけのこと」

「くだらない」ボーモントは突き放すように言い、上目遣いにオパールを見た。「今朝の『オブザーヴァー』を読んだか」

「いいえ」

疑いの目でオパールをにらみ据えた。

オパールの顔が腹立たしげにわずかに上気した。「読んでないったら。どうしてそんなこと訊くの？」

「読んでないのか？」ボーモントの声音は、オパールの答えを信じていないことを露骨に伝えていたが、目に浮かんでいた懐疑的な光は、このときには消えていた。打って変わってうつろになり、何か考えこんでいるようだった。しかしその目は、まもなく、ふいにきらめきを取り戻した。ボーモントはバスローブのポケットから右手を出し、掌を上に向けてオパールに差し出した。「手紙を見せてごらん」

オパールは目を丸くしてボーモントを見返した。「え？」

「手紙だよ。タイプライターで打った手紙だ。質問が三つ書かれていて、署名はない」

オパールはボーモントの視線から逃れるように目を伏せた。ばつの悪そうな気配が表情をごくわずかに震えさせた。束の間ためらったあと、オパールは茶色のハンドバッグを開けながら訊いた。「どうして知ってるの？」

「この街に住む全員が少なくとも一通は受け取ってるからさ」ボーモントはこともなげに答えた。「きみに届いたのはこの一通だけか」

「そうよ」オパールはくしゃくしゃの便箋を差し出した。

ボーモントは皺を伸ばし、声に出して読み上げた。

恋人を殺したのは自分の父親だということがわからないほど、あなたは愚かなのか。

そのことを知らないなら、父親とネッド・ボーモントが無実の男に濡れ衣を着せるのに手を貸したのはなぜか。

父親が法の裁きから逃れるのに手を貸せば、自分も共犯になることを理解しているのか。


ボーモントはうなずき、小さな笑みを作った。「どの手紙もそっくりだ」そう言うと、手紙を軽く丸めてテーブルの脇のくず入れに投げこんだ。「おそらく、今後もまだ似たようなのが届くぞ。きみの名前も郵送先名簿に載ったらしいからね」

オパール・マドヴィッグは下唇を噛んだ。青い目は冷たい輝きを放ちながら、ボーモントの落ち着き払った顔を観察していた。

ボーモントは言った。「オロリーは今度のことを選挙戦に利用しようとしてる。俺とオロリーのあいだで一悶着《ひともんちゃく》あったことは知ってるね。オロリーは、俺がきみのお父さんと喧嘩別れしたと勘違いして、俺に金を握らせればお父さんをテイラー殺しの犯人に仕立て上げる計画に乗るだろうと考えた。少なくとも、疑惑が浮上すれば、選挙でお父さんの陣営を敗北させることができると期待した。ところが俺が断ったものだから、こんなことになった」

オパールの目に変化はなかった。「あなたとパパの喧嘩の原因は何?」

「それは俺とお父さんだけの秘密だよ、おちびちゃん」ボーモントは穏やかに言った。「本当に喧嘩したとしての話だがね」

「ほんとに喧嘩したんでしょ。カーソンのもぐり酒場で」オパールは上下の歯を合わせてかちりと音を鳴らすと、傲然《ごうぜん》と言った。「喧嘩になったのは、きっとあなたが見抜いたせいだわ——パパがテイラーを殺した犯人だって」

ボーモントは笑い、からかうような調子で尋ねた。「おいおい、俺はお父さんが犯人だって最初から知ってたんじゃなかったのか?」

その冗談を聞いてもオパールの表情は変わらなかった。「さっき『オブザーヴァー』を読んだかって訊いたのはどうして? どんな記事が載ってるの?」

「毎度お馴染《なじ》みのナンセンスだよ」ボーモントはさらりと言った。「読みたければ、そこのテーブルにある。これから投票日まで、同じような記事がいやというほど出るだろう。世の中そういうものさ。お父さんのためを思うなら、きみは読んでも知らん顔をしてたほうが――」ボーモントは口をつぐみ、呆《あき》れたような仕草をした。オパールはもうボーモントの話など聞いていなかった。

オパールはテーブルの前にいて、さっきボーモントがそこに置いた新聞を取り上げようとしていた。

ボーモントはその背中に向かって愛想よく微笑みかけた。「第一面だよ。『市長への公開書簡』って記事だ」

読み進むうち、オパールの体は震え始めた――膝、手、唇。ボーモントは不安げに眉間に皺を寄せて見守った。記事を読み終え、新聞を元のところに置いて振り返り、ボーモントと真正面から向き合ったとき、伸びやかな体も透き通るような肌をした顔も、まるで彫刻のようにぴたりと動きを止めていた。唇をほとんど動かさないまま、ボーモントにこう尋ねる。「事実じゃないなら、こんな大それたこと、書かないわよね」

「いや、その程度の記事はほんの序の口だと思ったほうがいい」ボーモントは物憂げにゆっくりと言った。おもしろがっているような顔をしているが、ぎらぎらと輝く目は怒りを隠しきれていなかった。

オパールは長いことボーモントを見つめていたが、やがて無言のまま、出口に向かいかけた。

「待てよ」ボーモントは引き止めた。

オパールは立ち止まり、ふたたびボーモントと向き合った。ボーモントは、機嫌を取ろうとするような、優しげな笑みを浮かべていた。オパールの顔は、ほんのりピンク色に塗られた彫刻のようだった。

「政治っていうのは難しいゲームでね、おちびちゃん。とくに今回はそうだ。『オブザーヴァー』は対抗勢力寄りの立場を取ってる。つまり、ポールに打撃を与えられるなら、掲載する記事の内容が真実であろうがなかろうが気にしちゃいないってことだ。このあとも――」

「そんなの嘘よ」オパールが言った。「ミスター・マシューズなら知ってるの――奥さんが同じ学校の何年か上の先輩で、親しくしてたから。ミスター・マシューズがパパのことをあんなふうに書くとしたら、ほんとのことだからよ。それか、ほんとだと信じてるからよ」

ボーモントは喉の奥で笑った。「きみは事情通らしいな。しかし、マシューズは耳まで借金漬けなんだ。印刷工場はステート・セントラル信託に抵当に取られてる。ちなみに、持ち家の一軒もそうだ。ステート・セントラルの経営者はビル・ローンでね。ビル・ローンは、今度の上院議員選のヘンリーの対立候補だ。マシューズはローンの言うなりというわけさ。書けと言われれば、どんなことだって書く」

オパール・マドヴィッグは黙っていた。ネッド・ボーモントの説明に納得した様子はまったくない。

ボーモントは、優しく説得を試みるように続けた。「そんなのは」――テーブルの新聞を指さす――「ほんの序の口だ。それ以上にポールに不利なネタを考えつくまでは、テイラー・ヘンリーの件をつつくのをやめないだろう。そして俺たちは、今度の選挙が終わるまで、それと同じような記事を次々読まされることになる。さっさと慣れちまうほうが得策だ。なかでもきみは、いちいち動揺してちゃいけないよ。ポールはほとんど気にも留めてない。ポールは政界の重鎮で――」

「違うわ、人殺しよ」オパールは低い断固とした声で言った。

「そのうえ娘は頑固な愚か者だ」ボーモントは苛立ったように語気を強めた。「いいかげん目を覚ませよ」

「パパは人殺しよ」

「きみはどうかしてる。いいから聞けよ、おちびちゃん。きみのお父さんは、テイラー殺しにはまったく関わってない。お父さんは——」

「信じないから」オパールの声は険しかった。「あなたの言うことなんて、二度と信じない」

ボーモントはオパールをねめつけた。

オパールはくるりと向きを変えて出口のほうに歩きだした。

「待てよ」ボーモントは言った。「いいから俺の話を——」

オパールは出ていき、ドアが閉まった。

7

閉ざされたドアを憤怒《ふんぬ》の形相《ぎょうそう》でにらみつけていたネッド・ボーモントの顔は、深く思案するような表情に変わった。額に皺が寄る。黒っぽい目は自分の心の内側をのぞきこもうとするように細められた。口髭の下の唇がすぼまる。やがて指を口もとに持っていくと、爪を嚙んだ。呼吸は一定のリズムを守っているが、ふだんより重たげだ。

ドアの外に足音が近づいてくる。ボーモントは物思いに沈んだ表情をふいに晴らすと、『幼き迷子』をハミングしながら、ぶらぶらと窓際まで歩いた。足音は病室の前を通りすぎていった。ボーモントはハミングをやめ、腰をかがめると、オパール・マドヴィッグ宛ての三つの質問が書かれた便箋をくず入れから拾い上げた。ゆるく丸まったままの状態でバスローブのポケットに押しこむ。

葉巻を取って火をつけ、前歯ではさんでテーブル脇に立ち、紫煙越しに目を細めて「オブザーヴァー」紙の第一面の活字を追った。

市長への公開書簡

市長殿

本紙は、先ごろ発生したテイラー・ヘンリー殺人事件の謎を解き明かす重要な鍵になりそうな情報を入手した。

この情報は現在、複数の宣誓供述書として本紙の金庫室に保管されている。宣誓供述書の要旨は以下のとおり。

1　ポール・マドヴィッグ氏は数か月前、娘との交際を巡ってテイラー・ヘンリー氏と口論し、その直後、ヘンリー氏と会うことを娘に禁じた。

2　ポール・マドヴィッグ氏の娘は、ヘンリー氏が密会のために借りた家具付きの部屋で、その後もヘンリー氏と逢瀬《おうせ》を続けていた。

3　ヘンリー氏が殺害された当日の午後も、二人はその部屋で会っていた。

4　ポール・マドヴィッグ氏は当日の夕刻、テイラー・ヘンリー氏の自宅を訪ね、テイラー氏本人、またはその父親にふたたび抗議したとされる。

5　テイラー・ヘンリー氏が殺害される少し前にヘンリー宅を辞去したポール・マドヴィッグ氏は、立腹した様子だった。

6　ポール・マドヴィッグ氏とテイラー・ヘンリー氏は、ヘンリー氏の遺体発見の十五分ほど前、半ブロックほど離れた場所でそれぞれ姿を目撃されている。目撃された場所はいずれもヘンリー氏の遺体が発見された現場から一ブロックと離れていない。

7　現時点でもまだ、市警はテイラー・ヘンリー氏殺害の捜査に一人の刑事も専任させていない。

本紙では、貴殿、そして有権者および納税者は、これらの事実を伝えられるべきであると判断した。本紙に利己的な思惑はない。正義が行われることを望むのみである。本紙は、貴殿、市当局、州当局から要請があれば、これらの宣誓供述書および付随する情報を喜んで提供する。また、公表により適正な捜査の進行が妨げられる可能性があると判明すれば、これらの宣誓供述書の詳細のすべてまたは一部の公開を見合わせる。

しかし本紙は、これらの宣誓供述書に含まれる情報が看過されることは断じて容認しない。当市および当州における法と秩序の維持を委ねられた法執行機関がこれらの宣誓供述書の重要性を軽視し、そこに含まれる情報に基づいて適切な法的措置を取らない場合には、本紙上においてすべての詳細を公表し、より高位の法廷たる市民の裁きに委ねるものとする。

「オブザーヴァー」発行人　H・K・マシューズ

ボーモントは嘲るような低い笑い声を一つ漏らすと、その声明に向けて葉巻の煙を吐きかけたが、その瞳は打ち沈んだままだった。

8

同じ日の昼過ぎ、ポール・マドヴィッグの母親が訪れた。

ボーモントはミセス・マドヴィッグを抱き締め、左右の頬にキスをした。ミセス・

マドヴィッグはうんざりした顔を作ってボーモントを押しのけた。「もうおよしったら。ポールが昔飼ってたエアデールテリアより始末が悪いわね、あなたって子は」

「じつは先祖にエアデールが一頭いるんですよ」ボーモントは言った。「父方にね」

それから、シールスキンのコートを脱ぐのに手を貸した。

黒いワンピースをなでつけて皺を伸ばすと、ミセス・マドヴィッグはベッドに腰を下ろした。ボーモントはコートを椅子の背にかけ、足を肩幅に開き、バスローブのポケットに両手を押しこんで、ミセス・マドヴィッグのすぐ前に立った。

ミセス・マドヴィッグがボーモントを遠慮なく観察した。「思ったより元気そうだわね」すぐにそう言った。「といっても、どこも悪くないようにも見えないけれど。どうなの、具合は？」

「快調ですよ。いつまでもここでぐずぐずしてるのは、看護婦たちが目当てで」

「ええ、ええ、そうでしょうよ」ミセス・マドヴィッグは言った。「だけど、いいかげんにそのチェシャ猫みたいな笑いは引っこめてちょうだい。居心地が悪くなってきましたよ。さあ、かけて」ベッドのすぐ隣を軽く叩く。

ボーモントは腰を下ろした。

ミセス・マドヴィッグが言った。「あなたがいったいどんなことをしたんだか、私はよく知りませんがね、ポールは立派で高潔なことをしたと思ってるようですよ。でも、何か無茶をやらかしてそんな目に遭ったんだとしたら、立派だろうが高潔だろうが、この私は褒めたりなんかしませんからね」

「しかしですね、お母さん――」ボーモントは言いかけた。

ミセス・マドヴィッグはその言葉をさえぎった。息子に負けないくらい若々しい青い瞳が、ボーモントの茶色の目を射ぬくように見据えた。「教えてちょうだい、ネッド。ポールはあの女たらしを殺したりしてないのよね?」

衝撃がネッド・ボーモントの目と口を開かせた。「ええ、ポールじゃありませんよ」

「やっぱり、私もそう思ってましたよ」老婦人は言った。「あの子は昔からいい子だったた。ただ、何やらおぞましい噂が出回ってるって聞いたし、政治の世界ではいったい何がどうなってるか、部外者にはまるでわかりませんからね。ええ、少なくとも、私にはちっともわからない世界ですよ」

茶目っ気混じりの驚きを浮かべた目で、ボーモントはミセス・マドヴィッグの骨張った顔を見つめた。

ミセス・マドヴィッグが続ける。「好きなだけそうやってじろじろ見るがいいわ。だけどね、私にはあなたたち殿方がいったい何を考えてるのかさっぱりわかりませんよ。それを言ったら、考えもなしにどんなことをしてるのかだって、まるでわからない。理解しようって努力は、あなた方が生まれるずっと前にあきらめましたよ」

ボーモントはミセス・マドヴィッグの肩に優しく手を置き、感服したように言った。「あなたはほんとに世の中というものを、よくわかっていらっしゃる」

ミセス・マドヴィッグはボーモントの手から逃れると、またしても射ぬくような目をしてボーモントを見据えた。「ポールがあの若者を本当に殺したんなら、はっきりそう教えてくれる？」

ボーモントは首を振った。

「だったら、あの子は無実だって気がしてならないのはどうしてかしらね」

ボーモントは笑った。「それはですね、たとえポールが犯人だとしても、俺は意地でもポールじゃないと言い張るし、本当にポールが殺したんならそう教えてくれるかとお母さんから訊かれたら、それにはイエスと答えるからです」ボーモントの目と声から茶化しているような気配が消えた。「犯人はポールじゃありませんよ、お母さん」そう言って微笑む。ただ、笑みを作ったのは口もとだけで、唇は閉じたままだった。「ポールが犯人じゃないって信じてる人物が俺以外にもこの街にいたら心強いし、しかもそのもう一人がポールのお母さんだとなれば、なおさら心強いんですがね」

9

ミセス・マドヴィッグが帰って一時間後、ボーモント宛てに小包が届いた。本が四冊と、ジャネット・ヘンリーからのカードが入っていた。礼状を書いているところへ、ジャックがやってきた。

「ちょっとわかったことがあるんだが、あんたが気に入るかどうかはわからない」ジャックがしゃべるのに合わせて紙巻煙草の煙が少しずつ吐き出された。

ボーモントは洒落た身なりをした若者を思案ありげに見やり、口髭の左側を人さし指でなでつけた。「おまえに仕事を頼んだとき予想してたとおりの結果なら、大いに気に入ると思うね」ボーモントの口調は、ジャックと同じように淡々としていた。

「とにかく、かけろよ。聞こうじゃないか」

ジャックはゆっくりと椅子に腰を下ろし、脚を組み、帽子を床に置いたあと、ようやく視線を煙草からボーモントに移して口を開いた。「あの手紙を書いたのは、どうやらマドヴィッグの娘らしい」

ネッド・ボーモントの目はかすかにみひらかれたが、それもほんの一瞬のことだった。顔がいくぶん青ざめ、呼吸のリズムも乱れた。しかし、声の調子は変わらなかった。「根拠は？」

ジャックは内ポケットから大きさも材質もそっくりな紙を二枚取り出した。折り畳みかたもそっくりだった。その二枚をボーモントに差し出す。ボーモントは紙を広げた。どちらにも、タイプライターを使って三つの質問が書いてある。質問の内容はまったく同じだった。

「片方は、あんたから昨日預かったやつだ」ジャックが説明する。「どっちだかわかるか？」

ボーモントはゆっくりと首を振った。

「違いはないはずだ」ジャックが言う。「本物じゃないほうは俺が書いた。テイラー・ヘンリーがマドヴィッグの娘と密会するために借りてたチャーター通りの部屋で、そこにあったコロナのタイプライターと紙を使って。いまのところ、部屋の鍵を持っていた人間は二人しかいないようだ。テイラー・ヘンリーとマドヴィッグの娘の二人。事件のあと、娘は少なくとも二度、部屋に行ってる」

ボーモントは険しい目で両手に持った便箋を見つめたまま、顔を上げずにうなずいた。

ジャックは吸っていた煙草から新しい一本に火を移すと、テーブルに置いてあった灰皿で吸いさしを揉み消し、また椅子に戻ってきて座った。自分の発見に対するボーモントの反応にわずかなりとも関心を抱いているしるしは、その顔にも物腰にも見当たらなかった。

それからしばらく沈黙が続いた。やがてボーモントが顔を少しだけ上げて訊いた。

「どうやって突き止めた？」

ジャックは煙草を唇の端にくわえ直した。唇の動きとともに煙草が上下に踊る。「今朝の『オブザーヴァー』にこの部屋のことが書いてあったろう。それでもしかしたらと思ってね。市警も同じ記事を見て部屋の存在を知ったんだろうが、先を越されたよ。だが、俺もついてた。見張り役で残ってたやつがたまたま俺の友達でね。フレッド・

ハーリーっていうんだが、十ドルで家捜《やさが》しを黙認してくれた」

ボーモントは両手に持った紙を軽く持ち上げた。「市警はこのことを知ってるのか」

ジャックが肩をすくめる。「俺は話してない。ハーリーを質問攻めにしてみたが、何も知らなかった。あの部屋をどうするか決まるまでは誰も入れるなと指示されて、張り番してただけのことらしい。だから、市警はもう知ってるのかもしれないし、まるで知らずにいるのかもしれない」煙草の灰を床に落とす。「それも調べようか」

「いや、いい。ほかに何かわかったことは？」

「ほかには何も頼まれてないぞ」

ネッド・ボーモントは、若者の無表情な浅黒い顔をちらりと見やったあと、ふたたび便箋に目を落とした。「どんな部屋だ？」

「住所はチャーター通り一三二四番地。フレンチって名義で風呂つきの部屋を借りてる。管理人は、今日になって市警が来るまで、二人がどこの誰なのかまるで知らなかったと言ってた。ほんとに知らなかったのかもな。住人の素性をいちいち確かめるようなアパートじゃなさそうなのは確かだ。しばらく前までは二人でよく来てたそうだよ。たいがいは午後から。管理人が気づいたかぎりでは、マドヴィッグの娘はここ一週間かそこらで二、三回来た。ただ、誰にも気づかれずに出入りできそうな造りではある」

「マドヴィッグの娘だったというのは確かなのか」

ジャックは片手でどっちつかずな仕草をした。「人相特徴は一致してるよ」そう言って少しためらったあと、煙草の煙を吐き出しながら、何気ない口調で付け加えた。「議員の息子が殺されたあと、その部屋に出入りするのを管理人が見かけたのは、マドヴィッグの娘一人だけだ」

ボーモントはまた顔を上げた。目は鋭い光を放っていた。「それ以前はほかにも女が来てたということか?」

ジャックはまたどっちつかずな仕草をした。「管理人はそうは言ってない。表向きは、何も知らないと言い張った。ただ、あの口ぶりからすると、嘘だろう」

「部屋にあったものは手がかりにならないか」

ジャックは首を振った。「無理だな。女の身の回り品はほとんどなかった。バスローブと洗面用具、パジャマ。そんな程度だ」

「ヘンリーの息子のものは?」

「スーツが一着に靴が一足、替えの下着が何枚か、パジャマ、靴下、そのほかいろいろ」

「帽子は?」

ジャックはにやりとした。「一つもなかった」

ボーモントは立ち上がって窓の前に立った。外の世界は夜の闇にほぼ完全に呑みこまれようとしていた。窓ガラスにはすでに雨の滴が十粒ほど張りついており、ボーモントが窓の向こうを見ていたあいだにも、やはり十粒ほどの雨粒がガラスをぱたぱたと叩いた。向きを変え、ふたたびジャックと向かい合った。「よくやってくれた、ジャック」ゆっくりと言う。目はジャックの顔に注がれてはいるが、どこかうつろで上の空といったふうだった。「またすぐ次の仕事を頼むことになりそうだ。早ければ今夜にも。電話するよ」

「わかった」ジャックは立ち上がって帰っていった。

ボーモントは衣装箪笥《だんす》から自分の服を取り出し、浴室に持っていくと、着替えをした。浴室を出ると同時に看護婦が病室に入ってきた。磨いたようにつるりとした青白い顔の、長身で豊満な体つきの女性だった。

「いやだ、服なんか着て!」看護婦が叫ぶ。

「ちょっと出かける用ができてね」

驚いた顔に警戒が加わった。「外出なんてだめですよ、ミスター・ボーモント。もう夜だし、雨が降ってきたし、だいいちドクター・テートが――」

「わかってる、わかってるよ」ボーモントはもどかしげに言うと、看護婦を迂回して出口に向かった。

第6章　オブザーヴァー

1

玄関を開けたのはミセス・マドヴィッグだった。「ネッド！」叫ぶように言う。「ちょっと、気でも変になったの？　こんな夜に出歩いたりして。それに、退院したばかりなんでしょうが」

「タクシーは雨漏りしたりしませんでしたよ」ボーモントはそう返したが、浮かんだ笑みには力がない。「ところで、ポールは？」

「ポールなら出かけましたよ。三十分くらい前かしら。行き先はきっとクラブだと思いますけどね。とにかく、お入りなさい。ほら、早く」

「オパールはいますか」玄関のドアを閉め、ミセス・マドヴィッグのあとについて廊下を歩きながら訊く。

「いいえ。それがね、今朝から出かけたきりなのよ」

ボーモントは居間の戸口で立ち止まった。「すみません、ゆっくりしてる暇はないんです。クラブに行ってポールに会わないと」その声は覇気にあふれているとは言いがたかった。

老婦人がはっとして振り返る。「また外に出るなんて、この私が許しませんよ」叱りつけるように言う。「自分を見てごらんなさいよ、いまにも風邪でも引きそうじゃないの。暖炉のそばで待ってなさい。温かい飲み物を作るから」

「いいえ、ゆっくりしてられないんです、お母さん。行かなくちゃいけないところがあって」

ミセス・マドヴィッグの年齢を感じさせない青い瞳が険しい光を帯びた。「いつ退院したの？」詰問口調だった。

「たったいまです」

ミセス・マドヴィッグは唇をきつく引き結んだ。すぐにまた少しだけ開くと、咎《とが》めるような調子で言った。「勝手に飛び出してきたわけね」透き通った青い目が翳った。

ボーモントに歩み寄り、顔を近づける。背の高さはそう変わらなかった。まるで渇ききった喉から絞り出したような声で続ける。「ポールに関係があることなの？」瞳を曇らせている影が正体を現わした。不安だ。「オパールにも？」

ボーモントは聞き取れるかどうかの声で答えた。「とにかく二人に会わなくちゃいけないんです」

ミセス・マドヴィッグは、どこかおずおずとした仕草で骨張った指を伸ばすと、ボーモントの頬に触れた。「あなたはいい子よね、ネッド」

ボーモントはミセス・マドヴィッグの体に片腕を回した。「心配いりませんよ、お母さん。いまならまだ間に合いますから。ただ――オパールがもし帰ってきたら、この家から出さないようにしてください。無理ならしかたがありませんが」

「この私に話せることは何もないの、ネッド？」

「いまは勘弁してください。それから、ポールやオパールの前では、心配事があるようなそぶりは見せずにいていただけるとありがたいな」

2

ボーモントは雨のなかを五ブロック歩いて一軒の薬局に入った。そこで電話を借り、まずはタクシーを呼び、次に二つの番号にかけて、ミスター・マシューズはいらっしゃるかと尋ねた。しかし、マシューズはどちらにもいなかった。

また別の番号にかけて、ミスター・ラムセンを呼び出した。まもなく相手が出た。

「やあ、ジャック。ネッド・ボーモントだ。いま忙しいか……ありがたい。さっき話した仕事の件だがね。例の娘が今日、『オブザーヴァー』のマシューズに会いに出かけたかどうか、もし会いにいってたら、そのあとどうしたか、調べてもらいたい……そうだ、ハル・マシューズだ。電話はかけてみたんだがね、会社と自宅の両方に。だが、どっちにもいない……できるだけ目立たないように調べてもらいたいが、時間が優先だ。わかりしだい、連絡をくれ……いや、病院にはもういない。うちで待ってる。番号は知ってるね……そうだ、ジャック。ありがとう、恩に着るよ。できるだけまめに報告をくれ……じゃ、またあとで」

薬局を出て、待っていたタクシーに乗りこみ、運転手に自宅の住所を告げた。しかし五、六ブロック走ったところで仕切り窓を指で叩き、行き先の変更を伝えた。まもなくタクシーは、よく手入れされた芝生が敷かれた急斜面の真ん中に建つ、ずんぐりとした灰色っぽい一軒家の前で停まった。「ここで待っててくれ」運転手にそう声をかけて車を降りた。

灰色の家の玄関の呼び鈴を鳴らすと、赤毛の女中がドアを開けた。

「ミスター・ファーはいらっしゃるかな」ボーモントは尋ねた。

「確認してまいります。失礼ですが、どちら様でしょうか」

「ボーモントだ」

玄関ホールに現われた地方検事は両腕を広げていた。激しやすそうな赤ら顔に満面の笑みを浮かべている。「おやおや、ボーモントじゃないか。感激の再会だな」早足で訪問客に近づく。「コートと帽子を預かろう」

ボーモントは微笑んで首を振った。「すぐ失礼しますから。退院して自宅に帰る途中でちょっと寄っただけで」

「じゃあ、すっかり元気になったんだな。それはよかった！」

「ええ、おかげさまでほぼ全快しました」ボーモントは言った。「新しい展開は？」

「とくにないな。きみをひどい目に遭わせた二人はまだ捕まっていない。どこかにかくまわれてるんだろうね。だが、かならず捕まえてみせる」

ボーモントの口がへの字を描く。「俺は死ななかったし、やつらにも殺すつもりはなかった。捕まえても、せいぜい傷害容疑でしか起訴できませんよ」いくぶん眠たげな目でファーを見やる。「三つの質問を書いた手紙はあれからまた届きましたか」

地方検事は咳払いをした。「あー……そうだった、一通だったか二通だったか届いてたな」

「何通です？」ボーモントは相手の神経を刺激しないさりげない口調で訊き返した。唇の両端が持ち上がって、おざなりな笑みを作った。ただ、目は楽しげにきらめいてはいたものの、ファーの視線をとらえたまま逃がそうとしなかった。

地方検事がまた咳払いをする。「三通だ」しぶしぶといった調子で答えた。それから目を輝かせた。「そうだ、きみも聞いたかね？　例の会見が上首尾にいって――」

ボーモントはファーの言葉をさえぎった。「前と似た内容でしたか」

「あー……だいたいのところは」地方検事は唇を湿らせた。懇願するような表情が瞳に忍びこもうとしていた。

「だいたいのところというのは、どの程度を指してるんです？」

ファーの目はボーモントの視線からするりと逃れると、まずは自分のネクタイを見下ろし、次に横に動いて自分の左肩を見た。唇がかすかに動いたが、言葉は出てこない。

ボーモントの笑みはあからさまに意地の悪い種類のものに変わっていた。「三通とも、テイラー・ヘンリーを殺したのはポールだと名指ししてる。そうですね？」甘ったるい声で訊く。

ファーはぎくりとした。顔から赤みが引いて淡いオレンジ色に変わる。動揺したのか、怯えた目はふたたびボーモントの目に捕らえられた。「よせよ、ネッド！」

ボーモントは笑った。「かなりこたえてるようですね、ファー検事」あいかわらず甘ったるい声だった。「気をつけないと、本当に参ってしまいますよ」それからまじめな表情を作った。「ポールはこのことについて何か言ってましたか。あなたの精神状態について」

「い、いや」

ボーモントは笑顔に戻った。「あいつは気がついてないのかもしれないな——いまはまだ」片手を持ち上げて腕時計を確かめたあと、ファーを見やった。「手紙の差出人はわかりましたか」鋭い声で訊く。

検事は口ごもった。「いやね、ネッド。私には——その——そういうことは——」つかえつかえそこまで言ったきり黙りこむ。

ボーモントは促した。「どうなんです？」

検事はごくりと喉を鳴らし、追い詰められた様子で続けた。「手がかりは見つけたよ、ネッド。しかし、まだ断言はできない。何でもないかもしれないから。そのあたりの事情は理解してくれるね？」

ボーモントはうなずいた。その顔に残っているのは、にこやかな表情だけだ。「あなたがたは、あれを書いた部屋、あれを打ったタイプライターを見つけた。しかし、いまのところはそれだけということですね。書いた人物を断定できるだけの証拠はまだない」その口調は淡々とはしていたが、冷たく突き放すという感じではなかった。

「まあ、そんなところだ、ネッド」ファーは心の底から安堵《あんど》したように言った。

ボーモントはファーの手を力強く握って上下に振った。「それだけうかがえば充分です。これで失礼しますよ。こういうことには時間をかけたほうがいい。確信が持てるまでは先に進んじゃいけない。これは絶対に確かですから」

検事の顔と声には熱っぽい感情があふれていた。「ありがとう、ネッド。ありがとう！」

3

その夜九時十分過ぎ、ネッド・ボーモントの自宅の居間の電話が鳴った。ボーモントはすぐに電話に出た。「もしもし……ジャックか……ああ……ああ……どこで？……わかった、それでいい……今夜のうちに片をつけるよ。ありがとう」

受話器を置いて立ち上がったとき、ボーモントの血の気の薄れた唇は笑みを描いていた。瞳は命知らずの決意を浮かべて輝き、両手はほんのわずかに震えていた。

三歩と歩かないうちに電話がまた鳴りだした。ボーモントはきびすを返して電話の前に戻った。「もしもし……ああ、ポールか……そうだ、病人ごっこには飽きちまってね……いやとくに用事があったわけじゃ――ちょっと顔を見たいと思って寄っただけだ……悪いが、それは無理だな。思ったほど体力が戻ってなくてね。このままおとなしく寝ることにするよ……そうだな、明日なら。わかった……おやすみ」

レインコートと帽子を着けて一階に下りた。通りへ出ようとドアを開けたとたん、強い風が雨粒を浴びせかけてきた。雨に頬を叩かれながら、角の自動車整備工場まで半ブロックの距離を歩く。

工場内のガラスの壁に囲まれた事務所には、背が高くて手足のひょろりと長い、茶色い髪をした白い作業着姿の男がいて、木の椅子に座り、電気暖房器の上の棚に足をかけて椅子を後ろに傾け、新聞を読んでいた。「やあ、トミー」ボーモントがそう声をかけると、男は新聞を下ろした。

顔が汚れているせいで、トミーの歯は本来より白く見えた。トミーはその歯が全部見えそうな大きな笑みを浮かべた。「今夜は荒れ模様だな」

「だな。ところで、車を借りたいんだが。この雨のなかでも田舎道を走れるようなやつがいい」

「ひゅう！　あんた、ついてるぜ。今夜はよりどりみどりだからな。ほかの日なら、田舎道には不向きな車で行くしかなかったかもしれねえぞ。ちょうど、どうなったってかまわねえビュイックがある」

「ちゃんと走るのか」

「ほかのに乗ってったところで、大して変わらねえだろうよ」トミーが言う。「今夜のこの天気じゃな」

「わかった。ガソリンを満タンにしてくれ。この雨のなか、レイジークリーク方面に行くには、どの道を通るのがいいだろう」

「レイジークリークのどの辺りまで行くかによるな」

ボーモントはトミーを見つめてためらったあと、答えた。「川にぶつかる辺りだ」

トミーはうなずいた。「マシューズのとこか」

ボーモントは黙っていた。

トミーが言った。「行き先によって道は変わってくるぜ」

「そうなのか？　ああ、当たりだよ、行き先はマシューズのところだ」ボーモントは言った。「このことは誰にも言わずにいてくれないか、トミー」

「俺の口は軽いと思ってるのに俺のとこに来たのかよ、それとも俺は口が堅いと知ってるから来たのかよ」トミーが理屈をこねた。

ボーモントは言った。「急いでるんだ」

「だったら、ニューリヴァー街道をバートンまで行くんだな。そこから砂利道に入って橋を越えたら——無事に砂利道を走れればの話だがよ——その先の最初の交差点から東に少し戻る。坂を上りきる手前あたりがマシューズのとこの裏手に当たる。この雨で砂利道を行くのが無理そうだったら、ニューリヴァー街道をそのまま直進して、交差点に来たら、旧道に入って東に戻る」

「ありがとう」

ボーモントがビュイックに乗りこむと、トミーは不自然にさりげない口調で言った。「サイドポケットに予備の銃を入れといた」

ボーモントはひょろ長い男を見返して無表情に訊き返した。「予備の？」

「気をつけて行きなよ」トミーが言った。

ボーモントはドアを閉めて工場を出た。

4

ダッシュボードの時計は十時三十二分を指していた。ボーモントはヘッドライトを消し、いくぶんぎくしゃくと体を動かしてビュイックを降りた。風の勢いを借りた雨が、木々や茂み、地面、人、車を絶え間なく殴りつけている。雨と木の葉を透かして斜面の下側に目をやると、ところどころに黄色い明かりの集まりがほのかに光を放っているのが確認できた。ボーモントは身震いをし、レインコートの襟もとをぴたりと合わせると、その黄色い仄明《ほの》かりを目指し、雨に濡れた下生えをかき分けるようにしながら、危なっかしい足取りで斜面を下り始めた。

風と雨が光に向けてボーモントの背中を押す。そうやって下っているうちに、硬直していた体が少しずつほぐれ、つまずいたりよろめいたり、地面から突き出た障害物に足を取られかけたりしながらも、最短距離をというわけにはいかなかったとはいえ、一度も転ぶことなく、ゴールに向けてそこそこ順調に距離を稼いだ。

やがて小道に出た。闇が濃くてほとんど何も見えない。足の下のぬかるみ具合と、両側から鞭《むち》のように頬を叩く枝との距離感を頼りに、小道をたどっていく。小道はやや左に向けて遠回りをしていたが、やがて大きなカーブを抜けると、ごうごうという水音の聞こえる小さな渓谷がすぐ傍らに出現した。さらに行くと、またカーブにさしかかった。それを抜けた先に、建物の正面玄関の黄色い明かりがあった。

ボーモントは玄関に直行してドアをノックした。

ドアを開けたのは、眼鏡をかけた銀髪の男だった。柔和な顔立ちをして、肌は灰色を帯びており、亀甲《きっこう》細工の眼鏡のレンズ越しに用心深くこちらをうかがっている瞳も灰色をしていた。茶のスーツは上品で仕立てもよさそうだが、最新流行の型ではない。高めの白襟の片側に雨粒が四つ、小さく盛り上がっていた。男はドアを押さえて一歩脇によけた。「どうぞお入りください。ひどい雨ですから、とりあえずなかへ」心から歓迎しているというふうではないにしても、好意的な口調だった。「こんな夜には家から出ないのが一番だ」

ボーモントはほんの五センチほど頭を下げてから、敷居をまたいだ。入ったところは、建物の一階全体を占める広々とした空間だった。調度類はまばらで、デザインもシンプルで、部屋全体に素朴な雰囲気を与えており、その飾り気のなさが好感を抱かせた。その部屋は、台所と食堂と居間を兼ねていた。

暖炉のそばのスツールに座っていたオパール・マドヴィッグが立ち上がった。頭を反らし、背筋をぴんと伸ばして、敵意のこもった冷ややかな視線をボーモントに向けた。

ボーモントは帽子を取り、レインコートのボタンを外し始めた。ほかの人々も訪問者が誰なのか気づき始めた。

「驚いたな、ボーモントじゃないか！」玄関を開けた男は驚いた声で叫ぶと、目を丸くしてシャド・オロリーを見やった。

シャド・オロリーは、部屋の中央に暖炉のほうを向けて置かれた木の椅子に座っていた。夢見るような笑顔をボーモントに向けると、あのかすかにアイルランド訛りのある、歌うようなバリトンで言った。「おや、本当だ。調子はどうかね、ネッド？」

ジェフ・ガードナーのサル面も大きな笑みを浮かべた。美しい義歯がむき出しになり、充血した小さな目が笑い皺に埋もれた。「おい、見なよ、ラスティ！」ベンチの隣には、薔薇色の頬のむっつり顔をした若者が座っている。「ゴムまり野郎が向こうから帰ってきたぜ。な、言ったろ、俺たちと遊ぶのが好きでしようがないんだよ、あいつは」

ラスティはボーモントをむっつりとにらみつけ、うなるように何か言ったが、遠すぎて、何と言ったのかまでは聞き取れなかった。

オパール・マドヴィッグからそう遠くない位置に、赤い服を着た華奢な女が座っている。その女は、黒っぽい瞳を好奇心にきらめかせながらボーモントを見つめていた。

ボーモントはレインコートを脱いだ。ジェフとラスティの拳の痕がいまも残る痩せた顔は穏やかだったが、目だけは向こう見ずな決意を宿して光を放っていた。玄関脇の壁に沿って置かれた幅の広い白木のチェストの上にレインコートと帽子を置く。それからノックに応えた男に礼儀正しく微笑みかけた。「車の故障で立ち往生しましてね。雨宿りさせてくださって、ご親切にどうも、ミスター・マシューズ」

マシューズがあやふやな口調で言った。「礼には及ばないよ——いつでも歓迎だ」怯えた目で懇願するようにふたたびオロリーを見やる。

オロリーはほっそりとした指で艶やかな白髪をなでつけ、愛想よくボーモントに微笑んだが、何も言わなかった。

ボーモントは暖炉に歩み寄った。「やあ、おちびちゃん」オパール・マドヴィッグに声をかける。

オパールは挨拶を返さなかった。突っ立ったまま、敵意のある冷たい目でボーモントを見返しただけだった。

ボーモントは赤い服の女に笑みを向けた。「ミセス・マシューズですね?」

「そうです」女は柔らかな、喉を鳴らすような声でそう答えると、手を差し出した。

「オパールからお噂はうかがってます。学校時代のお友達だとか」ボーモントは女の手を握った。それから今度はラスティとジェフのほうに顔を向けた。「よう、きみたち」何事もなかったかのように言う。「またすぐ会えるといいなと思ってた」

ラスティは黙っていた。

ジェフがにやにやと笑い、顔が醜く崩れた。「それはお互い様さ」朗らかな口ぶりだ。「俺の関節の腫れもみんな引いたし。あんたを殴るのがあんなに楽しいとはな。あんたはどうしてなんだと思う?」

シャド・オロリーがサル顔の男のほうを振り返らないまま静かにたしなめた。「おまえは口数が多すぎるぞ、ジェフ。しゃべらずにいられたら、いまでもちゃんと自分の歯がそろっていただろうに」

ミセス・マシューズがオパールに小声で何かささやいた。オパールは首を振り、暖炉のそばのスツールに座り直した。

マシューズは、暖炉の反対側の木の椅子を手で指し示しながら、おどおどと言った。「どうかかけてくれたまえ、ミスター・ボーモント。靴を乾かすといい――体も温まる」

「ありがとう」ボーモントは椅子を炎の真正面に引き寄せてから腰を下ろした。

シャド・オロリーは煙草に火をつけようとしている。火がつくと、煙草を唇から離して尋ねた。「体のほうはどうだね、ネッド?」

「快調だよ、シャド」

「それはよかった」オロリーは頭をわずかに動かし、ベンチに座った手下二人に話しかけた。「おまえたちは明日、街に戻っていいぞ」それからボーモントに向き直り、穏やかな声で説明した。「きみが死にそうにないとわかるまではと、念のため安全策を講じていた。しかし、傷害容疑程度なら、どうということはないからね」

ボーモントはうなずいた。「何にせよ、俺がその件でわざわざ検察側の証人として法廷に立つことはまずないと思ってくれていい。ただ、そこのジェフ君はウェスト殺しでも指名手配されてる。それは忘れないほうがいいぞ」声には屈託がなかったが、暖炉で燃えている薪にじっと見入っている目には、ほんの一瞬、怒りが閃いた。しかしそれはたちまちかき消え、目を左に動かしてマシューズを見たときには、そこにあるのはからかうような表情だけになっていた。「もちろん、証言台に立つ可能性がまったくないわけじゃない。ミスター・マシューズがあんたたちに隠れ家を提供したことを世間に知らせるためなら、証言する気になるかもしれないな」

マシューズがあわてた様子で言った。「それは誤解だ、ミスター・ボーモント。今日、妻と来るまで、私はこの三人がここにいることさえ知らなかったんだ。知ったときは驚いたよ――」そこで口をつぐみ、ふいに怯えた顔をすると、哀れっぽい声でシャド・オロリーに言った。「もちろん、きみたちはいつだって歓迎だ。それはわかってくれてるだろう。とにかく、私が言いたいのは」――ふいに輝くばかりの笑顔に戻った――「事情を知らずに手を貸したわけだから、法律に触れるようなことは何一つないということだ」

オロリーが低い声で言った。「そうだな、あんたは何も知らずに手を貸した」並外れて透き通った灰青色の目が、無関心に「オブザーヴァー」の発行人を見た。

マシューズの笑みから希望が消え、まもなく笑みそのものが消えた。落ち着かなげにネクタイをいじりながら、オロリーの視線を避けている。

ミセス・マシューズが甘い声でボーモントに話しかけた。「今夜はみんな何だか冴えないのよ。あなたがいらっしゃるまで、ほんと退屈だったわ」

ボーモントはミセス・マシューズを興味深げに観察した。黒っぽい瞳は明るく輝き、優しく、誘うようだった。ボーモントの値踏みするような目つきに気づくと、ミセス・マシューズはほんの少し顔をうつむけ、媚びるように唇を軽く結んだ。唇は薄く、口紅は濃すぎる。だが、形は美しかった。ボーモントは微笑みかけ、立ち上がると、ミセス・マシューズのそばに近づいた。

オパール・マドヴィッグは目の前の床を凝視している。マシューズ、オロリー、ベンチの上の二人は、ボーモントとマシューズの妻の会話のなりゆきを見守っていた。

「冴えない理由は何でしょうね」ボーモントはそう尋ね、すぐ前の床に暖炉を背にして腰を下ろすと、脚を組み、片手を斜め後ろの床について体を支え、顔だけをミセス・マシューズのほうに向けた。

「それがまるでわからないのよ」ミセス・マシューズは唇を尖らせた。「オパールも誘ってここに来ようってハルから言われたときは、きっと楽しい夜になるだろうって思ったわ。でも、着いてみたら、この――」一瞬のためらい。「――ハルのお友達だっていう人たちが先に来てて」疑念を隠しきれていなかった。「しかも、全員が私の知らない秘密を共有してるらしくて、ずっと遠回しにそのことを話してるの。もう、退屈で退屈で。オパールまでそうなんだもの。オパールは――」

「おい、エロイーズ」マシューズが口をはさんだ。尊大な口調だった。しかし、妻にじっと見返されただけでマシューズの目から尊大さはたちまち姿を消し、気まずそうな表情だけが残った。

「何よ」妻は駄々っ子のように夫に言い返した。「ほんとのこと言って何が悪いの。それに、オパールまであなたたちとおんなじように冴えない顔しちゃって。だいたい、あなたとオパールは、そもそも何かを話し合うためにここで落ち合ったんでしょう。なのに、その話し合いとやらもまだ始めてないじゃないの。外が嵐じゃなかったら、私はとっくに帰ってるところだわ。ええ、とっくにね」

オパール・マドヴィッグの頬が赤く染まったが、目を上げようとはしなかった。

エロイーズ・マシューズは椅子の上からふたたびボーモントのほうにかがみこんだ。その顔には苛立ちに代わって悪戯っぽい表情が浮かんでいた。「退屈の埋め合わせをぜひあなたがしてくれなくちゃ。あなたがいらしてくださって私が喜んでるのは、あなたが美男子だからじゃなくて、退屈の埋め合わせをしてくださるはずだからなの」

ボーモントはいかにもわざとらしく憤然とした表情を作ってみせた。

エロイーズも眉間に皺を寄せた。だが、こちらの表情は偽物ではなかった。「車の故障って、本当なの？　それともあなたも、この人たちにやけにもったいぶった態度を取らせてる退屈な話をしにきたの？　きっとそうなのね。あなたもこの人たちの仲間なんだわ」

ボーモントは笑って尋ねた。「あなたにお会いした瞬間に、ここに留まる動機に変更があったとしたら、もともとの動機が何だったかなんて関係なくなりませんか」「まあ、そう言われればそうだけれど」――まだ疑わしげな様子だ――「でも、あなたの動機が変わったってことをちゃんと納得できるまでは、信じないから」「それに」ボーモントは軽い口調で請け合った。「俺はもったいぶった振る舞いなどしませんよ。ほかの皆さんがなぜそろって冴えない顔をしてるのか、本当に心当たりはありませんか」

「全然」エロイーズは意地の悪い声で答えた。「きっととてもくだらないことだし、おそらく政治のことだろうってことくらい」

ボーモントは空いているほうの手でエロイーズの手をそっと叩いて言った。「賢い方ですね。どっちも大当たりだ」ボーモントは首をひねってオロリーとマシューズのほうを向いた。次にエロイーズに向き直ったとき、ボーモントの目は楽しげにきらめいていた。「何がどうなってるのか、教えてさしあげましょうか」

「いいえ、聞きたくない」

「第一に」ボーモントは構わず続けた。「オパールは、テイラー・ヘンリーを殺した犯人は自分の父親だと考えています」

オパール・マドヴィッグは、首を絞められたような恐ろしい音を喉の奥から漏らし、スツールを蹴るようにして立ち上がると、手の甲を口もとに当てた。黒目が完全に白目に囲まれるほど大きく目を見開いている。その瞳はうつろで、恐怖にむしばまれていた。

ラスティが顔を真っ赤にして立ち上がったが、ジェフは横目でボーモントを見やってラスティの腕を押さえた。「言わせとけって」声はしゃがれていたが、口調は落ち着いていた。「大丈夫だって」ラスティはサル男を引きずっていきそうな勢いで身を乗り出していたが、その手を振り払おうとまではしなかった。

エロイーズ・マシューズは椅子の上で凍りついたまま、呆然《ぼうぜん》とオパールを見つめている。

夫のマシューズの体は震えていた。灰色に縮んだ顔はまるで病人のようで、下唇と下まぶたは力なく垂れ下がっている。

シャド・オロリーは椅子の上で身を乗り出していた。繊細な彫刻を思わせるほっそりとした顔は蒼白で険しく、目は灰青色の氷を思わせた。両手は椅子の肘かけを握り締め、足は床の上でじっと動かずにいる。

「第二に」ボーモントは続けた。周囲の動揺によって自信にあふれた態度が揺らぐことはなかった。「オパールは――」

「ネッド、やめて！」オパール・マドヴィッグが叫んだ。

ボーモントは床に座ったまま体をねじり、オパールを見上げた。

オパールの手は口もとを押さえるのをやめていた。代わりに、胸の前でしっかり組み合わされていた。恐怖に侵された目が、やつれた顔が、ボーモントに慈悲を請うていた。

ボーモントはいかめしい目でオパールを見据えた。凶暴な風が建物に雨を叩きつけている音が聞こえる。その合間に、近所を流れる川の轟音《ごうおん》が窓や壁を通して伝わってきた。オパールに注がれたボーモントの目は冷ややかで、何か考えを巡らせているようだった。やがて、思いやりこそ含まれてはいるものの、他人行儀な声でこう尋ねた。

「だからここに来たのか？」

「お願い、やめて」オパールの声は上ずっていた。

ボーモントの唇は浅い弧を描いたが、目もとは笑っていなかった。「そんなけしからん噂を広めてもお咎めなしでいられるのは、きみ自身と、きみのお父さんのほかの敵だけだとでも?」

オパールは両手を——拳を——体の脇に下ろし、怒ったように顎を持ち上げると、決然と言った。「テイラーを殺したのは、パパに間違いないわ」

ボーモントは元どおりつっかい棒のように手を床に置くと、エロイーズ・マシューズを見上げ、もったいぶった様子で言った。「俺がお話ししたいのはそこなんですよ。自分の父親がテイラーを殺したのではないかと疑っていたオパールは、今朝、あなたのご主人の新聞の記事を読んだあと、ご主人を訪ねた。もちろん、ご主人はポールが人を殺したなんて夢にも思ってないでしょう。ただ、苦しい立場に置かれてるというだけで。ご主人はステート・セントラル信託に借金がかさんでいる。ステート・セントラルの経営者は、今度の上院選でシャドが後援してる候補者です。だから、ご主人としては、言うなりになるしかない。そこへオパールが——」

マシューズがボーモントをさえぎった。弱々しく切羽詰まった声だった。「そのくらいでやめてはもらえないか、ボーモント。その話は──」

オロリーがマシューズをさえぎる。オロリーの声は静かで音楽的な響きを持っていた。「最後までしゃべらせてやれ、マシューズ。言いたいことを言わせてやれ」

「これはありがとう、シャド」ボーモントはそっけなく言うと、エロイーズから目を離さずに先を続けた。「オパールがご主人を訪ねたのは、疑いを確かめるためです。しかしご主人は、嘘を並べる以外、その疑念を裏づける証拠を示すことはできない。何もご存じないからです。シャドに指示されたとおりの中傷記事を書いていただけだったんですよ。しかし、そこに新しいネタが飛びこんできた。明日の新聞に、オパールが訪ねてきた、しかも父親が恋人を殺したと疑っているという記事を書けることになった。これは大スクープです。〝オパール・マドヴィッグ　父を人殺しと呼ぶ──市政の黒幕の娘が上院議員子息殺人事件の犯人は父親だと告発！〟。『オブザーヴァー』の一面を埋め尽くす黒い大きな活字が目に浮かびませんか」

エロイーズ・マシューズは目を見開き、青ざめた顔をしてボーモントのほうに身を乗り出し、息をするのも忘れたようにじっと聴き入っていた。風に煽《あお》られた雨が壁や窓を連打している。ラスティが長い溜め息のように深々と息を吸いこみ、吐き出した。

ボーモントは笑みを作った唇のあいだから舌の先を突き出し、また引っこめて、先を続けた。「ご主人がオパールをここに連れてきたのは、だからです。明日の朝刊が店先に並ぶまで、オパールを世間の目から隠しておくためだ。シャドとそこの二人が来てることを知っていたのかもしれないし、知らなかったのかもしれない。どっちでも結果は大して変わらない。とにかく、朝刊が出るまで、オパールが何をしたか誰にも感づかれないように、どこかにかくまっておくことが肝心なんですから。もちろん、オパールが拒めば、無理に連れてきたりはしなかったでしょうし、明日の朝までここにいさせたりもしなかったでしょう。いまの状況を考えれば、拉致《らち》するような真似はあまり賢明な行動とは思えませんからね。しかし、無理に連れてくる必要はなかった。オパールはどんなことをしてでも父親を破滅させるつもりでいるからです」

オパール・マドヴィッグは、ささやくような、しかし断固とした声で言った。「だって、彼を殺したのはパパだもの」

ボーモントは背筋を伸ばしてオパールに視線を向けた。そのままいかめしい目で見つめていたが、すぐに表情をゆるめると、あきらめて苦笑しているように首を振り、また床についた手に体重を預けた。

エロイーズ・マシューズの暗い目は夫を見つめていた。その目を支配しているのは、驚愕だった。マシューズは椅子に腰を下ろしていた。頭を垂れ、両手で顔を覆っている。

シャド・オロリーは脚を組み換え、煙草を取り出すと、穏やかな声で尋ねた。「話は終わりかな」

ボーモントはオロリーに背を向けて座っていたが、そのまま振り返らずに答えた。「ああ、俺がどこまで終わってるか、あんたには信じられないだろうけどな」声の調子こそ落ち着いていたが、顔にはそれまでなかった疲労がふいに表われていた。

オロリーが煙草に火をつけた。「で」火をつけ終えて言う。「いまの話が何だというんだね。今度はこちらが強烈なパンチをお見舞いする番のようだな。その子は、自分の意思で新聞にネタを持ちこんだ。ここに来たのも、自分の意思でだ。きみもその点では同意見だろう。その子にしてもきみにしても、いや、ほかの誰にしたって、いつでも好きなときに好きなところへ行くことができる」オロリーは立ち上がった。「私はそろそろベッドに行きたいね。どこで寝たらいいかな、マシューズ？」

エロイーズ・マシューズが夫に言った。「嘘よね、ハル」それは質問ではなかった。

マシューズは顔を覆っていた手をそれはそれはゆっくりと下ろし、気持ちが落ち着くのを待って言った。「エロイーズ。市警は最低でもマドヴィッグから事情を聴くべきだという私たちの主張を裏づける証拠は、充分すぎるほどそろっている。私たちがしたことといえば、それだけだよ」

「その話をしてるんじゃないわ」エロイーズが言った。

「しかし、マドヴィッグのお嬢さんが尋ねてきたとき――」そこで口ごもったきり、先は続かなかった。灰色の顔をした男は、妻の視線に射ぬかれて身震いすると、また両手で顔を覆った。

5

エロイーズ・マシューズとネッド・ボーモントは、一階の広大な部屋に二人きりでいた。暖炉の前に一メートルほど離して置かれた椅子にそれぞれ座っている。エロイーズは身を乗り出すようにして、暖炉に最後に一本だけ燃え残った薪を悲しげに眺めていた。ボーモントは脚を組み、片腕を椅子の背にかけ、葉巻をくゆらせながら、エロイーズの様子を相手に気づかれないように観察していた。

階段がきしみ、ハル・マシューズが途中まで下りてきた。カラーを外した以外、服はすべてきちんと着たままだった。襟もとを少し緩めたネクタイをチョッキの外に垂らしている。「エロイーズ。もう寝ないか。真夜中を過ぎたぞ」

エロイーズは動かない。

マシューズが言った。「ミスター・ボーモント、きみは――?」

自分の名が呼ばれるのを聞いたボーモントは、振り返ると、階段の途中で立ち止まった男を見上げた。その顔は非情なほど落ち着き払っていた。マシューズが口をつぐむと、ボーモントは葉巻とマシューズの妻に関心を戻した。

まもなく、マシューズが二階に戻っていく足音が聞こえた。

エロイーズ・マシューズは炎に見入ったまま口を開いた。「棚にウィスキーがあるの。注《つ》いでもらえる?」

「お安いご用だ」ボーモントはウィスキーの瓶を取ってきたあと、また棚の前に戻って、今度はグラスを探した。「ストレートで?」

エロイーズがうなずいた。不規則な呼吸に合わせ、赤いシルクのワンピースに包まれて丸く盛り上がった乳房が上下している。

ボーモントはグラス二つに酒をたっぷりと注いだ。

あいかわらず炎に見入っているエロイーズの手にグラスの片方を握らせた。エロイーズはそこで初めて顔を上げて微笑んだ。口紅を厚く塗った魅力的な薄い唇の片側だけを持ち上げて。炎の赤を映した瞳は、ことさら強い輝きを放っていた。

ボーモントは笑みを返した。

エロイーズがグラスを持ち上げ、甘くささやいた。「夫に！」

「それは断る」ボーモントはそっけなく言うと、グラスの中身を暖炉に浴びせかけた。酒が薪の上に飛び散って炎が踊った。

エロイーズは楽しげに笑い、跳ねるように立ち上がると、命令口調で言った。「新しいのを注いで」

ボーモントは床に置いてあった瓶を拾い上げ、グラスに注ぎ直した。

エロイーズがグラスを頭上高く掲げた。「あなたに乾杯！」

二人はグラスを傾けた。エロイーズが体を震わせた。

「先に何か食べたほうがいい。あとでもかまわないが」ボーモントは忠告した。

エロイーズが首を振る。「いいの、酔っぱらいたい気分だから」そう言ってボーモントの腕に手を置くと、炎に向き直り、彼のすぐそばに立った。「あのベンチをここに持ってきましょうよ」

「いいね」

暖炉の前の椅子をどけ、代わりにベンチを置く。ベンチの片側をボーモントが持ち、反対側をエロイーズが持った。ベンチは幅広で低く、背もたれはない。

「明かりを消しましょう」

ボーモントが明かりを消した。ベンチに戻ると、エロイーズはベンチに座って二人分のグラスにウィスキーを注いでいた。

「今度はきみに乾杯しよう」ボーモントが提案し、二人はグラスを干した。エロイーズがまた体を震わせる。

ボーモントは隣に腰を下ろした。炎の輝きが二人を薔薇色に染めていた。

階段がきしむ音がふたたび聞こえて、マシューズが下りてきた。一番下の段で立ち止まり、ひとこと言った。「早く寝ないか、エロイーズ！」

エロイーズがボーモントの耳もとで荒い口調でささやいた。「何か投げつけて追い返して！」

ボーモントは含み笑いをした。

エロイーズはウィスキーの瓶を持ち上げた。「あなたのグラスはどこ？」

エロイーズが二人分の酒を注ぎ直しているあいだに、マシューズはまた二階に戻っていった。

エロイーズはボーモントにグラスを渡すと、自分のグラスを持ち上げて軽く打ち合わせた。赤い光に照らされた瞳はらんらんと輝いている。黒い髪が一筋、額に垂れていた。エロイーズの唇から漏れる吐息はあえぐようだった。「私たちに！」

二人はグラスを干した。エロイーズは空のグラスが手から滑り落ちるに任せ、ボーモントの腕のなかにもたれかかった。唇が重なり合い、エロイーズの体が震えた。板張りの床に落ちたグラスは、大きな音を立てて割れた。ボーモントの目は細められ、狡猾な光を放っていた。エロイーズの目はきつく閉じられていた。

次に階段がきしんだときも、二人はまだそのまま唇を重ね合わせていた。音に気づいても、ボーモントは動こうとしなかった。エロイーズは、ボーモントの体に回していた華奢な腕に力を込めた。ボーモントからは階段は見えなかった。二人の息遣いは乱れ始めていた。

まもなく、階段がふたたびきしんだ。二人は唇は離したものの、抱き合った腕はほどかずにいた。ボーモントは階段を見上げた。誰もいなかった。

エロイーズはボーモントの後頭部に手を当て、指で髪をかきわけると、頭皮に爪を立てた。目はさっきのように完全に閉じられてはおらず、黒く細い筋となって笑いを浮かべていた。「人生ってそんなものよ」エロイーズは嘲るような辛辣な調子でそうささやくと、ベンチに横になり、ボーモントを——ボーモントの唇を自分の唇に引き寄せた。

そのとき、銃声が聞こえた。

ボーモントは、次の瞬間には女の腕を振りほどいて立ち上がっていた。「ご主人の寝室はどこだ?」険しい声で訊く。

エロイーズは恐怖で声も出せないまま、ボーモントを見上げて瞬きをした。

「ご主人の寝室はどこなんだ?」ボーモントは繰り返した。

エロイーズが力なく手を動かした。「二階の表側」

ボーモントは階段へと走り、飛ぶように二階に上がった。上りきったところで、サル顔のジェフと鉢合わせしかけた。ジェフは服は着ているが靴は履いておらず、むくんだ目を眠たげにしばたたかせている。ジェフは片手を腰に当て、もう一方を通せんぼするようにボーモントの前に伸ばすと、うなるように訊いた。「今度はいったい何をしでかした？」

ボーモントはジェフの手を払いのけると、左の拳をサルそっくりの鼻面に叩きこんだ。ジェフは歯をむき出して後ろによろめいた。ボーモントはその横をすり抜け、建物の正面側へ走った。オロリーが別の部屋から現われて、後ろに続く。

一階からミセス・マシューズの悲鳴が響き渡った。

ボーモントはドアを開けたところで立ち止まった。寝室の床にマシューズがランプに照らされて仰向けに横たわっていた。口が開いており、そこから小さな血の小川が流れている。片方の腕は床に投げ出され、もう一方は胸の上に置かれていた。伸ばしたほうの腕が指し示している壁際に、黒いリボルバーが転がっている。窓のそばのテーブルにインク瓶——蓋はその隣に逆さまに置かれていた——とペン、一枚の紙が見えた。テーブルの前には椅子が一脚ある。

シャド・オロリーがボーモントを押しのけて室内に入り、床に横たわった男の傍らにしゃがみこんだ。オロリーがそうやって自分に背を向けている隙に、ボーモントはテーブルの上の紙を素早く確かめたあと、ポケットに押しこんだ。

ジェフが入ってきた。続いてラスティが裸で飛びこんできた。

オロリーが立ち上がり、観念したように両手を広げた。「銃口をくわえて上顎を打ち抜いたようだ。死んでる」

ボーモントは向きを変えて部屋を出た。廊下でオパール・マドヴィッグと行き合った。

「何が起きたの、ネッド？」怯えた声だった。

「マシューズが自殺した。俺は階下《した》で奥さんに付き添ってる。きみは服を着なさい。あの部屋に入ってはいけないよ。見るものは何もない」ボーモントはそう答えて一階に下りた。

ベンチのそばの床に倒れたエロイーズ・マシューズのぼんやりとした輪郭が見えた。

ボーモントは早足で二歩そちらに歩きだしたが、ふと立ち止まると、油断のない冷ややかな視線を室内に巡らせた。それからエロイーズに近づき、片膝を床について、脈を確かめた。燃え尽きかけた炎の弱々しい光を頼りに顔色を観察する。完全に意識を失っているようだった。マシューズの寝室のテーブルから取ってきた紙を取り出し、膝で歩いて暖炉の前に行き、燃えさしの明かりに紙をかざして、そこに並んだ文字に目を走らせた。

私、ハワード・キース・マシューズは、健全な精神と記憶をもって、この文書を遺言となす。

私が所有する不動産および動産のすべては、愛する妻エロイーズ・ブレーデン・マシューズおよびその法定相続人および継承人に遺贈する。

この遺言書の唯一の執行者として、ステート・セントラル信託会社を指名する。

右証拠として、ここに署名し……

ボーモントはそこまで読んで苦い笑みを作ると、遺言書を三つに破った。立ち上がって暖炉の前の金網をどけ、裂いた紙を赤く輝く燃えさしの上に置く。紙は束の間明るく燃え上がったあと、灰になった。暖炉の横から火かき棒を取り、灰を崩して炭のあいだに紛れこませた。

それからエロイーズの傍らに戻り、自分のグラスにウィスキーを少しだけ注ぐと、エロイーズの頭を抱え上げ、唇の隙間に酒をほんの少し流しこんだ。オパールが一階に現われたとき、エロイーズは意識を取り戻しかけていた。

6

シャド・オロリーが階段を下りてきた。ジェフとラスティを従えている。三人ともきちんと服を着ていた。ボーモントはレインコートを着て帽子をかぶり、玄関に立っていた。

「どこへ行くつもりだ、ネッド？」オロリーが訊いた。

「電話を借りに」

オロリーがうなずく。「なるほど、それはいい。しかし、その前に一つ、きみに訊いておきたいことがある」階段を一番下まで下りる。ほかの二人もすぐ後ろに付き従っていた。

「どんなことだ」ボーモントはポケットに入れていた手を出して訊いた。オロリーとその後ろの二人からはボーモントの手が見えるが、ボーモントの体が邪魔をして、べンチに座っているエロイーズや、隣でエロイーズの肩を抱いているオパールからは見えない。ボーモントの手には、角張った銃が握られていた。「よけいな面倒は省きたい。急いでるものでね」

オロリーは拳銃に気づいたそぶりをいっさい示さずにいたが、それ以上近づこうとはしなかった。そして頭のなかで考えをまとめようとするように言った。「どうも気になることがあってね。蓋の開いたインク瓶とペンがテーブルの上にあって、その前に椅子も置いてある。なのに、書いたものが見当たらないというのは、妙じゃないか」

ボーモントはいかにも驚いたように微笑んだ。「何だって？　書いたものがない？」一歩後ろに下がって出口に近づく。「それはたしかに妙な話だな。電話をかけて戻ったら、何時間でも謎の解明につきあうよ」

「いや、いますぐがいいだろう」オロリーが言った。

「あいにくだな」ボーモントは素早く玄関のほうに後ずさりすると、背後に手を回し、ノブを探り当てると、ドアを開けた。「すぐ戻る」そう言い置いて外へ飛び出すと、叩きつけるようにしてドアを閉めた。

雨は上がっていた。小道を外れ、丈の高い草のなかを突っ走り、家の裏手に回った。背後でまた一つ、ドアが閉まる音がした。川音は左手のそう遠くない場所から聞こえている。下生えをかき分けながら、川を目指した。

背後で、そう大きくはないが、鋭く甲高い口笛が響いた。ボーモントはひどくぬかるんだ一角を滑るようにしながら突っ切り、その向こうの木立に入ると、川音が聞こえているのとは逆に進行方向を変えた。また口笛が聞こえた。今度は右手からだ。木立を抜けたところは肩までの高さの深い藪《やぶ》だった。夜の闇があらゆるものを漆黒に染めていたが、それでも念のため、身をかがめて進んだ。

行く手に上り斜面が現われた。ぬかるんだ凸凹《でこぼこ》だらけの斜面を上っていく。小枝が顔や手を叩いて皮膚を裂き、服をつかんで引き止めようとする。三度、転倒した。幾度となくつまずいた。口笛はあれきり聞こえない。ビュイックは見つからなかった。街道も見つからない。

ボーモントは足を引きずり始めていた。何もないところでつまずきかけたりもした。斜面を上りきると、今度は下り斜面が続いていた。転倒の回数は上ったときより増えた。斜面を下りきったところに道路が走っていた。ボーモントは右に行った。靴の裏にくっついた泥がどんどん厚くなっていく。ときおり立ち止まってこすり落とさなくてはならなかった。こすり落とすのには拳銃を使った。

背後で犬の声がした。ボーモントは足を止め、酔っ払いのように危なっかしく振り返った。十五メートルほど背後の道路際に、どうやら気づかないまま通り過ぎてきたらしい一軒家の輪郭がおぼろに見えていた。ボーモントはそこまで戻った。背の高い門がある。犬——形のない夜の怪物——が向こう側から門に飛びつき、やかましく吠え立てた。

ボーモントは門の縁に手を滑らせ、掛け金を探し当てて外すと、ふらふらと敷地内に入った。犬は後退し、円を描くように動きながら飛びかかるそぶりを見せたものの、やたらに吠え回るばかりで、結局襲いかかってこなかった。

まもなく窓が持ち上がる音がして、太い大きな声が聞こえた。「おい、うちの犬に何してる?」

ボーモントは力ない笑い声を上げた。それから一つ体を震わせ、どうにかまともな声を出した。「検事局のボーモントと言います。電話をお借りできるとありがたいんですが。この先の家で人が亡くなって」

太い声が怒鳴る。「悪いがさっぱり聞こえない。これ、静かにしないか、ジーニー！」犬は三度、それまでより力強く吠えたが、それきり静かになった。「すまない、何だって？」

「電話をお借りしたい。検事局に連絡する。この先の家で人が亡くなったんです」

太い声が叫んだ。「ほんとか、それは！」窓がきいと音を立てて閉まった。

犬がまた吠え始め、円を描きながら、いまにも襲いかかってきそうな姿勢を取った。ボーモントは泥だらけの銃を投げつけた。犬はくるりと向きを変えると、家の裏手に逃げていった。

玄関を開けたのは、赤ら顔にビール腹をした短軀《たんく》の男で、丈の長い青のナイトシャツを着ていた。「おやおや、ひどい有り様だな！」玄関から漏れた明かりでボーモントの姿が初めて見えると、男は驚いた声を出した。

「電話を」

よろめいたボーモントを赤ら顔の男が支える。「誰に電話をかけて、何と伝えればいいんだね？　その様子を見るかぎりじゃ、自分でかけるのは無理そうだぞ」

「電話を」ボーモントは繰り返した。

赤ら顔の男はボーモントに肩を貸して廊下を奥へ進み、ドアの一つを開けた。「電話はそこだ。うちのかみさんが留守にしてて運がよかったな。そんなに泥だらけじゃ、かみさんが家に入れるとは思えない」

ボーモントは電話の前の椅子にどさりと腰を下ろしたが、すぐには受話器を取ろうとしなかった。青いナイトシャツ姿の男をにらみつけ、しゃがれた声で言った。「外に出て、ドアを閉めてくれ」

赤ら顔の男は戸口で立ち止まっていた。黙ってドアを閉める。

ボーモントは受話器を持ち上げ、テーブルに肘をついて体を支えると、ポール・マドヴィッグの番号にかけた。相手が出るのを待っているあいだ、五回か六回ほどまぶたが閉じようとしたが、そのたびに無理やりこじ開けた。ようやく相手が出ると、ボーモントはふいにしっかりとした声で話し始めた。

「もしもし、ポール――ネッドだ……いや、そのことはいい。とにかく話を聞いてくれ。マシューズが川沿いの別宅で自殺した。遺書は残してない……いいから聞けって。ここからが重要なんだ。多額の借金があるのに、執行人を指名した遺書がない。となると、裁判所が遺産の管理人を指名することになる。わかるな?……そうだ。こっちに好都合な判事が担当になるように手を回してくれ――フェルプスあたりがいいだろう――そうすれば、選挙が終わるまで『オブザーヴァー』を蚊帳《かや》の外に置ける――それどころか、こっちの味方につけられるかもしれないぞ。ここまではいいか？……わかってる、わかってる。とにかく聞けったら。まだ先があるんだ。いますぐ手を打たなくちゃならないことが一つ。明日の『オブザーヴァー』の朝刊に爆弾記事が載る。あんなものを店頭に並べるわけにはいかない。俺ならいますぐフェルプスを叩き起こして、差し止め命令を出させるよ――いや、どんな手を使ってもいい、この先一月《ひとつき》かそこらはボスは俺たちなんだってことが『オブザーヴァー』の連中にも身に染みてわかるまで、新聞を発行できないようにしてやれ……いや、それはまだ話せないんだ、ポール。だが、爆弾なのは間違いないし、いまは発行を食い止めることが最優先だ。フェルプスを叩き起こして、一緒に『オブザーヴァー』に行ってくれ。自分たちで処理するんだ。売り出されるまで、あと三時間くらいは余裕があるだろう……そうだ……え？……オパールか？　オパールなら無事だよ。俺と一緒にいる……ああ、あとでそっちに送っていくよ……マシューズの件を郡に報告してくれないか。俺はこれからマシューズの別宅に戻る。じゃ」

受話器をテーブルに置いて立ち上がり、ふらふらと出口に向かい、二度試してようやくノブをひねると、倒れるようにして廊下に出た。壁にぶつかったおかげで、転倒は免れた。

赤ら顔の男があわてて駆け寄ってきた。「ほら、私に寄りかかりなさい。向こうで横になるといい。ソファに毛布を広げておいた。泥のことを気にせずに休めるように——」

ボーモントはさえぎった。「車を借してもらえませんかね。マシューズの家に戻らなくちゃならないので」

「亡くなったというのはマシューズか」

「そうです」

赤ら顔の男は眉を吊り上げ、ネズミの鳴き声のような口笛を吹いた。

「車を貸してくれるんですか、どうなんですか」ボーモントは詰め寄った。

「無茶を言いなさんな！　そんな状態で運転なんかできるわけがないだろう」

ボーモントはよろよろと相手から離れた。「じゃ、歩いていきますからけっこうです」

赤ら顔の男がボーモントをねめつけた。「それも無理だ。せめて私が着替えをすませるまでおとなしく待っていられるなら、送っていこう。まあ、その様子じゃ、途中で死んだとしても驚かないがね」

ボーモントが赤ら顔の男に支えられて、というより、運ばれるようにしてマシューズの家に入っていったとき、オパール・マドヴィッグとエロイーズ・マシューズは、一階の広々とした部屋にいた。ノックもなしに入ったため、寄り添うように立っていた女たちはぎくりとして目を見開いた。

ボーモントは付き添いの男の腕から逃れると、ぼんやりと室内を見回した。「シャドは?」

オパールが答えた。「どこかへ行ったわ。三人ともいない」

「そうか」しゃべるのもやっとだった。「きみと二人きりで話がしたい」

エロイーズ・マシューズがボーモントに駆け寄って叫んだ。「あなたが主人を殺したようなものよ!」

ボーモントは寝ぼけたような含み笑いをすると、エロイーズを抱き寄せようとした。

エロイーズは悲鳴をあげ、ボーモントの頬を平手で打った。

ボーモントは直立の姿勢のまま後ろに倒れた。赤ら顔の男がその体を受け止めようとしたが、間に合わなかった。床に仰向けに倒れたボーモントは、それきり動かなかった。

第7章　右腕

1

　ヘンリー上院議員はナプキンをテーブルに置いて立ち上がった。実際よりも背が高く見え、座っているときより若々しい印象だった。灰色の髪で薄く覆われた、体格のわりに小さな頭は、みごとに左右対称だ。年齢からくる筋肉の衰えが、貴族的な顔に縦に伸びる皺を強調し始めてはいるものの、その影響はまだ口もとには及んでおらず、目の周囲にもさほど皺はない。深くくぼんだ目は緑色がかった灰色で、大きくはないものの、きらきらとよく輝いている。まぶたにたるみはなかった。上院議員は、わざとらしいほど重々しく丁寧な口調で言った。「ポールをちょっと借りていいかな。二階で少し話がしたいのでね」

上院議員の娘が答える。「どうぞ。ミスター・ボーモントは一階に置いていってくださるなら、ね。それに、夜じゅう行ったきりにならないと約束してくださるなら」

ボーモントは礼儀正しく微笑み、軽く頭を下げた。

ジャネット・ヘンリーと二人で真っ白な壁に囲まれた部屋に移った。白いマントルピースの火床《ひどこ》の上で炭が物憂げに燃えており、その鈍い輝きがマホガニーの家具をほんのりと赤く染めている。

ジャネットはピアノのかたわらのランプを灯《とも》し、鍵盤に背を向けて腰を下ろした。ボーモントとランプのちょうど中間地点に頭が来た。金色の髪がランプの明かりを撥ね返して光の冠を作る。黒い晩餐用のワンピースの生地はスウェードに似て光を反射しない。宝石類は一つも着けていなかった。

ボーモントは暖炉の前で腰をかがめ、炭の上に葉巻の灰を落とした。シャツの胸の黒い貝ボタンが炎を映し、ボーモントが身動きをするたびに、赤い目が瞬きしているようにきらめく。体を起こすと、ボーモントは言った。「何か弾いてもらえませんか」

「ええ、そんなに上手でなくてもかまわないなら。ただし、あとにしましょう。せっかくの機会だから、あなたとゆっくりお話がしたいの」

ボーモントは慇懃《いんぎん》にうなずいたものの、何も言わずにいた。暖炉の前を離れ、ジャネットからそう遠くない位置に置かれた猫脚のソファを選んで腰を下ろした。話を聴こうという姿勢こそ見せているが、本心から興味があるふうではない。

ボーモントと正面から向かい合うように椅子の上で座り直してから、ジャネットは尋ねた。「オパールは元気？」甘く親しげな声だった。

ボーモントはいつに変わらぬ調子で答えた。「俺の知るかぎり、ぴんぴんしてますよ。ただし、最後に顔を見たのは先週のことですが」手に持った葉巻を口に運びかけてまた下ろし、ふと思いついたようにこう尋ねた。「どうしてです？」

ジャネットは茶色い目を大きく見開いた。「だって、ショックで寝こんでるってお話でしたから」

「ああ、あれか！」ボーモントはこともなげに言ってにやりと笑った。「ポールから聞いたんですね」

「ええ、ショックで寝こんでるってお聞きしたわ」ジャネットは困惑顔でボーモントを見つめた。「私はそう聞きましたけど」

ボーモントの笑顔は優しくなった。「きっとポールもいまは神経質になってるんだろう」葉巻に視線を落としてゆっくりと言った。それから目を上げてジャネットを見やり、肩を軽く上下させた。「オパールはね、寝こんでなどいませんよ。娘に父親は人殺しだなんて言い触らされたらたまらないでしょう。そのおかしな考えを捨てるまで、ポールが家から出さないようにしてるだけです」

「じゃあ、オパールは――」ジャネットは言いよどんだ。目はきらきらと輝いている。「オパールは――その――監禁されてるってこと？」

「そんな大げさなことじゃない」ボーモントはあっさりと切り捨てた。「オパールはまだほんの子供ですよ。部屋で反省していなさいと子供に言い渡すのは、しつけの範《はん》疇《ちゅう》ではありませんか」

ジャネット・ヘンリーは早口に答えた。「そうね、おっしゃるとおりだわ。でも――」膝に置いた両手に目を落とし、またすぐにボーモントの顔を見る。「でも、どこからそんな考えが？」

ボーモントの声は、笑みと同じように冷ややかだった。「同じことを考えてない人がどこかに一人でもいますか」

ジャネットはピアノの椅子の端に両手を置いて身を乗り出した。色白の顔は真剣な表情を作っている。「私がお尋ねしたかったのも、じつはそこなんです、ミスター・ボーモント。世間は本当にそう疑ってるのかしら」

ボーモントはうなずいた。まったく動じていない様子だ。

椅子の縁をつかんだジャネットの指の関節が白く浮いた。「どうして？」そう尋ねた声は、まるで干からびているようだった。

ボーモントはソファから立ち上がり、暖炉の前に行って、葉巻の吸いさしを炎に投げこんだ。それからまたソファに戻り、長い脚を組み、背もたれにゆったりと体を預けた。「対立陣営がそのほうが有利だと判断したからですよ。世間にそう思わせておいたほうが有利だとね」そう説明する声も顔も物腰も、まったくの他人事《ひとごと》といったふうだった。

ジャネットが眉をひそめる。「でも、ミスター・ボーモント、世間がそう考えるということは、何らかの証拠があるということでしょう。少なくとも、これが証拠だと指させそうな何かが」

ボーモントは興味深げに、そしておもしろがっているような目で、ジャネットを見返した。「そういう類のものなら、ちゃんとありますよ、もちろん。あなたもご存じだろうと思ってました」親指の爪で口髭をなでつける。「あちこちに匿名の手紙が送られてるんですがね、あなたにも届いてませんか」

ジャネットは勢いよく立ち上がった。動揺して顔を歪めている。「ええ、今日届いたわ！」叫ぶように言う。「それをあなたにお見せしようと思ったの。あなたの意見を――」

ボーモントは低く笑い、まあまあというように手で制した。「見せていただく必要はありませんよ。どのみち全部そっくりだし、俺はもういやというほど見ましたから」

ジャネットはしぶしぶといった様子でのろのろと腰を下ろした。

「匿名の手紙、俺たちが黙らせるまで『オブザーヴァー』が書き散らしていた記事、世間に出回ってる噂」――ボーモントは痩せた肩をすくめた――「それぞれに事実を少しずつすくい上げてる。全部合わせると、ポールの有罪は決まったみたいに見える」

ジャネットは下唇を噛んでいた。「ほんとに――ほんとに有罪になるかもしれないってこと？」

ボーモントはうなずき、静かな確信とともに言った。「今度の選挙に負ければ、市政府にも州政府にも影響力が及ばなくなる。そうなれば、電気椅子送りでしょうね」

ジャネットは体を震わせ、同じように震える声で訊いた。「でも、選挙に勝てば、大丈夫なのね？」

ボーモントはこれにもうなずいた。「もちろん」

ジャネットは息を詰めた。唇が震えている。そこからこぼれ落ちた言葉もやはり震えていた。「勝てる？」

「俺は勝てると思ってますよ」

「選挙にさえ勝てば、不利な証拠がどれだけたくさんそろってても」――声が上ずった――「平気なのね？」

「裁判にかけられることはまずないでしょう」ボーモントは言った。それから、ふいに背筋を伸ばした。目をきつく閉じ、ふたたび開くと、ジャネットの強ばった蒼白な顔を見つめた。ボーモントの瞳に嬉々とした光が浮かび、その晴れ晴れとした表情はたちまち顔全体に広がった。ボーモントは笑い――大きくはなかったが、どこまでもうれしそうな笑い声だった――立ち上がった。「現代のユディット[4]ってわけか！」

ジャネット・ヘンリーは、呼吸さえ中断したようにじっと身動きを止めた。茶色の目に困惑の表情を浮かべ、蒼白な顔でボーモントを見つめている。

ボーモントは立ち上がると、部屋のなかを無秩序に歩き回りながら、楽しげに話し始めた。ジャネットに話しかけているわけではないが、ときおり肩越しに振り返ってジャネットに微笑みかける。「それだ、そういうことなんだ。あなたは父親を選挙で勝たせるために、我慢してポールに調子を合わせてる――そう、機嫌を損ねないよう振る舞ってるわけだな。ただし、必要以上にはポールを近づけないように気を配ってる。いや、ポールはあれほどご執心なわけだから、相手をしてるだけで充分なんだろうな。ところが、どうやら兄を殺した犯人はポールらしいのに、このままいけば罪を免れるかもしれないと知ったとたん――なんとなんと、すばらしいじゃないか！　ポールの娘と恋人の両方がポールを電気椅子に送りこもうとしてるわけか。よほど女運に恵まれているらしいな、あいつは」ボーモントは淡い緑色の斑点のある細身の葉巻を片手に持っていた。ジャネット・ヘンリーの前で足を止め、葉巻の吸い口を切る。

4　旧約聖書外典「ユディト書」の中心人物。アッシリア軍に包囲された町を降伏の危機から救うため、色香を使って大将ホロフェルネスに近づき殺害した。

それから、責めるのではなく、新たな発見を分かち合おうとするような口調で言った。

「匿名の手紙を送ったのはあなたですね。そうだ、あなただったんだ。手紙はどれも、あなたのお兄さんとオパールが逢瀬に使ってた部屋のタイプライターで書かれてる。その部屋の鍵を持ってたのは、あなたのお兄さんとオパールだ。しかし、あれを書いたのはオパールじゃない。自分で書いたなら、あそこまで動揺するのは妙ですからね。そうだ、書いたのはあなただったんだ。お兄さんの遺品が警察から引き渡されると、あなたはそのなかにあった鍵を使ってあの部屋に忍びこみ、手紙を書いた。まあ、それは不問に付しましょう」また歩きだす。「ただ、上院議員に進言しなくてはならないな。力の強い看護婦を何人か雇って、あなたはショックで臥《ふ》せってることにして部屋に監禁すべきだとね。この街の政治家の娘たちのあいだで、ショックで寝こむ伝染病が急速に広まり始めてるらしいですから。しかし、どの家にも一人は感染患者がいるようなことになったとしても、今度の選挙に負けるわけにはいかない」ボーモントは肩越しに振り返り、優しく微笑んだ。

ジャネットは片手を喉に当てた。その手以外は彫像のように動かなかった。口も開かなかった。

「幸い、上院議員はうるさいことは言わないでしょう。あの人の頭にはいま、再選のことしかないんだから。あなたや亡くなった息子さんのことなど気にもかけてない。そして、再選を果たすには、ポールを味方につけておかなくてはなりません」ボーモントは笑った。「だからあなたはユディットの役を演じることにした。そうですね？　たとえ息子を殺した犯人はポールかもしれないと疑っていても、選挙に勝つまでは、お父さんはポールと手を切ったりしないとあなたは確信してたから。まあ、そうわかれば安心ですよ——俺たちは」

ボーモントは葉巻に火をつけようとして、いったん話を中断した。するとその隙をついてジャネットが口を開いた。喉に当てていた手は下ろしていた。いまは膝の上で両手を組んでいる。背筋はぴんと伸びているが、体が強ばっているせいではなかった。声は冷ややかで落ち着いていた。「やっぱり私は嘘が下手ね。私は知ってるの。ヘンリーを殺したのはポールだって。手紙を書いたのも、そうよ、私よ」

ボーモントは火のついた葉巻を指でつまんで口から離すと、猫脚のソファに戻り、ジャネットと向き合うように腰を下ろした。表情は険しいが、敵意はなかった。「あなたはポールを毛嫌いしてる。そうでしょう？　テイラーを殺したのはポールじゃないと俺が証明してみせたところで、ポールに好意を持つことはない。違いますか」

「そうよ」ジャネットの明るい茶色の目が、暗い茶色をしたボーモントの目をまっすぐ見据えた。「だって、好きになれるはずがないもの」

「やっぱりそうだったか」ボーモントは言った。「あなたがポールを嫌ってるのは、お兄さんを殺したと思ってるからじゃない。あなたはポールが嫌いだから、ポールがお兄さんを殺したと思ってる」

ジャネットはゆっくりと首を振った。「それは違います」

ボーモントは疑うようににやりとした。「お父さんとは話してみましたか」

ジャネットは唇を噛んだ。頬にわずかに赤みが差した。

ボーモントはまたにやりと笑った。「馬鹿げたことを言うなと一蹴《いっしゅう》されたわけですね」

頬がいっそう赤くなった。ジャネットは何か言いかけたが、思い直して口をつぐんだ。

「ポールがあなたのお兄さんを殺したんだとしたら、お父さんはそのことをちゃんとご存じのはずですよ」

ジャネットは目を伏せて膝の上の両手を見つめ、惨《みじ》めな様子でのろのろと言った。

「そうね、知ってるでしょうけど、本気では信じないと思うわ」

「ポールが犯人なら、かならず知ってるはずです」ボーモントはいっそう目を細めて訊いた。「あの晩、ポールはお父さんに、テイラーとオパールのことを一言でも話しましたか」

ジャネットが驚いて顔を上げた。「あの夜、何があったかご存じないの？」

「ええ、何一つ」

「テイラーとオパールのことはまるで関係ないのよ」焦るあまり、言葉がもつれた。

「あの日――」そう言いかけて勢いよくドアのほうを振り返り、口を閉じた。ドアの向こうから、豊かでよく響く笑い声と足音が近づいてきていた。ジャネットは急いでボーモントに向き直ると、哀願するように両手を持ち上げた。「あなたにはどうしてもお話ししなくては」そうささやく。切羽詰まった真剣な声だった。「明日お会いできないかしら」

「いいですよ」

「どこで？」

「俺の家では？」ボーモントは提案した。

ジャネットがすばやくうなずく。ボーモントが早口に住所を伝え、ジャネットが小声で「十時過ぎでいいかしら？」とささやき、ボーモントがうなずいたところで、ヘンリー上院議員とポール・マドヴィッグが部屋に入ってきた。

2

ポール・マドヴィッグとネッド・ボーモントは、午後十時半にヘンリー家を辞去し、茶色のセダンに乗りこんだ。マドヴィッグが運転して、チャールズ通りを走りだす。一ブロック半ほど行ったところ、マドヴィッグが満足げに息をついた。「ふう、ネッド、きみとジャネットが親しくなってくれて、私も一安心だよ」

ボーモントは金髪の男の横顔をちらりとうかがった。「俺は誰とでもうまく合わせられるのさ」

マドヴィッグが含み笑いをし、鷹揚《おうよう》に言った。「たしかに、人あしらいは抜群にうまいな」

ボーモントの唇がひっそりとかすかな弧を描く。「ところで、明日ちょっと話したいことがあるんだが。たとえば夕方前なら、どこに行けば会える?」

車はチャイナ通りに曲がった。「そのころなら会社だな。月初めだからね。どうせならいま話してくれてもいいぞ。まだ宵の口だ」

「いや、まだ材料が全部そろってないんだ。ところで、オパールの様子はどうだ?」

「元気だよ」マドヴィッグは陰鬱に答えた。それから大きな声をあげた。「ちくしょうめ! あの子に腹を立てられたらいいのに。そのほうがはるかに気楽だ」車は街灯の下を通りすぎた。マドヴィッグが唐突に言った。「妊娠はしてない」

ボーモントは黙っていた。顔も無表情のままだった。

ログ・キャビン・クラブが近づいて、マドヴィッグが車の速度を落とす。顔が赤かった。かすれた声で訊く。「どう思う、ネッド? あの子は」――耳障りな音を立てて咳払いをする――「あの子とテイラーは大人の関係だったのかな。それとも、ただの恋愛ごっこだったのかな」

「わからない。どっちだっていい。本人に確かめたりするなよ、ポール」

マドヴィッグは車を停めたが、すぐには降りようとせず、ぼんやりと前を見つめていた。やがてまた咳払いをすると、低くしゃがれた声で言った。「きみは案外優しい男なんだな、ネッド」

「そうさ」ボーモントはうなずき、二人は車を降りた。

クラブに入り、階段を上りきったところ、州知事の肖像画の下で、ふだんどおりに別れた。

ボーモントはクラブの裏手にある小さめの部屋に行った。五人の男がスタッドポーカーのテーブルを囲んでおり、ほかの三人が見物していた。五人が椅子を動かしてボーモントの場所を作る。午前三時にお開きになったときには、ボーモントは四百ドルほど勝っていた。

3

ジャネット・ヘンリーがボーモントのアパートにようやく現われたのは、正午になろうというころだった。ボーモントはそれまで一時間以上も室内をうろうろと歩き回りながら、爪を嚙んだり葉巻を吹かしたりしていた。呼び鈴が鳴ると、ボーモントは急ぐことなく玄関に行き、ドアを開け、微笑み、そして少し驚いたように、だがその驚きに喜んでいるように言った。「おはよう」

「ごめんなさい、ほんとに。こんなに遅くなってしまって――」ジャネットが言いかけた。

「遅れてはいませんよ」ボーモントは安心させるように言った。「約束は〝十時過ぎ〟でしたからね」

ボーモントはジャネットを居間に案内した。

「すてき」ジャネットはその場でゆっくりと一回転しながら、古風なしつらいの部屋をじっくりと眺めた。高い天井、広い窓、暖炉の上の大きな鏡、赤いベルベット張りの椅子。「ほれぼれしちゃう」それから、半分開いたままのドアに茶色の目を向けた。

「そちらは寝室？」

「そうです。見てみますか」

「ええ、ぜひ」

寝室を見せ、台所や浴室にも案内した。

「完璧だわ」居間に戻ると、ジャネットは言った。「いまでもこんなところが残ってたなんて、ちっとも知らなかった。この街はどこもかしこもやたらに近代化してしまったのに」

ボーモントは称賛の言葉に応えて軽く頭を下げた。「我ながらなかなかいい部屋だと思ってます。それに、盗み聞きする場所もありません。衣装箪笥にでも体を押しこめないかぎりね。それもまずありえないでしょうが」

ジャネットは背筋を伸ばしてボーモントの目をまっすぐに見た。「そんなこと考えもしなかったわ。私とあなたは意見が合わないかもしれないし、ひょっとしたら敵同士になることもあるかもしれないけれど――いえ、もうそうなのかしらね。でも、あなたが紳士だということは知ってます。そうでなければ、そもそもこうやって来たりしてないわ」

ボーモントはちゃかすように言った。「紺のスーツには薄茶色の靴を合わせるものじゃないといまはもう知ってるから？　俺が紳士だというのは、そういう意味ですか」

「そういう意味じゃありません」

ボーモントはにやりとした。「おっと、そうなると、俺は紳士だというのは間違いだな。俺はただの賭博師で、政治屋の食客です」

「私は間違ってないわ」茶色の目に懇願するような色がよぎった。「お願いよ、口論はやめましょう。どうしてもというときまでは」

「これは失礼」ボーモントの笑みは申し訳なさそうなものに変わっていた。「おかけになりませんか」

ジャネットは椅子に腰を下ろした。ボーモントは別の幅の広い赤い椅子にジャネットと向かい合って座った。「お兄さんが殺された夜、お宅で何があったか聞かせていただけるんでしたね」

「ええ」ジャネットは聞き取れないくらいの小さな声で答えた。頰がピンク色に染まり、目は床を凝視している。ふたたびボーモントを見たとき、その瞳には臆病な表情があった。「あなたにはお話ししておきたかったの。あなたはポールのお友達だから――あなたは私の敵だということになるのかもしれないけれど、それでも――何があったかおわかりになれば――本当のことを知っていただいたら――あなたは――少なくとも私の敵ではなくなる。いえ、どうかしらね。たぶんあなたは――とにかく、お話ししておきたいの。どう考えるかはあなたしだいよ。あの人はあなたに何も話していないようだから」真剣なまなざしがボーモントを見つめる。それまでの臆病な表情は、その真剣さにたちまち追い払われていた。「話してないのよね？」

「あの夜お宅で何があったのか、俺は何も知りません。ポールからは聞いてない」

ジャネットは素早く身を乗り出して尋ねた。「それこそ、あの人が何か隠してる証拠じゃないかしら。隠さなくちゃならないことがある証拠じゃないかしら」

ボーモントは肩を軽く上下させた。「そうだとしたら？」その声には興奮も好奇心も感じられなかった。

ジャネットが眉根を寄せる。「だって、やましいことがないなら――いいわ、そのことはいまは措《お》いておきましょう。何があったかお話しすれば、あなたにはわかっていただけると思うから」ジャネットはさらに身を乗り出し、茶色の瞳が一心にボーモントを見つめた。「あの人は晩餐に来たの。食事に招いたのは、あの日が初めてだった」

「そこまでは知ってますよ」ボーモントは言った。「あなたのお兄さんはお宅にいなかった」

「いいえ、テイラーは晩餐の席にいなかっただけ」ジャネットはボーモントの言葉を訂正した。「二階の自分の部屋にいたの。食堂にいたのは、父とポールと私だけだった。テイラーは外で食事をすませるつもりでいた。ポールとは――ポールと一緒には食事をしたくなかったのよ。オパールのことでもめたりしたから」

ボーモントは慇懃に、だがそっけなくうなずいた。

「食事のあと、ポールと私はしばらく二人きりになったの。あの――あの部屋で。ゆうべあなたとお話しした部屋で。そのとき、急に抱き締められて、キスされた」

ボーモントはふいに笑った。大きな声でこそなかったが、おかしいのをどうにもこらえきれなくなったというふうに。

ジャネット・ヘンリーは驚いた顔でボーモントを見つめた。

ボーモントは笑いを微笑みに抑えて言った。「ああ、すみません。先を続けてください。どうして笑ったかはあとでお話ししますから」しかし、ジャネットが先を続けようとするのをすぐにさえぎった。「ちょっと待って。キスしたとき、何か言ってましたか」

「いいえ。あ、いいえ、言ったかもしれないけれど、私に意味がわかるようなことは何も」なおも当惑が深まったような顔つきだった。「どうして?」

ボーモントはまた笑った。「肉一ポンドとか何とか、そんなようなことを言ったはずだからです。そんなことになったのは、たぶん、俺のせいだ。その前にポールを説得しようとしたんですよ。今度の選挙であなたのお父さんを後援しないほうがいい、お父さんはあなたを餌にポールの協力を手に入れようとしてるだけだからとね。そうとわかっていてもなお利用される気なら、投票日前に約束の肉をもらっておいたほうがいい、さもないと永遠に手に入らないぞと忠告したんです」

ジャネットは目を大きく見開いた。困惑の度合いはいくらか浅くなっていた。

ボーモントは続けた。「それが晩餐の日の午後のことです。ただ、あんな忠告、するだけ無駄だったと思ってましたよ」そう言って額に皺を寄せた。「あなたはいったい何をなさったんです？　あいつはあなたと結婚するつもりでいたし、あなたに対する尊敬やら何やらで心がはちきれんばかりだった。それがいきなり襲いかかるような真似をするなんて、あなたによほどひどいことをされたんだろうとしか思えない」

「私は何もしてません」ジャネットはゆっくりと答えた。「ただ、気詰まりな晩だったのは確かだわ。全員が居心地悪そうにしてた。私は――そう思っても顔には出さないようにしてたけれど――あの人をもてなさなくてはならないのがいやでたまらなかったの。あの人も落ち着かない気分だったでしょうね。それできっと――その居心地の悪さが鬱憤《うっぷん》になって――それにたぶん、あなたに不安にさせられたせいで――」

最後まで言い終える代わりに、両手を広げてみせた。

ボーモントはうなずいた。「そのあと、どうなりました？」

「私は怒ったわ。当然よね。そしてあの人を置き去りにして部屋を出たの」

「そのときポールに何か言いましたか」ボーモントの目は、内心のおかしさを隠しきれずにきらめいていた。

「いいえ、言わなかったわ。ポールは何か言ったかもしれないけど、私には聞こえなかったわ。そのまま二階に上がろうとしたら、ちょうど父が階段を下りてきたの。父に何があったか話しているところに――私はポールにだけじゃなく、父にも腹を立ててたのよ。ポールが来たのは父のせいだから。えっと、そう、父に話してたら、ポールが玄関から出ていく音がした。その直後にテイラーが自分の部屋から出てきたの」

ジャネットの顔は血の気が引いて強ばっていた。声は感情を抑えきれずに上ずっていた。「私が父に話している声が聞こえたらしくて、どうしたのかと訊かれたわ。でも私は父と兄をその場に残して自分の部屋に行った。あんまり腹が立って、もうその話はしたくなかったから。それきり父にも兄にも会わなかった。テイラーが――テイラーが殺されたと父が知らせに来るまで」ジャネットは口をつぐみ、蒼白な顔でボーモントを見つめた。両手をしっかりと組み、いまの話に対するボーモントの反応を待っている。

ボーモントの反応は、冷ややかな質問一つだった。「で、それがどうしたというんです?」

「どうした、ですって?」ジャネットが驚いて訊き返す。「おわかりにならない? 私にはこうとしか思えないわ。テイラーはポールを追って家を飛び出していった。そして追いついたところでポールに殺された。兄は怒ってたし――」そこでふいに顔を輝かせた。「帽子が見つかってないのはご存じよね。急いでたから――あんまり腹が立ってたから、帽子を取ってかぶる暇もなかったのよ。兄は――」

ボーモントはゆっくりと首を振ってジャネットをさえぎった。「それは違いますね」その声には確信だけがあった。「それは違う。ポールにはお兄さんを殺す動機がないし、殺したりするはずがありませんよ。それに、ポールならお兄さんを片手であしらえるはずです。喧嘩になったからって我を失うような人間でもない。断言してもいいですよ。ポールが喧嘩してるところを見たことがあるし、俺自身、ポールと喧嘩したこともありますから。あなたの説には納得できませんね」石のように冷たく変わった目をいよいよ細めた。「しかし、死なせたのがポールだとしたら？　いえ、殺すつもりはなかったのに、という意味です。まあ、俺はそれもありえないと思いますがね。死なせたのがポールだったと仮定して、正当防衛以外の説明をつけられますか」

ジャネットは嘲るように顎を持ち上げた。「正当防衛なら、どうして隠すのかしら？」

ボーモントには動じた様子はない。「ポールはあなたと結婚したがってるんです。たとえ正当防衛でも、お兄さんを殺してしまったと認めたら――」含み笑い。「俺もすっかりあなたに感化されかけてるらしいな。いいですか、ミス・ヘンリー。ポールはお兄さんを殺してないんです」

ジャネットの瞳もボーモントのそれに劣らず冷たい色をしていた。その目でボーモントを見つめるばかりで、だんまりを決めこんでいる。

ボーモントは考えこむような表情になった。「あなたは」――そう言って片手の指をうごめかせる――「言ってみればあなたは二と二を足してるだけだ。そこからどう数字をいじくったら、あの夜、お兄さんはポールを追って家を飛び出したという答えが出てくるんですか」

「だって、それだけで充分でしょう」ジャネットは譲らなかった。「そういうことなのよ。そうとしか考えられない。それ以外に——それ以外に、兄が帽子もかぶらずにチャイナ通りにいた理由がないでしょう」

「お父さんはお兄さんが家を出るところを見ていらしたんですか」

「いいえ。知らせが届くまでは、父も何も——」

ボーモントはさえぎった。「お父さんもあなたの説に納得してらっしゃるんですか」

「納得してもらうしかないわ」ジャネットは叫んだ。「だって、明白なことだもの。父が何と言おうと、納得してもらうしかない。あなたに納得してもらうしかないのと同じようにね」目に涙があふれかけている。「あなたが別の意見をお持ちだなんて、私は信じないからそのおつもりでいてちょうだい、ミスター・ボーモント。ほかに何をご存じなんだとしても、これでもう真実はおわかりのはずよ」

ボーモントの両手が震え始めた。尻を座面の前のほうにずらしてだらしなく座り、両手をズボンのポケットに押しこむ。固く引き結ばれた口の周りに皺が刻まれてはいるものの、表情は穏やかだった。「お兄さんの遺体を発見したのは俺です。そのとき、周囲には誰もいなかった。ほかには何も知りません」

「いまはもうすべてご存じでしょう」

黒い口髭の下の唇がぴくりと動いた。目は怒りで燃えるようだった。低く険しく、しかもわざとらしい辛辣な声で言った。「お兄さんを殺した犯人を表彰してやりたいくらいですよ」

ジャネットは喉に手を当て、椅子の上で身をすくませたが、恐怖はすぐにその表情から消え、背筋を伸ばすと、同情するような目をボーモントに向けた。「お気持ちはわかります。あなたはポールのお友達だもの。おつらいでしょうね」

ボーモントはほんのわずかに顔を伏せてつぶやいた。「いまのは無礼な発言でした。つまらないことを言ってしまいました」自嘲気味に笑う。「ね、俺の言ったとおりだったでしょう。俺は紳士なんかじゃない」真顔に戻る。目に浮かんでいた自分を恥じるような表情も消えて、いまは穏やかで落ち着いていた。静かな声で続ける。「俺がポールの友人だというのは事実です。たとえあいつが人を殺そうと、友人であることには変わりない」

長いあいだボーモントをまっすぐに見つめていたあと、ジャネットは小さく単調な声で言った。「だから、こんな話をしても無駄だということ？　真実を教えてさしあげたら、きっとあなたも——」ふいに口をつぐみ、両手と肩と首を使ってあきらめの仕草をした。

ボーモントはゆっくりと首を横に振った。

ジャネットは溜め息をついて立ち上がり、手を差し出した。「とても残念に思ってるし、失望もしてます。でも、だからといって、かならずしもあなたと敵同士になる必要はない。そうでしょう？」

ボーモントも立ち上がったが、差し出された手は握らなかった。「あなたはポールをだました。いまもまだポールをだまそうとしてる。その部分では、あなたは俺の敵ですよ」

ジャネットは手を引っこめないまま尋ねた。「私のほかの部分、ポールとは関係のない部分はどうなのかしら」

ボーモントはジャネットの手を取ってくちづけをした。

4

ジャネット・ヘンリーが帰っていくと、ボーモントは電話の前に立ち、ある番号にかけて言った。「もしもし、ボーモントと申します。ミスター・マドヴィッグはもうそちらにいらしてますか……それでは、いらっしゃったら、ボーモントから電話があって、あとでそちらにうかがうと言っていたとお伝え願えますか……ええ、ありがとう」

腕時計を確かめる。一時を回ったところだった。葉巻に火をつけて窓際に腰を下ろし、煙をくゆらせながら通りの向かいの灰色の教会を眺めた。吐き出された煙は、窓ガラスに撥ね返されて戻ってくると、灰色の雲になってボーモントの頭上に浮かんだ。ボーモントの歯が吸い口を嚙みしだく。そうやって外を眺めて十分ほどたったころ、電話が鳴った。

受話器を取る。「もしもし……ああ、ハリーか……いいよ。いまどこだ？……こっちからダウンタウンに行くよ。そこで待っててくれ……そうだな、三十分で行く……

わかった」

葉巻を暖炉に投げこみ、帽子とコートを着けて外出した。六ブロック先のレストランまで歩き、サラダとパンとコーヒーを腹に収めたあと、さらに四ブロック歩いてマジェスティックという名の小さなホテルに入り、エレベーターで四階に上がった。エレベーター係は、小柄な若者で、ボーモントを〝ネッド〟とファーストネームで呼び、第三レースの予想を尋ねた。

ボーモントは少し考えてから答えた。「ロード・バイロンが来るだろうな」

エレベーター係が言う。「その予想は外れるといいな。パイプオルガンに賭けちまったんですよ」

ボーモントは肩をすくめた。「ふむ。悪くない読みだが、パイプオルガンは目方がありすぎるよ」四一七号室に行き、ドアをノックした。

ワイシャツ姿のハリー・スロスがドアを開けた。ずんぐり体形の三十五歳の男で、顔幅が広く、頭は禿《は》げかけている。「時間ぴったりだな。入れよ」

スロスがドアを閉めるのを待って、ボーモントは尋ねた。「相談ってのは?」

ずんぐりした男はベッドに腰を下ろし、不安げに眉をひそめてボーモントを見つめた。「いや、これはどうにもまずいと思うんだよな、ネッド」

「何がだ？」

「ベンのやつが検事にしゃべっちまった件だよ」

ボーモントは苛立ったように言った。「頼むよ。他人《ひと》に相談するときは、話をちゃんと整理してからにしろよ」

スロスは青白い大きな手を持ち上げた。「待ってくれ、ネッド。順を追って説明するから。とにかく聞いてくれ」ポケットを探り、よれよれの紙巻煙草の箱を取り出す。

「ヘンリーの息子が殺されたろ」

「ああ」ボーモントはぞんざいに答えた。

「あの夜、俺とベンが入ろうとしてるところにちょうどあんたが来たのは覚えてるか。ほら、クラブの入口で」

「覚えてる」

「問題はそこなんだ。俺たち、あの直前に、並木の下でポールとあの若造が言い争ってるところを見たんだよ」

ボーモントは親指の爪で一度だけ口髭をなでつけたあと、当惑した顔でゆっくりと言った。「しかし、おまえたちがクラブの前で車を降りるのを見たぞ――遺体を発見した直後だった――おまえたちの車は通りの反対側から来た」人さし指を立てる。「しかも、ポールはおまえたちより先にクラブにいた」

スロスは大きな顔を勢いよくうなずかせた。「そのとおりだ。ただ、俺たちはいったんクラブの前を通り過ぎて、チャイナ通りの先のピンキー・クラインの家に行ったんだよ。やつがいなかったから、ぐるっと回ってクラブに戻ったんだ」

ボーモントはうなずいた。「で、何を見た?」

「ポールとあの若造が並木の下で言い争ってた」

「走ってる車のなかから見たのか」

スロスがまた勢いよくうなずいた。

「あそこは暗かった」ボーモントは指摘した。「車で通り過ぎただけなのに、顔まで見分けられるとは信じがたいな。速度を落としたとか、停まったとかいうならわかるが」

「いや、ふつうに走って通り過ぎたよ。だが、ポールなら、どこにいたって見分けられる」

「かもな。しかし、一緒にいたのが議員の息子だっていうのは確かなのか」

「確かだ。間違いない。顔がわかるくらいには明かりがあったから」

「しかも、言い争ってることまでわかったっていうのか？　言い争ってるっていうのは、どの程度のことを指してる？　つかみ合いでもしてたか」

「いや、そこまではしてなかった。ただ、いかにも言い争ってるって感じで立ってたんだよ。な、立ってる姿勢を見ただけで、言い争ってるんだってわかることってあるだろう」

　ボーモントは陰気な笑みを作った。「あるな。たとえば、片方がもう一方にのしかかるみたいに乗り出してたりすればな」笑みが消える。「で、ベンが検事にしゃべったっていうのは、そのことか」

「そうだ。ベンが自分から出向いたのか、ファーがどこかで聞きつけてベンを引っ張ってったのか、それは知らないが、とにかく、ベンがファーに洗いざらいしゃべったのは確かだ。昨日の話だよ」

「おまえはどうしてそのことを知ってる、ハリー？」

「ファーが俺を探してるからだよ」スロスが答える。「それでベンのこともわかったんだ。あいつ、ポールたちを見かけたとき俺も一緒にいたってファーに話しちまったらしくて、俺まで呼び出しを食らってるってわけだ。検事局に出頭せよってな。けど、俺は関わりたくないんだ」

「このまま関わらずにいてもらえるとありがたいな、ハリー」ボーモントは言った。「しかし、ファーに見つかったら、どう話すつもりだ？」

「いや、できれば見つからずにすませたいんだよ。あんたに相談したいってのはそこだ」咳払いをし、唇を湿らせる。「一週間かそこら、街を離れてたほうが無難かと思ってね。ほとぼりが冷めるまで。ただ、それには金が要る」

ボーモントはにやりとして首を振った。「それはあまりいい考えとは思えないな」ずんぐりとした男に言う。「ポールの力になりたいなら、ファーにこう話すほうがいい。並木の下に男が二人立ってるのは見たが、顔まではわからなかった、車から見分けるのは誰にだって無理だろうとな」

「わかった。じゃあ、そうするよ」スロスは即座に答えた。「しかし、ネッド、俺にも何かいいことがあってもよさそうなものじゃないか。だって、俺はリスクを背負うわけだし――その――わかるだろう？」

ボーモントはうなずいた。「選挙が終わったら、何か楽な仕事をあてがおう。一日に一時間も働けばすむような仕事を探してやる」

「それなら——」スロスは立ち上がった。緑色の斑点が散った水色の瞳は、懇願していた。「じつはな、ネッド。すっからかんなんだ。楽な仕事もありがたいが、それよりもいま、ちょっとでいいから金を融通してもらえないかな。貸してもらえたらほんとに助かる」

「そうか。ポールに話してみるよ」

「頼むぜ、ネッド。電話してくれよな」

「わかった。じゃあな」

5

ボーモントはマジェスティック・ホテルを出ると市役所に向かい、検事局を訪ねて、ファー検事に面会したいと申し入れた。

丸顔の若者は受付をいったん離れ、まもなく申し訳なさそうな顔で戻ってきた。

「あいにくですが、ミスター・ボーモント。ファー検事は外出しております」

「何時ごろ戻る?」

「わかりかねます。担当の秘書の話では、何も言っていなかったそうで」

「じゃあ、すぐ戻るほうに賭けてみるか。検事のオフィスで待たせてもらうよ」

丸顔の若者はボーモントの前に立ちふさがった。「あの、それは困りま――」

ボーモントはにこやかな笑みを浮かべると、低い声で尋ねた。「この仕事は気に入ってるんだろう?」

若者はためらい、視線を泳がせたあと、ボーモントに道を譲った。ボーモントは検事局内の廊下を歩き、地方検事の事務所のドアを開けた。

机の向こうでファーが顔を上げ、跳ねるようにして立ち上がった。「きみだったのか? あの若造め! 何一つまともにできたためしがない。ミスター・バウマンがいらしてると聞いたものだから」

「まあ」ボーモントはにこやかに言った。「こうして無事に入れたわけですから」地方検事の熱意のこもった握手に応じ、勧められた椅子に腰を下ろしたあと、検事も座るのを待って、さあらぬふうに訊いた。「何か変わったことは?」

「とくに何も」ファーは両手の親指をチョッキの下のポケットに引っかけ、椅子を後ろに傾けた。「ふだんどおりの単調な毎日だよ。それはもう、うんざりするくらい何事もない」

「選挙対策のほうはいかがです？」

「順風満帆とは言いがたいな」地方検事の押しの強い赤ら顔が曇った。「しかしまあ、どうにかなるだろうとは思ってる」

ボーモントはあいかわらずのんびりとした口調で尋ねた。「何か問題でも浮上しましたか」

「まあ、いろいろとね。しじゅうどこかで何か問題が起きてるよ。思うに、政治ってのはそういうものなんだろう」

「俺に――俺とポールでお手伝いできることは？」ボーモントはそう尋ねたあと、ファーが短く刈りこんだ頭を横に振るのを見て言った。「ポールがテイラー・ヘンリー殺しに関わってるって噂が出回ってる。それが最大の問題ですか」

ファーの目に怯えたような光がよぎったが、瞬き一つで消えうせた。椅子の上で背筋を伸ばす。「あの事件をいまだに解決できないのはいかがなものかという声が広がりつつあるのは確かだ。そうだな、それも問題の一つだ——おそらくは最大の問題のうちの一つだね」

「この前お会いしてから進展はありませんか。何か新しい情報が入ったりとか」

ファーは首を振った。用心深い目をしていた。

ボーモントは冷ややかな笑みを作った。「複数の手がかりを時間をかけて慎重に検討してる最中といったところですか」

地方検事は落ち着かない様子で体を動かした。「まあ、そうだな。そんなところだよ、ネッド」

ボーモントはけっこうというようにうなずいた。瞳は意地悪くきらめいている。それから、皮肉たっぷりに言った。「ベン・フェリスの証言も、時間をかけて慎重に検討してる手がかりの一つなんでしょうね」

ファーの下唇の突き出した締まりのない口が開き、すぐにまた閉じた。唇をこすり合わせている。目は、まず驚きに見開かれ、次に無表情になった。「フェリスの証言を重要視すべきかどうか、判断に迷うところでね、ネッド。私はあまり重大な意味は持たないのではないかと思っている。ともかく、きみにすぐ伝えるような重要な手がかりだとは考えていなかった」

ボーモントは嘲るように笑った。「重要な情報があれば、きみやポールにはちゃんと伝えるよ。きみだってさすがにもう、私のことはわかってくれているだろうに」

「ええ、そうやって臆病風に吹かれる前のあなたのことはよくわかってるつもりでしたよ」ボーモントは答えた。「まあ、いいでしょう。フェリスと一緒に車に乗ってた男から話が聴きたいなら、マジェスティック・ホテルの四一七号室にいます」

ファーは緑色のデスクセット――斜めに立てられた二本のペンのあいだで、飛行機を高々と掲げて踊っている裸の像を一心に見つめている。表情はうつろだった。そのまま黙りこくっている。

ボーモントは薄い唇に笑みを浮かべて立ち上がった。「ポールは友人が困っていればかならず喜んで手を差し伸べる男です。そのポールが逮捕されてテイラー・ヘンリー殺しで裁判にかけられるほうが世のためだと思われますか」

ファーは緑色のデスクセットから視線をそらそうとしないまま、きっぱりと言った。「私はポールに指図する立場にない」

「それもそうですね！」ボーモントは叫ぶように言うと、机の横から身を乗り出して検事の耳もとに口を近づけ、秘密を打ち明けるような声でささやいた。「ついでだから、もう一つ教えてさしあげますよ。あんたはポールが望んでないことを勝手にやる立場にもない」

ボーモントはにこやかに事務所をあとにしたが、廊下に出たとたん、その顔から笑みはかき消えた。

第8章　決別

1

ボーモントは〈イースト・ステート建設〉という表札のあるドアからなかへ入り、事務机に向かっている若い女性二人と挨拶を交わしたあと、仕事中の五、六人の男たちと世間話をしながら広々とした部屋を横切り、〈関係者以外の立ち入りご遠慮ください〉と書かれたドアを開けた。正方形の部屋には使いこまれた机が置かれ、ポール・マドヴィッグがそれに向かって書類に目を通していた。小柄な男が肩越しにマドヴィッグの手もとを遠慮がちにのぞきこんでいる。

マドヴィッグが顔を上げた。「やあ、ネッド」それから、書類を脇へ押しやって小柄な男に言った。「続きはまたあとで頼む」

「かしこまりました。こんにちは、ミスター・ボーモント」小柄な男は書類を集めて出ていった。

マドヴィッグが言う。「ろくに寝てないって顔つきだな、ネッド。どうした？　まあ、とりあえずかけろよ」

ボーモントはすでに脱いであったコートを椅子に置き、さらにその上に帽子を置いて、葉巻を取り出した。「俺のほうは変わったことはないよ。そっちはどうだ？」机の片隅に尻をのせる。

「マクローリンの対応をきみに任せたいんだが」金髪の男が言う。「あの男をうまくあしらえそうなのは、きみくらいだろうから」

「かまわないよ。そんなに扱いにくいやつなのか？」

マドヴィッグは顔をしかめた。「ああ、扱いにくいったらないね！　こっちの陣営にうまく取りこんだつもりでいたんだが、どうも何か企んでいる気配があるんだ」

ボーモントの黒っぽい瞳が鬱然《うつぜん》と曇った。金髪の男を見下ろして言う。「マクローリンもか」

一瞬ためらったあと、マドヴィッグがゆっくりと訊いた。「〝も〟とはどういう意味だ、ネッド？」

ボーモントは別の質問で答えた。「あんたのほうは万事好都合に進んでるか、ポール？」

マドヴィッグはたくましい肩をもどかしげに揺らしたが、あいかわらず真意を探るような視線をボーモントに向けている。「万事順調とはいかないが、悲観するほどではないな。いざとなれば、マクローリンの票がなくても勝てるだろう」

「かもな」ボーモントは唇を引き結んでいた。「だが、この調子で票を失っていくとなると、かなりまずいぞ」葉巻を口の端にはさむ。唇の動きに合わせて葉巻が上下する。「二週間前より情勢が悪化してるのは、あんたも承知してるだろう」

マドヴィッグは自分の机に腰を下ろした男に鷹揚な笑みを見せた。「きみは根っからの悲観論者なんだな、ネッド！　きみの目には何でもかんでも悪いようにしか映らないのか？」返事を待たず、落ち着いた声で先を続ける。「選挙は何度も経験してるがね、いつだってどこかの時点で一度はそういうふうに悲観的になって、このままでは負けると思うものさ。だが、いつも最後には勝ってきた」

ボーモントは葉巻に火をつけていた。煙を吐き出してから言う。「これまではそうでも、これからもそうだとはかぎらない」葉巻の先でマドヴィッグの胸を指す。「テイラー・ヘンリー殺しがいますぐ解決しないと、選挙の心配をしてる場合じゃなくなるぞ。誰が当選しようと、あんたは落ちるところまで落ちることになる」

マドヴィッグの青い瞳が曇った。表情にそれ以外の変化はなかった。声の調子も変わらなかった。「それはいったいどういう意味だ、ネッド?」

「この街の全員が、犯人はあんただと思ってるって意味さ」

「ほう?」マドヴィッグは片手で顎をなでながら考えこんだ。「そんなことくらい、心配しなくていい。これまでだっていろんな噂を立てられたよ」

ボーモントは力ない笑みを浮かべ、感心しているふうを装って訊いた。「あんたはどんなことだって経験してるらしいな。電気椅子に座った経験もあるのか」

金髪の男が笑う。「それだけは未来永劫《えいごう》ないだろうな」

「いまとなっては電気椅子はそう遠くないんだぜ、ポール」ボーモントは低い声で言った。

マドヴィッグがまた笑う。「冗談はよせよ!」

ボーモントは肩をすくめた。「忙しいんじゃないのか。俺の無駄なおしゃべりのせいで、あんたの貴重な時間が無駄になったりしてないか」

「これでもまじめに聞いているつもりだ」マドヴィッグは静かに言った。「きみの話は一言だって聞き漏らしたことはない」

「これはこれは、身に余る光栄ですよ、ミスター・マドヴィッグ。マクローリンがこっちの陣営から外れようとしてるのはどうしてだと思う？」

マドヴィッグは首を振った。

「あんたに勝ち目はないと見てるからだよ」ボーモントは言った。「警察がテイラー殺しをまともに捜査してないことは誰だって知ってる。ついでに、まともに捜査しないのは、犯人があんただからだと考えてる。マクローリンは、あんたはもう負けたも同然と判断したんだろう」

「それはどうかな。この街の住人はみな、私ではなくシャドを信頼して未来を委ねようとしている──マクローリンがそう考えてるとでもいうのか？　たかだか殺人の容疑をかけられた程度のことで、私の信用がそこまで失墜すると思ってるとでも？」

ボーモントは金髪の男をにらみつけた。「あんたは自分をだまそうとしてるか、俺をだまそうとしてるかのどっちかだ。世間がシャドをどう見てるかなんて関係ない。

あいつは候補者の陰に隠れてるから、名を知られてないんだ。だが、あんたは違う。世間はな、テイラー殺しの捜査が進まないのは、あんたが後援してる候補者が圧力をかけてるからだと思ってるんだよ」

マドヴィッグはまた顎に手を持っていき、机に肘をついた。血色のよい端整な顔に皺は刻まれていない。「世間がどう考えているかの話はもう充分だ、ネッド。今度はきみがどう考えてるかを話そうじゃないか。きみは私はもう負けたと思うのか」

「ああ、おそらく」ボーモントは低くしっかりとした声で答えた。「あんたがこのまま手をこまねいてたら、まず確実に負けるだろう」それから、にやりとして続けた。「だが、あんたの候補者は無事に当選するだろうな」

「どうしてそういう理屈になる?」マドヴィッグは冷静に訊き返した。

ボーモントは腰をかがめ、机の脇に置かれた真鍮《しんちゅう》の痰壺《たんつぼ》に葉巻の灰を慎重に落とした。それから、淡々と言った。「やつらはあんたを裏切るからさ」

「そうかな」

「考えてみろよ、裏切らないはずがないだろう。シャドはあんたの下にいた小物たちをあらかた自分の側に引き寄せた。つまり、あんたが選挙に勝てるかどうかは、堅気の市民、上流層にかかってるってことだよ。ところがその層は、あんたに疑問を持ち始めてるわけだ。そこで、あんたの陣営の候補者たちは、派手なスキャンダルを演出する。あんたを殺人の容疑で逮捕させるんだよ。市民は拍手喝采するだろう。それが市政の黒幕と恐れられた男であろうと誰であろうと、法を破った犯罪者を監獄に放りこむ勇敢で気高い公僕を褒め称え、我先に投票所に走って、市の英雄たちにさらに四年間、市政を委ねようとするだろうからな。お抱えの候補者たちがそうやってあんたを裏切ったとしても、責めることはできない。あんたを裏切れば安泰だが、裏切らなければ自分が職を失うとわかりきってるんだから」

マドヴィッグは顎に当てていた手を下ろした。「きみは連中の忠誠心というものをあまり信用していないようだな、ネッド」

ボーモントはにやりとした。「あんただってそれは同じだろう」笑みは消えた。「いま言ったことは、単なる俺の悲観論ってわけじゃないんだ、ポール。今日の午後、ファーに会ってきた。強引に事務所に入りこむしかなかったよ。門をぶち壊すみたいにしてね。ファーは俺と会わずにすませようとしたんだ。テイラー・ヘンリー殺しの捜査に進展はないと思わせようとした。新たな情報を隠そうとした。最後には、だんまり作戦に出たよ」唇をへの字に曲げる。「ついこのあいだまで、俺の言うことを何だってありがたがってたファーがだぞ」

「しかし、たかがファー一人のことじゃ――」マドヴィッグが言いかけた。

ボーモントはさえぎった。「たしかに、たかがファー一人だな。しかし、ファーの態度にいまの状況が集約されてるんだよ。ルトレッジやブロディ、それにもしかしたらレイニーだって、それぞれ自分の判断であんたと手を切ろうとするかもしれない。しかし、臆病者ファーに限って言えば、ほかの連中も同じ考えだとわかってなければ、あんたを切り捨てるような真似はできっこない」金髪の男の冴えない表情に顔をしかめた。「もう俺を信じたくないなら、信じなくたってかまわないんだぜ、ポール」

マドヴィッグはさっきまで顎に当てていた手をぞんざいに振ってみせた。「信じられなくなったときは、そう言うから安心していてくれ。ところで、ファーに何の用があったんだ?」

「今日、ハリー・スロスから電話があった。ベン・フェリスとハリーは、テイラーが殺された夜、チャイナ通りであんたとテイラーが言い争ってるところを目撃したとかでね。少なくとも、当人たちは見たと言い張ってる」金髪の男を見つめるボーモントの瞳には何の感情も表われていない。口調も同じだった。「ベンはもうファーにそのことをしゃべった。ハリーのほうは、黙っててやるから金をよこせと暗に言ってきてる。あんたのクラブのメンバーのうちの二人が、風向きが変わりかけてるのを察知したってことだよ。ファーが腰抜けだってことは過去の経験からもうわかってる。だから敵情視察に行ったというわけさ」

マドヴィッグはうなずいた。「実際に顔を見て、やはり私の落選を画策してると判断を下したということか」

「そうだ」

マドヴィッグは立ち上がって窓際に行った。ズボンのポケットに両手を押しこみ、そのまま三分ほどガラス窓越しに外を眺めていた。ボーモントは机に座って葉巻を吹かしながら、金髪の男の広い背中を見つめていた。やがてマドヴィッグが振り返った。

「ハリーには何と言った？」

「時間をくれと言ってある」

マドヴィッグは窓際を離れ、机に戻ってきたが、椅子には座らなかった。顔がいつにも増して赤い。とはいえ、変化はそれだけだった。声も落ち着いている。「どうしたらいいと思う？」

「ハリー・スロスのことか？　放っておくのがいいだろうな。片割れはもうファーの側についてる。いまさらスロスが何をしようと、情勢が大きく変わるわけじゃない」

「いや、そのことを訊いたんじゃない。全体の話だ」ボーモントは葉巻を痰壺に投げこんだ。「言っただろう。テイラー・ヘンリーの事件がすぐにでも解決しないかぎり、あんたはおしまいだ。それが〝全体〟だよ。何らかの対処をする甲斐があるのは、その件だけだ」

マドヴィッグはボーモントから目をそらした。壁の大きな何もない空間をじっと見つめる。ぽってりとした唇はきつく引き結ばれている。こめかみに汗が浮かぶ。やがて腹の底から絞り出すように言った。「それは無理だ。ほかの手を考えてくれ」

ボーモントの鼻腔《びこう》が呼吸に合わせて広がる。茶色の瞳は瞳孔と見分けがつかないくらい暗い色に変わった。「ほかの手はないよ、ポール。下手に動けば、シャドやファーの利益になるだけだ。そしてどっちかがあんたを破滅に追いやるだろう」

マドヴィッグはわずかにかすれた声で言った。「どこかに逃げ道があるはずだ、ネッド。何か考えてくれ」

ボーモントは机から立ち上がると、金髪の男のすぐ前に立った。「逃げ道はない。進める道は一つだけだよ。あきらめてその道を行くか、俺が代理で行くか、それしかない」

マドヴィッグは激しく首を振った。「だめだ。よけいなことはしないでくれ」

ボーモントは言った。「あんたを見捨てることだけはできないよ、ポール」

するとマドヴィッグはボーモントの目をまっすぐに見据えると、早口でささやくように言った。「私が殺したんだよ、ネッド」

ボーモントは大きく息を吸いこみ、長々と吐き出した。

マドヴィッグはボーモントの両肩に手を置き、しわがれたうつろな声で言った。「事故だったんだ、ネッド。私がヘンリー家を出たあと、テイラーが走って追いかけてきた。出がけに玄関で拾ったステッキを持ってね。私たちは――その、ヘンリー家でちょっと厄介なことが起きたものだから、テイラーは私に追いつくなり、ステッキで殴りかかってきた。何が何だかわからないうちに、私はステッキを取り上げて、テイラーの頭に振り下ろしていた。大して力は入れてない。さほどの衝撃ではなかったはずだ。だが、テイラーは仰向けに倒れて、縁石に頭を打ちつけた」

ボーモントはうなずいた。マドヴィッグの言葉に神経を集中していること以外、その顔からはいっさいの感情が読み取れない。同じように体温の感じられない声でこう尋ねる。「ステッキはどうした?」

「コートに隠して、あとで処分した。テイラーが死んだことに気づいてクラブに向かっているあいだに、ステッキを持ったままだということに気がついたんだ。それでとっさにコートに隠して、あとで燃やした」

「どんなステッキだった?」

「ごつごつした茶色の重たいやつだ」

「テイラーの帽子は?」

「知らないよ、ネッド。勢いで飛んだか何かして、誰かが拾ったんじゃないか」

「とすると、テイラーは帽子をかぶってたんだな?」

「ああ、かぶってた」

ボーモントは親指の爪で口髭をなでた。「スロスとフェリスの乗った車が通りかかったのは覚えてるか」

マドヴィッグは首を振った。「記憶にない。だが、通ったかもしれない」

ボーモントは金髪の男を見つめて眉をひそめた。「ステッキを持ち去って燃やしたうえに、いままでずっとそのことを隠してたとなると、言い逃れができないな」うなるように言う。「事件直後なら、明らかに正当防衛を認められただろうに」

「わかってる。だが、表沙汰にしたくなかったんだよ、ネッド」マドヴィッグの声はしわがれていた。「私はジャネット・ヘンリーを手に入れたい。こんなに強く何かを手に入れたいと思ったのは生まれて初めてだ。たとえ事故だったとしても、事実が知れたら、ジャネットが私のものになる可能性は無に等しくなる」

ボーモントはマドヴィッグの鼻先に顔を突きつけるようにしたまま笑った。低くて棘《とげ》のある笑い声だった。「事件直後のほうが、いまよりはまだ可能性があったろうな」

マドヴィッグはボーモントの目を見つめるばかりで、黙りこくっている。

ボーモントは続けた。「ジャネット・ヘンリーは、初めからあんたがテイラーを殺したと信じてた。あんたを心底嫌ってるんだよ。だから、電気椅子に座らせてやろうと画策までしてた。興味を持ちそうな相手に片端から匿名の手紙を送りつけて、疑いをあんたに向けさせようとしたのもジャネットだ。オパールが新聞にネタを持ちこんだのも、ジャネットがあおったからだろう。ジャネットは今朝うちに来て、犯人はあんたに間違いないととうとうと語って、俺の考えを変えさせようとした。ジャネットは――」

「もういい」大柄な金髪の男は背筋をまっすぐに伸ばしていた。目は鋼鉄の円盤のように冷たかった。「どういうつもりなんだ、ネッド？　おまえもジャネットを手に入れたくなったか。それとも――」嫌悪がその先の言葉を封じた。「いや、どっちだろうと結果は一緒だ」親指を立て、ぞんざいにドアを指した。「出ていけ、裏切り者。おまえとはこれきりだ」

ボーモントは言った。「話すべきことを話し終えたら出ていくよ」

マドヴィッグが言った。「出ていけと言われたら出ていくんだよ。おまえが何を話そうと、俺は信じないぞ。いまおまえが話したことだって何一つ信じてない。もう二度とおまえを信じるつもりはない」

「そうか、わかったよ」ボーモントは帽子とコートを取ると、出ていった。

2

ボーモントは自宅に帰った。顔は青ざめて不機嫌だった。大きな赤い椅子の一つに座って背中を丸める。そばのテーブルにバーボンの瓶とグラスを置いていたが、手を伸ばそうとしなかった。黒い靴を履いた自分の足を陰気な目で凝視し、爪を嚙む。電話が鳴った。放っておいた。夕暮れが昼の光を部屋から追い払い始めていた。室内が薄闇に包まれたころ、ようやく立ち上がって電話のところに行った。

ある番号にかける。「もしもし、ミス・ヘンリーはいらっしゃいますか」待っているあいだ、メロディになっていない口笛を低く鳴らしていた。「もしもし、ミス・ヘンリーですか……ええ……ついさっき、ポールにその話をしてきました。ええ、あなたのことを……そうです。おっしゃるとおりでした。あなたがお考えのとおりのことをしたようです……」ボーモントは笑った。「そうでしたね。あなたは、ポールは俺を嘘つき呼ばわりして、俺の話に耳を傾けようとせず、俺を放り出すだろうと言った。まさにそのとおりの結果になりましたよ……いやいや、それはいいんです。いつかこうなる運命だったんですから……いや、ほんとに……ええ、よりを戻すことはおそらくないでしょう。あそこまで言ったら、向こうももう引っこみがつかないでしょうから……ええ、たぶん、朝までこのまま……ええ、けっこうですよ……わかりました。

では」

ようやくグラスにバーボンを注ぐと、一気に飲み干した。暗くなりかけた寝室に行き、目覚まし時計を八時に設定すると、服を着たままベッドに仰向けに転がった。しばらくは天井を眺めていた。まもなく眠りに落ちた。不規則な呼吸が続いた。やがて目覚まし時計が鳴った。

だるそうにベッドを出て電灯をつけ、浴室に入り、顔と手を洗ってカラーを清潔なものに付け替え、居間の暖炉に火を熾《おこ》した。新聞を読んでいると、ジャネット・ヘンリーがやってきた。

ジャネットは興奮した様子だった。ボーモントの顔を見るなり、自分と会ったことをポールに話したらどのような結果になるかまでは予想していなかった、こんなことになるとは思ってもみなかったとは言ったものの、瞳は誇らしげにきらめいていたし、唇も、申し訳なさそうな言葉を並べ立てているあいだもずっと、笑みをこらえきれないといったふうだった。

ボーモントは言った。「いいんですよ。こうなるとあらかじめわかっていたとしても、話さないわけにはいかなかったでしょうから。心のどこかでは覚悟してたんだと思いますしね。よくあることですよ。それに、きっとこうなるとあなたが予言してたら、俺はそれを挑戦と解釈して、受けて立っていたでしょう」

ジャネットが両手を差し出す。「ほっとしたわ。喜んでないふりはしません」

「残念です」ボーモントは差し出された手を取った。「でも、この事態を避けるためだけに、自分の信念を曲げる気はありませんでした」

「私の言ったとおりだったんでしょう。テイラーを殺したのはポールだったのね」

ジャネットの目は探るようだった。

ボーモントはうなずいた。「ええ、ポールは認めました」

「じゃあ、私に力を貸してくださるでしょう?」ジャネットは手に力をこめ、一歩踏み出してボーモントに近づいた。

ボーモントはためらった。眉根を寄せてジャネットの期待に満ちた顔を見下ろす。

「正当防衛です。または単なる事故だ」ゆっくりとそう言う。「殺人とは言えないのに――」

「いいえ、りっぱな殺人よ!」ジャネットは叫んだ。「本人は正当防衛だって言い張るに決まってるでしょうけどね!」ジャネットは焦れったそうに首を振った。「正当防衛や事故だったんだとしても、ふつうなら法廷でそれを証明するものよ。あの人だけ特別扱いするつもり？」

「白状するのが遅すぎた。一月《ひとつき》も知らぬ顔をしてたんです。あまりにも心証が悪い」

「それは自業自得ってものでしょう？」ジャネットは譲らなかった。「だいいち、本当に正当防衛だったなら、一月も黙ってるほうがおかしいんじゃないかしら」

ボーモントは深くゆっくりとうなずいた。「あなたのためにしたことです。ポールはあなたを愛してる。お兄さんを死なせたことを、あなたに知られたくなかったんですよ」

「でも、もうとっくに知ってたのよ！」怒りに満ちた叫び声だった。「世間もすぐに知ることになるわ！」

ボーモントは肩をかすかに上下させた。陰鬱な表情をしている。

「力を貸してくれるつもりはないのね」ジャネットが尋ねた。

「ありません」

「どうして？　あの人と仲たがいしたんでしょう」

「あいつの言い分を信じてるからです。裁判では、いまさら通じない話だろうということはわかってますよ。仲たがいしたのも事実だ。それでも、敵に回ることはできません」ボーモントは唇を湿らせた。「ポールのことは放っておいてやってくださいあなたや俺が手を出さなくても、世間が片をつけてくれますよ」

「いやよ。あの人がしかるべき罰を受けるまで、私はあきらめない」そこで一息つく。瞳に暗い影が差した。「そこまであの人を信じてるなら、あなたに嘘をついてるって証拠を探すくらい、怖くも何ともないはずよね」

「それはどういう意味です？」ボーモントは用心深く訊き返した。

「あの人が嘘をついてるのかどうか、それを見きわめるための証拠を探すのを手伝っていただきたいと言ってるの。どこかに何か、明白な証拠があるはずよ。かならず何か見つかるわ。本当にあの人を信じてるなら、私と一緒にその証拠を探すのも怖くないはず」

ボーモントはしばらくジャネットの顔をしげしげと眺めたあと、こう尋ねた。「仮に俺が手伝ったとして、しかも確証が手に入ったとしましょう。それによって真実がどんなものであれ、そのまま受け入れると約束できますか」

「ええ」ジャネットは迷いなく答えた。「あなたも同じように約束するなら」

「もう一つ。最後まで——確証が見つかるまで、このことをあなたの胸にしまっておけますか。ポールに不利な手がかりが見つかったとしても、すべてが明らかになるまで、それを利用せずにいられますか」

「ええ」

「わかりました。取引成立です」ボーモントは言った。

ジャネットの目に喜びの涙があふれかけた。

「さあ、座って」ボーモントの表情は硬く強ばっていた。声はそっけない。「作戦を練らなくてはなりません。今日の午後から夕方にかけて——つまり、俺と喧嘩別れして以降ですね、ポールからあなたに連絡はありましたか」

「いいえ」

「となると、ポールがあなたとのことをどう考えてるのかわからないわけだ。あのあと考えを変えて、俺が正しかったと思い始めてるかもしれない。いや、たとえそうだとしても、あいつと俺がよりを戻すということはありませんよ。もう完全に終わったことですからね。ただ、ポールがいまどう考えてるのか、できるだけ早く確かめておきたいな」ボーモントはジャネットの足もとをにらみつけ、親指の爪で口髭をなでた。

「とはいうものの、向こうからあなたに連絡してくるのを待つしかありませんね。あなたから連絡するわけにはいかない。あなたへの気持ちがいまはぐらついてるとしても、あなたからの連絡があれば、たちまち自信を取り戻すでしょう。いかがです、あいつが自分をあきらめるわけがないという確信はありますか」

ジャネットはテーブルのそばの椅子に腰を下ろしていた。「ええ、絶対の確信があるわ」そう言って気恥ずかしげに小さく笑った。「こんなふうに言ったら自信過剰と思われるかもしれないけれど——でも、確信はあります、ミスター・ボーモント」

ボーモントはうなずいた。「それならおそらく心配ないでしょう。しかし、明日までにポールの本心を確かめる必要があります。これまでに、本人から聞き出そうとしてみたことはありますか」

「いいえ、まだ一度も。時機を待つつもりで——」

「とりあえずは直接尋ねるのはよしておきましょう。どれほど自信があろうと、ここからは用心してかからなくてはいけませんからね。まだ俺に話してないことはありませんか」

「ないわ」ジャネットはかぶりを振った。「何をどうしたらいいのか、私にはまだよくわからなくて。だからこうしてあなたのお知恵を――」

ボーモントはまたしてもジャネットをさえぎった。「私立探偵を雇おうとは考えなかったんですか」

「考えたわ。でも怖かったの。ポールに話してしまうような人を雇ってしまったらと怖かったのよ。誰に話をすればいいか、誰を信用していいか、わからなかったの」

「俺に心当たりが一人いますよ」ボーモントは黒っぽい髪をかき上げた。「ところで、あなたに調べていただきたいことが二つあります。まだご存じないことだとして、ですが。お兄さんの帽子のうち、なくなっているものはありませんか。ポールは、お兄さんは帽子をかぶっていたと言ってました。しかし、俺がお兄さんを見つけたときは、帽子はどこにもありませんでした。お兄さんがいくつ帽子を持ってたか調べて、いまも全部そろってるか確かめてください」――唇の片端を持ち上げて付け加える――「俺が拝借した一つを除いて」

ジャネットはその笑みには関心を払わなかった。首を振り、気落ちした様子で両手を少し持ち上げた。「それは無理よ。しばらく前に遺品はみんな処分してしまったの。どのみち、兄が何をいくつ持ってたか、正確に知ってる人は誰もいないでしょうし」

ボーモントは肩をすくめた。「まあ、いいでしょう。じつは俺も帽子にはあまり期待してませんでしたから。もう一つは、ステッキです。お兄さんのかお父さんのステッキで、なくなってるものがないか。具体的には、ごつごつして重たい茶色のやつです」

「父のだわ」ジャネットは意気込んだ。「いまも家にあるはずよ」

「確認してください」ボーモントは親指の爪を噛んだ。「明日までにそれだけ調べていただければけっこうです。ああ、それと、できればいまのポールの気持ちを確かめること」

「どうしてなの？」ジャネットが訊いた。「ステッキのことだけれど」高揚した様子で立ち上がる。

「ポールによれば、お兄さんはそのステッキでポールに殴りかかったんだそうです。それで揉み合っているうちに、ステッキが額にぶつかった。ポールはステッキをその場から持ち去って、焼き捨てたといってます」

「でも、父のステッキなら全部そろってるわ」叫ぶような声だった。顔は蒼白で、目は大きく見開かれている。

「テイラーはステッキを持っていましたか」

「持ち手が銀の黒いものを一本だけ」ジャネットはボーモントの手首をつかんだ。

「父のが全部そろってるということは――」

「ええ、そのことには何か意味があるかもしれませんね」ボーモントはジャネットの手に自分の手を重ねた。「ごまかしは許しませんよ」そう警告する。

「ごまかしたりしないわ」ジャネットは約束した。「あなたが協力してくださってどれだけうれしいか。お知恵を貸していただきたいとどれだけ強く願ってたか。それをもし言葉で伝えられたら、かならず私を信用してくださるはずよ」

「ええ、そうだといいんですがね」ボーモントは重ねていた手を引っこめた。

3

ジャネットが帰ったあと、ボーモントはしばらく室内を歩き回っていた。表情は険しく、目はぎらついている。十時二十分前に、腕時計を確かめた。コートを着て、マジェスティック・ホテルまで歩いたが、ハリー・スロスは外出していた。ホテルを出てタクシーを拾う。「ウェスト・ロード・インまで」

ウェスト・ロード・インは白い真四角な建物で――夜には灰色に見える――市の境界線から四、五キロ離れた林のなかにある。一階の窓はどれも明るく、その前に六台ほど車が停まっていた。ほかの車は左手の細長い車庫に入っている。

ボーモントはドアマンに親しげにうなずくと、広々とした食堂に入っていった。三人編成の楽団がやかましい音楽を演奏し、八人から十人ほどの客が踊っていた。ボーモントはダンスフロアを迂回しながらテーブルのあいだの通路を進み、食堂の一角を占めるバーカウンターの前で足を止めた。客が座る側にいるのはボーモント一人だった。

にきび痕だらけの鼻をした太ったバーテンダーが声をかけた。「いらっしゃい、ネッド。久しぶりだな」

「よう、ジミー。ここしばらくいい子にしてたものでね。マンハッタンを頼む」

バーテンダーがカクテルを作り始めた。楽団が一曲演奏し終えた。そのとき、女の甲高い叫び声が食堂に響き渡った。「あのボーモントのやつと同じ店になんていられない！」

ボーモントは振り返り、カウンターの縁にもたれた。カクテルシェーカーを振っていたバーテンダーの手はぴたりと止まっていた。

ダンスフロアの真ん中にリー・ウィルシャーが立ち、ボーモントをにらみつけていた。片方の手を、少しきつそうな青いスーツを着こんだ体格のいい若者の腕に置いている。若者もボーモントをねめつけているが、事情がわかってそうしているようには見えなかった。リーが言った。「その男は悪党よ。そいつを放り出さないなら、あたしが出てくから」

食堂にいる全員が無言でなりゆきを見守っている。

若者の顔が赤く染まった。いかめしい顔を作ろうとすればするほど、内心の狼狽《ろうばい》が透けて見える。

リーが続けた。「あんたがやらないなら、あたしが行ってあいつのほっぺたを叩いてやるわよ」

ボーモントはにやりとして言った。「よう、リー。バーニーは釈放されたんだろう。もう会ったのか？」

リーは悪態をつくと、怒りに任せて足を前に踏み出した。

図体の大きな若者がリーの腕をつかんで引き止めた。「俺に任せとけ」上着の襟をまっすぐに直し、裾を引っ張ると、ダンスフロアを大股に横切ってボーモントの鼻先に顔を突きつけた。「いったい何のつもりだ？　かよわい女にあんな口ききやがって、何様のつもりだ、え？」

ボーモントは落ち着き払った目で若者を見据えると、右腕を伸ばし、掌を上に向けてカウンターに置いた。「こいつをぶん殴る道具を何か貸してくれないか、ジミー。素手で喧嘩する気分じゃない」

バーテンダーの片手はすでにカウンターの下に消えていた。次に現われたときには、短い棍棒を握っていた。それをボーモントの掌に置く。ボーモントはその手を動かさないまま言った。「あのかよわい女性はいろんな口のききかたをされてきてる。最後に会ったときくっついてた男は、彼女のことを頭が空っぽだって罵ってたっけ」

若者が顔を引っこめた。目が左右に泳ぐ。「てめえの顔は忘れねえぞ。いつか二人きりで出くわしたら、そのときはかならずこの礼をしてやるからな」くるりと向きを変え、リー・ウィルシャーに言う。「行こうぜ、こんなしけた店、いつまでもいることはねえ」

「勝手に行けば」リーが吐き捨てるように言った。「あんたと一緒になんか絶対に行かないわよ。あんたにはもう飽き飽きしたの」

そこへ大柄な男が現われた。歯のほとんどに金をかぶせてある。「行け。二人とも出ていくんだ。ほら、とっとと行けったら」

ボーモントは笑った。「その女は——いや、そのかよわいご婦人は、俺の連れなんだ、コーキー」

「そうか」コーキーは若者に向き直った。「小僧、さっさと行け」

若者は出ていった。

リー・ウィルシャーは自分のテーブルに戻った。両手で拳を作り、それで頬をはさむようにしながら、テーブルクロスを見つめている。

ボーモントは向かいの席に腰を下ろし、ウェイターに声をかけた。「ジミーがいま俺のマンハッタンを作ってくれてる。何か料理も頼みたいな。食事はすませたか、リー?」

「すませた」リーは下を向いたまま答えた。「シルバーフィズを頼んで」

ボーモントは言った。「わかった。俺には、ミニットステーキにマッシュルームと、トニーの厨房にある野菜で、缶詰じゃないやつを添えてくれ。それにレタスとトマトにロックフォールのドレッシングをかけたサラダがいい。ああ、それとコーヒーも頼むよ」

ウェイターが行ってしまうと、リーが苦々しげに言った。「男ってどいつもこいつも役立たずだわ。まともなのは一人もいない。さっきの子だって、体が大きいだけのちっぽけな男だった!」リーは声を立てずに泣きだした。

「きみに見る目がないだけのことかもしれないぜ」ボーモントは言った。

「よくもそんなことが言えたものよね」怒りに満ちた目を上げてボーモントを見る。

「あたしをはめたくせに」

「きみをはめたわけじゃないさ」ボーモントは抗議した。「俺からちょろまかした金を返すのにバーニーがきみの宝石を質に入れたとしても、俺のせいじゃない」

楽団が次の曲を演奏し始めた。

「何があろうと、とにかく男のせいじゃないってわけね。来て、一緒に踊って」

「しかたないな」ボーモントはしぶしぶ立ち上がった。

テーブルに戻ると、二人分のカクテルが運ばれてきていた。

「バーニーはどうしてる?」グラスを傾けながら、ボーモントは訊いた。

「知らないわよ。釈放されてから一度も会ってないし、会いたくもない。あれだって最悪の男よ! 今年はほんとついてない! バーニーにテイラーでしょ、しかもいまの役立たずまで」

「テイラー? テイラー・ヘンリーか?」

「そうよ。といっても、大して深い関係じゃなかったけど」リーは早口に説明した。「バーニーと住んでたころの話だから」

ボーモントはカクテルを飲み干してから言った。「きみはテイラーがチャーター通りに借りてた部屋で気まぐれに密会してた女たちの一人にすぎなかったということか」

「そうよ」リーは警戒するような目でボーモントを見ている。

「ふむ。となると、今夜はきみとゆっくり飲みたいな」

リーは化粧を直し始め、ボーモントはウェイターに合図して酒のお代わりを注文した。

4

呼び鈴の音で目が覚めた。軽く咳をしながら眠気を引きずってベッドを下り、化粧着を羽織って室内履きに足を入れた。目覚まし時計を見ると、九時を回ったところだった。玄関を開ける。

ジャネット・ヘンリーが、ごめんなさいねと盛んに言い立てながら入ってきた。

「いくらなんでも朝早すぎると思ったんだけれど、もう一分たりとも待っていられなくて。昨夜、何度も何度も電話したのよ。でも最後まであなたはつかまらなくて、おかげでほとんど一睡もできなかった。父のステッキは全部そろってたわ。つまり、ポールは嘘をついたということね」

「ごつごつした茶色の重いステッキもちゃんとあったんですね」

「あったわ。あれはソーブリッジ少佐からいただいたスコットランド土産なの。父は一度も使ったことがない。でも、ちゃんと家にあった」勝ち誇ったように微笑む。

ボーモントは眠たげに目をしばたたかせたあと、乱れた髪を指で梳いた。「たしかに、ポールは嘘をついたようですね」

「しかも」ジャネットの声は弾んでいる。「昨日、私が家に帰ったら、来てたのよ」

「ポールが？」

「そうよ。結婚を申し込まれたわ」

ボーモントの目から眠気が吹き飛んだ。「俺と喧嘩したことは何か言ってましたか」

「いいえ、一言も」

「で、あなたは何と？」

「テイラーが亡くなったばかりだから、たとえ婚約だけでもまだ早すぎるって答えた。でも、もう少し時間がたってからなら考えなくもないって匂わせておいたから——そうね、合意とでも呼んだらいいかしら？　合意は成立したと考えていいと思うわ」

ボーモントは珍しいものでも見るような目でジャネットを見つめた。

ジャネットの表情から浮かれた気配が消えた。ボーモントの腕にそっと手を置く。声はいくらか上ずっていた。「無情な女だとは思わないで。でも——ああ！——どうしても——今回の作戦をどうしても成功させたくて、だから、それ以外のことは——その——どうだっていいとしか思えないの」

ボーモントは唇を湿らせ、真剣な優しい声で言った。「あなたが抱《いだ》いてるのが、その憎しみに負けないくらい激しい愛だったら、ポールは世界一の幸せ者だったろうに」

ジャネットは片足で床を踏み鳴らして叫んだ。「そんなこと言わないで！　そういうことは二度と言わないで！」

苛立ちがボーモントの額に皺を刻み、唇がきつく結ばれた。

「お願い」ジャネットが懺悔《ざんげ》するように言った。「そんなこと言われたら、つらすぎるもの」

「悪かった」ボーモントは言った。「ところで、朝食はもうすませましたか」

「いいえ。一刻も早くあなたに知らせたい一心だったから」

「では、ご一緒しましょう。何がいいですか」ボーモントは電話のほうに行った。

朝食を注文したあと、浴室で歯を磨き、顔と手を洗い、髪を整えた。居間に戻ると、ジャネットは帽子とコートを脱いで暖炉のそばに立ち、紙巻煙草を吸っていた。何か言おうと口を開きかけたところで、電話が鳴りだした。

ボーモントは電話に出た。「はい……ああ、ハリーか。そうだ、寄ってみたんだが、出かけてるって言われてね……ちょっと訊きたかっただけさ――その――あの晩、ポールと一緒にいたっていう若いやつのことで。おまえたちが見たとき、帽子はかぶってたか？……かぶってた？　たしかか？……ステッキはどうだ、持ってたか？……そうか……いや、ポールに話してはみたが、埒《らち》が明かないんだ、ハリー。おまえが自分で掛けあったほうが話が早いかもしれない……そうだ……じゃあな」

受話器を置いて顔を上げると、ジャネット・ヘンリーの物問いたげな目がボーモントを見つめていた。

「問題の夜、ポールが通りでお兄さんと話してるのを見たって二人組の片割れですよ。そいつが見たときには、お兄さんは帽子はかぶってたが、ステッキは持ってなかったそうです。ただ、暗かったし、二人組は車で通りかかっただけですからね。そんな細かいことまで見えたとは考えにくい」

「どうしてそこまで帽子にこだわるの？　そんなに重要なことかしら」

ボーモントは肩をすくめた。「何とも言えません。俺はただの素人探偵ですからね。しかし、何らかの意味があるように思えてならないんです」

「昨日から何か新しいことはわかった？」

「いいえ。テイラーの遊び相手だったって女に酒をおごって話を聞いてみたりはしましたが、収穫なしでした」

「私の知ってる人？」

ボーモントは首を振ったあと、鋭い視線をジャネットに向けた。「オパールじゃありませんよ。〝知ってる人〟というのがオパールを指してるなら」

「何か情報を引き出せないかしら──あの子から」

「オパールですか？　それは無理だ。オパールは、テイラーを殺したのは自分の父親だと思ってますが、動機は自分だと決めてかかってます。何か──誰も知らないことを知ってて犯人はポールだと考えたわけじゃない。あなたの手紙や『オブザーヴァー』の記事を見て、そう思っただけのことです」

ジャネット・ヘンリーはうなずいたものの、納得してはいないようだった。

朝食が届いた。

食事の最中にまた電話が鳴った。ボーモントが出る。「もしもし……ああ、お母さん……え？」表情が曇った。しばらく相手の話に耳を傾けてから言う。「いや、やらせておくしかないと思いますよ。話をしたところでどうということはないと思いますし……いや、居場所は俺も知りません……俺には連絡は来ないと思います……そんなに心配しなくても大丈夫ですよ、お母さん。そう不安がらないで……ええ、そうです……じゃ、また」笑顔でテーブルに戻る。「ファーがあなたと同じことを考えたようですね」椅子に腰を下ろしながら言う。「いまのはポールのお母さんからです。地方検事局がオパールの事情聴取に来てるそうで」目が明るく輝いた。「オパールの話が役に立つとは思えませんが、ポールに捜査の手が迫ってるのは確かですね」

「どうして電話をかけてらしたの？」ジャネットが訊く。

「ポールが外出したきり、どこへ電話をしてもつかまらないとかで」

「お母様はあなたとあの人が喧嘩したことをご存じないの？」

「そのようですね」ボーモントはフォークを置いた。「念のためうかがいますが、本当にいいんですね？　今回の作戦を最後まで続けても」

「これほど強く何かをしたいと思ったのは生まれて初めてよ」

ボーモントは苦笑した。「ポールはあなたについて、まったく同じようなことを言ってましたよ」

ジャネットは身震いし、険しい顔をすると、冷ややかな目をボーモントに向けた。

「俺はあなたという人をよく知らない。あなたを信じていいのかわからない。あまり気分のよくない夢を見たりもしましたし」

ジャネットは微笑んだ。「まさか、夢なんかを信じたりしないでしょう?」

ボーモントは笑みを返さなかった。「俺は何も信じません。ただ、骨の髄まで賭博師ですからね、いろんなことに意味を見出《みいだ》そうとしがちではあります」

ジャネットの笑みから、からかうような気配が消えた。「私に不信を抱かせるような夢って、どんなのかしら」これは冗談ではないというように指を一本立ててみせる。「あなたがその夢の話をしてくれたら、私が見たあなたの夢のことを話すと約束するわ」

「俺は釣りをしてましてね。馬鹿でかい魚を釣り上げるんです。ニジマスなんですが、これくらい大きいんですよ。するとなぜかあなたがそこにいて、よく見せてと言うんです。そして魚をつかむと、俺が止める間もなく川に逃がしてしまった」

ジャネットは陽気な笑い声をあげた。「で、あなたはどうしたの?」

「そこで目が覚めました」

「いまの話は嘘ね。私はあなたがせっかく釣った魚を逃がしたりしないもの。じゃあ、今度は私が見た夢のことを話すわ。私は――」ジャネットは目をみひらいた。「ねえ、その夢を見たのはいつ？　うちに食事にいらした日？」

「いいえ。昨夜です」

「あら、残念。同じ日の夜、同じ時刻にお互いの夢を見たんだったら、何か意味がありそうですてきだったのに。私が夢を見たのは、あなたがうちにいらした日の夜。私たちは――夢のなかの私たちね――あなたと私は、森で迷ってお腹を空かせてた。歩いて歩いて歩いて、ついに小さな家を見つけるの。玄関をノックしたけど、誰も出てこない。ノブを回してみても、鍵がかかってる。ところがね、窓からなかをのぞいたら、ものすごく大きなテーブルがあって、いろんな食べ物が山のように積んであるのが見えた。でも、窓からも入れない。鉄格子がはまってたのよ。しかたなく玄関に戻って、何度も何度もノックした。でも、やっぱり誰も出てこない。そこでふと思い出すの。世間の人はよく、予備の鍵をドアマットの下に隠したりするものでしょう。探してみたら、鍵が見つかった。だけど、ドアを開けてみると、床に何百匹も蛇が這ってるの。窓からは見えなかっただけだったのね。その何百もの蛇がうごめきながら一斉にこっちに向かってきたわ。私たちは力任せにドアを閉めて鍵をかけた。そして死ぬほど怖くなってそこから動けないまま、蛇たちの立てるしゅうしゅうという音や、内側から頭をドアにぶつけている音に耳を澄ましてた。やがてあなたが言ったわ。ドアを開けておいて隠れたら、蛇はみんな外へ出てどこかへ行くんじゃないかって。さっそく試してみた。あなたは私を屋根の上に押し上げてくれて――夢のこの部分では屋根はとても低かったの。その前はどうだったか覚えてないけれど。そのあと、あなたも屋根に上って、そこから手を伸ばしてドアの鍵を開けた。蛇は残らず出てきたわ。私たちは屋根の上で息をひそめて、蛇の最後の一匹が森に消えるのを待った。それから地面に飛び降りて家のなかに駆けこんで、ドアに鍵をかけた。食べて、食べて、食べて……目が覚めたら、私はベッドに座って手を叩きながら笑ってた」

「それは作り話ですね」ボーモントはしばしの沈黙のあと、言った。

「どうして？」

「始まりはどう考えても悪夢なのに、途中からまるで違う方角へ進んでるからですよ。それに、食べ物が出てくる夢は俺も見ますが、いざ食べようとしたところでかならず目が覚めるものです」

ジャネットは笑った。「全部が全部、作り話というわけじゃないのよ。でも、どの部分が本当に見た夢のことなのか、訊いてくれなくていいわ。いま、私を嘘つき呼ばわりしたわよね。だからもう何も教えたくない」

「わかりました」ボーモントはまたフォークを取った。だが、料理を口に運ぼうとはせず、ふと思いついたようにこう尋ねた。「お父さんは何かご存じなんでしょうかね。いまわかっていることをお父さんに洗いざらい話してみたら、何か新しい情報を引き出せると思いますか」

「ええ」ジャネットは身を乗り出した。「できると思うわ」

ボーモントは眉をひそめて考えこんだ。「唯一の懸念は、お父さんの頭に血が上って、準備がまだ完璧じゃないうちに花火を打ち上げちまうかもしれないってことかな。お父さんは怒りっぽいたちなんでしょう?」

ジャネットはしぶしぶといった様子で認めた。「ええ。だけど」ふと顔を輝かせ、訴えるように言った。「証拠が全部そろうまでじっと我慢してなくちゃいけない理由をちゃんと説明すれば――ねえ、でも、証拠はもう充分そろってるんじゃない?」

ボーモントは首を振った。「まだです」

ジャネットは不満げな顔をした。

「明日にはおそらく」

「ほんと？」

「約束はできませんよ」ボーモントは釘を刺した。「ただ、おそらく明日には準備が整うと思います」

ジャネットはテーブル越しにボーモントの手を取った。「だったらせめて、準備ができたらすぐ私に知らせると約束してちょうだい。昼でも夜でも、何時でも」

「わかりました。それは約束しましょう」ボーモントは顔を少し斜めに向けてジャネットを見た。「あなたは猟犬が獲物にとどめを刺すところを目の前で見ても、怖がったりはしないんでしょうね」

ボーモントの口調に、ジャネットの頰が赤く染まった。それでも目を伏せたりはしなかった。「私を冷血な人間だと思ってるのね。そうね、おそらくそのとおりだわ」

ボーモントは自分の皿に目を落としてつぶやいた。「獲物がお気に召すことを祈ります」

第9章　裏切り者

1

ジャネット・ヘンリーが帰ったあと、ボーモントはジャック・ラムセンの電話番号にかけ、ジャックが出るのを待って言った。「ちょっと寄ってもらえないか、ジャック……ああ、それでいい。じゃ」

ジャックがやって来たときには、身支度をすませていた。向かい合って腰を下ろす。それぞれの前にバーボンのグラスとミネラルウォーターがある。ボーモントは葉巻を、ジャックは紙巻煙草を吸っていた。

ボーモントは尋ねた。「ポールと俺が喧嘩別れしたって話はどこかから聞いてるか」

「聞いた」何気ない調子だった。

「で、どう思う?」

「とくに何も。この前、まったく同じ噂《おんな》が流れたときは、シャド・オロリーをだます罠だったわけだしな」

まるでその答えを予期していたかのように、ボーモントはにやりと笑った。「今回もみんなそう思ってるのか」

洒落者の青年は言った。「大方の連中がそう思ってる」

ボーモントは葉巻の煙を深々と吸いこんだ。「今度こそほんとだって言ったら?」

ジャックは何も言わない。顔色からも胸の内は読み取れなかった。

ボーモントは続けた。「今度はほんとなんだよ」グラスを傾ける。「未払いの謝礼はいくらたまってたっけ?」

「三十ドル。マドヴィッグの娘のことを調べた分だ。ほかのはもうちゃんと払ってもらってる」

ボーモントはズボンのポケットから筒状に巻いた紙幣を取り出すと、十ドル札を三枚抜き取ってジャックに差し出した。

「ありがとう」

ボーモントは言った。「これでちゃらだな」煙を吸いこみ、吐き出しながら続けた。「で、さっそくだが、新しく仕事を頼みたい。テイラー・ヘンリー殺しでポールのやつを懲らしめてやりたいんだがね。やつは自分がやったと言ってはいるが、もう少し証拠が必要だ。どうだ、頼まれてくれるか」

「断る」

「どうして？」

浅黒い肌をした若者は立ち上がってグラスをテーブルに置いた。「フレッドと俺の探偵事務所はちょうど軌道に乗ろうとしてるところなんだ。もう二、三年もすれば完全に安泰だろう。俺はあんたが好きだよ、ボーモント。しかし、あんたのためにこの街を仕切ってる男に盾突くほどじゃない」

ボーモントは平板な声で言った。「ポールはじきに失脚する。街全体があいつをお払い箱にしようとしてるんだ。ファーとレイニーも――」

「だったら、連中に任せておけばいい。俺はそういう企みごとには荷担したくないし、ポールを本当に潰せるかどうかだって怪しいものだと思う。パンチの一つや二つは食らわせられるかもしれないが、ダウンを奪うのは難しいだろう。あんたのほうがよほどポールのことを知ってるじゃないか。ポールの根性は見上げたものだぜ。連中全員の根性を足したってかなわないだろう」

「まあ、そうだな。だが、今回はその根性がどうやら命取りになろうとしてる。まあいい、おまえが引き受けたくないと言うんだ、説得するだけ無駄だろう」

「ああ、無駄だ」ジャックはそう言って帽子を拾い上げた。「ほかのことなら喜んで引き受けるが――」この話はここまでというように片手を小さく動かした。

ボーモントは立ち上がった。恨みがましい態度はどこにもなかった。声もいつもと変わらない。「おまえなら断るだろうと思ってたよ」親指で口髭をなで、ジャックの肩越しにぼんやりと遠くを見つめた。「この質問には答えてもらえるかな。シャドの居場所を知ってるか」

ジャックは首を振った。「三度めの手入れ――おまわりが二人死んだときだ――以来、ずっと雲隠れしてる。シャド個人には大した容疑はかかってないはずなんだが」口にくわえたままだった煙草を指でつまむ。「ウィスキー・ヴァソスは知ってるか」

「知ってる」

「あいつなら知ってるかもしれない。気心の知れた仲なら聞き出せるだろう。あいつはまだその辺にいるよ。夜はだいたい、スミス通りのティム・ウォーカーの店に入り浸ってる」

「ありがとう、ジャック。行ってみるよ」

「どういたしまして」ジャックは少しためらってから付け加えた。「あんたとマドヴィッグが喧嘩別れしたんなら残念だ。俺としては——」ふいに口をつぐみ、出口に向き直った。「ま、あんたのことだ、何をするにしても、ちゃんとわかってやってるんだろう」

2

ボーモントは地方検事局に出かけた。今回はすんなりファーの事務所に案内された。ボーモントが入っていってもファーは立ち上がらず、手も差し出さなかった。「調子はどうだね、ボーモント。かけてくれ」冷ややかで他人行儀な声だった。短気そうな顔はふだんほどの血色はない。目つきはそっけなくよそよそしかった。

ボーモントは椅子に腰を下ろし、ゆったりと脚を組んだ。「昨日、ここであんたと会ったあと、ポールのところに行きましてね。そのときのことを報告しておこうと思って」

「なるほど」相変わらず冷たく他人行儀な声だった。

「ポールに話しましたよ。あんたが――びくついてたって」ボーモントはにこやかな笑みを浮かべ、おもしろくはあるが取るに足らない小話でも聞かせるような調子で続けた。「テイラー・ヘンリー殺しの罪をポールになすりつける勇気をかき集めようとしてるみたいだったとね。初めはポールもその話を聞いて危機感を持ったみたいでしたが、自分を守りたいなら真犯人を突き止めて告白させるしかなさそうだと言ったら、それはよせと言いだしました。自分がその真犯人なんだとまで言いましてね。ただし、殺人じゃなく、せいぜい過失致死か正当防衛だと念を押してましたが」

ファーの顔がなおも青ざめ、口の周囲が引き攣った。それでも何も言わなかった。

ボーモントは眉を吊り上げた。「こんな話は退屈ですか」

「いやいや、先を聞かせてくれ」地方検事は冷ややかに言った。

ボーモントは椅子を後ろに傾けて茶化すような笑みを浮かべた。「さては俺が何か企んでると身がまえてるんですね。俺たちがあんたを罠にかけようとしてるんじゃないかと疑ってる」ボーモントは首を振り、小声で言った。「どこまで臆病なんですか、あんたって人は」

ファーが言う。「何か新しい情報があるなら喜んで拝聴するが、これでも忙しい身でね、申し訳ないが――」

ボーモントは笑って答えた。「わかりました。ひょっとしたら、俺の持ってる新しい情報を宣誓供述書にしておきたいとおっしゃるかと思っただけのことですから」

「そういうことなら」ファーは机にいくつか並んだ真珠に似たボタンの一つを押した。

緑色の服を着た灰色の髪の女性が入ってきた。

「こちらのミスター・ボーモントの証言を書き取ってもらいたい」ファーが指示した。

「かしこまりました」女性はファーの机の反対側に腰を下ろすと、ノートを机に広げ、銀色の鉛筆をその上に構えて、無表情な茶色の目をボーモントに向けた。

ボーモントは話し始めた。「昨日の午後、ネベル・ビルの事務室で、ポール・マドヴィッグから次のような話を聞きました。テイラー・ヘンリーが殺害された夜、ヘンリー上院議員宅の夕食に招かれ、そこでテイラー・ヘンリーと何かの件でもめた。へンリー家を辞去したあと、テイラー・ヘンリーが追いかけてきて、ごつごつした重量のある茶色のステッキで殴りかかってきた。ステッキをテイラー・ヘンリーから奪い取ろうともみ合っているうちに、誤ってステッキで額を殴ってしまい、テイラー・ヘンリーは仰向けに倒れた。ポール・マドヴィッグはステッキを現場から持ち去り、焼却した。テイラー・ヘンリーの死に関わった事実をこれまで隠し続けてきた唯一の理由は、ジャネット・ヘンリーに知られたくなかったから。以上です」

ファーが速記者に指示した。「すぐに清書してくれ」

速記者が出ていく。

「いまの話をしたら、色めき立つだろうと思ってたのに」ボーモントは溜め息をついた。「あんたが髪をかきむしるところが見られるんじゃないかと期待してましたよ」

地方検事はじっとボーモントを見据えているだけだ。

ボーモントは動じることなく続けた。「少なくとも、ポールをしょっ引いてきて、この、何だろう」――片手で空中に半円を描く――「〝決定的な証言〟という呼びかたがしっくりくるかな。決定的な証言を突きつけるかと思ってました」

地方検事は抑えた声で言った。「職務上の判断は、この私に自分で下させていただきたいものだな」

　ボーモントはまた笑ったが、それきり口を閉じて、速記者がタイプされた供述書を持って戻ってくるのを待った。それからこう尋ねた。「こいつに手を置いて宣誓するとか？」

「いや」ファーが首を振る。「署名だけでいい。それで手続きは完了だ」

　ボーモントは供述書に署名した。「もっと仰々《ぎょうぎょう》しくておもしろい手続きかと思ってたのに」愉快そうに文句を言う。

　ファーが突き出した下顎に力がこもった。「たしかに」満足と皮肉が入り交じった調子だった。「大しておもしろいものじゃないな」

「あんたは臆病者ですね、ファー検事」ボーモントは繰り返した。「通りを渡るときは、タクシーが来てないか、よく確かめると安心できますよ」そう言って会釈した。

「じゃ、失礼します」

　事務所を出るなり、腹立たしげに顔を歪めた。

3

その夜、ボーモントはスミス通りの三階建ての薄暗い建物の呼び鈴を鳴らした。背が低く、広い肩に小さな頭をのせた男がドアを二十センチほど開けた。「あんたか」そう言ってドアを完全に開ける。

「やあ」ボーモントはそう言ってなかに入ると、薄暗い廊下を六メートルほど奥へ進んだ。右手に並んだ閉まったままのドアの前を通りすぎ、左手のドアを開けて木の階段を下りた。地下室にはバーがあって、低い音でラジオが流れていた。

奥に〈化粧室〉と書かれた曇りガラスのドアがある。そのドアが開いて、男が一人現われた。肌は浅黒く、なで肩の具合やたくましい腕の長さ、のっぺりとした顔立ち、O脚などが、どことなく類人猿を思わせる。ジェフ・ガードナーだった。

ボーモントに気づき、充血した小さな目がきらめいた。「驚いたな、〝もっといたぶって〟のボーモントじゃないか！」そう吠えるように言うと、非の打ちどころのない歯を見せて満面の笑みを作った。

「やあ、ジェフ」店じゅうの視線を感じながら、ボーモントは応じた。

ジェフが肩を怒らせて歩み寄ってきた。左腕を乱暴にボーモントの肩に回し、右手でボーモントの右手を握っておいて、ほかの客に向かっておどけた調子で言った。「俺のお気に入りのサンドバッグを紹介するよ。この前、徹底的に打《ぶ》ちのめしてやったばかりだ」そのままボーモントをカウンターに引っ張っていく。「まあ、みんな、まずは一杯飲もうや。それからこのサンドバッグの使いかたの手本を見せてやる。そうさ、実演してみせてやるよ！」横目でボーモントの顔をのぞきこむ。「それがお望みなんだろ、え？」

鼻先に突きつけられた、自分の顔よりは下にある浅黒く醜い顔に、眉一つ動かさないまま視線をくれたあと、ボーモントはバーテンダーに言った。「スコッチを頼む」

ジェフは楽しげに笑い、また客のほうに向かって声を張り上げた。「な、こいつは殴られるのが大好きな変態野郎でさ。こいつは、あー、マ――？　マサ――？」口ごもり、眉間に皺を寄せ、唇を湿らせる。「マサカリスト。それだ。こいつは大量虐殺者《マサカリスト》なんだ」また横目でボーモントを見る。「マサカリストって何のことかわかるか」

「まあな」

ジェフはがっかりした顔をバーテンダーに向けた。「ライをくれ」二人分の酒がカウンターに置かれると、ボーモントの右手は離したが、肩に回した腕はそのままだった。二人は酒を一気に干した。ジェフはグラスを置くと、ボーモントの手首をつかんだ。「な、上階《うえ》におあつらえ向きの部屋があるんだよ。こう、ものすごくせまくてさ、倒れたくてもその場所がないんだな。あんたをボールみたいに壁に弾ませられる。あんたが立ち上がるのをいちいち待たなくていい分、時間の節約になるだろうな」

ボーモントは言った。「次の一杯は俺のおごりだ」

「いいね」ジェフがうなずいた。

また一息に飲み干す。

ボーモントが支払いをすませると、ジェフはボーモントを階段のほうに向かせた。「悪いがちょいと待っててくれよな」ほかの客にそう断る。「上階でリハーサルしてくるからよ」ボーモントの肩を叩く。「俺の愛しいサンドバッグちゃんと二人きりでさ」

階段を二続き分上り、小さな部屋に入った。ソファが一つにテーブルが二つ、椅子が六つ、ところせましと詰めこまれている。テーブルの上には空のグラスやサンドイッチの食べ残しがのった皿などが散らかっていた。

ジェフは近視の人がやるように目を細めて室内を見回した。「おい、あの女はどこ行った?」ボーモントの手首を離し、肩に回していた腕もほどいた。「なあ、あんたが見ても、女はどこにもいねえよな?」

「いない」

ジェフは大げさにうなずいた。「どっか行っちまったらしいな」おぼつかない足で一歩下がると、ドアの脇のボタンを汚れた指で押した。それから、芝居がかったしぐさで腕を広げると、不格好なお辞儀をして言った。「どうぞおかけください」

ボーモントは、散らかり具合がいくぶんましなほうのテーブルについた。

「どれでもお好みの椅子に座れよ」ジェフはそう言ってまた大仰《おおぎょう》なしぐさをした。「そいつが気に入らなけりゃ、別のをお選びくださいさい、だ。俺の客になったつもりでさ、遠慮しねえで、いい椅子を選んで座ってくれ」

「これで充分いいよ」ボーモントは言った。

「こんなの、ろくな椅子じゃねえって。この店にはまともな椅子なんか一つもねえんだから。ほら、見てな」ジェフは椅子を持ち上げると、前の脚をもぎ取った。「これのどこがいい椅子なんだよ。な、ボーモント、あんたは椅子のことなんかこれっぽっちもわかってねえってことがよくわかったな」ジェフは椅子を床に下ろし、取れた脚をソファに放り出した。「俺をだまそうったって、そうはいかねえぞ。あんたが何を考えてるかくらい、ちゃんとお見通しだ。この俺様が酔っぱらってると思ってんだろ、え?」

ボーモントの口もとがゆるむ。「いや、おまえは酔ってないよ」

「よせよ、俺が酔ってねえわけがねえだろが。あんたより酔っぱらってるぞ。この酒場でな、一番酔っぱらってるんだ。俺はべろんべろんに酔っぱらってる。だから、酔っぱらってねえなんて言ったってだめだぜ。けどな——」ジェフは太い薄汚れた人差し指を立てた。

そのとき、ウェイターが戸口に顔をのぞかせた。「お呼びですか」

ジェフが振り返った。「何だよ、遅えよ。ねんねでもしてたか?　呼んだのはもう一時間も前だ」

ウェイターが何か言いかけた。

ジェフはさえぎった。「俺はよ、世界一の親友と楽しく飲もうと思ってたのによ、何なんだよ、このざまは。のろくせえウェイターのせいで一時間も待たされるなんてよ。こいつが俺に腹立てるのも無理ねえよな」

「で、ご用は?」ウェイターが冷たく訊く。

「ここにいた女がいったいどこに行っちまったのか、それが知りてえんだよ」

「ああ、あの人なら、さっき出ていきましたよ」

「どこに行った?」

「さあ、そこまでは」

ジェフはウェイターをねめつけた。「知らねえじゃすまねえんだよ。探してきな。いますぐだ。なんでどこ行ったか知らねえんだよ。ほかの店だったら、知らねえじゃすまさねえとこだ――」血走った目に狡猾な光が灯った。「ああ、そうか。おまえ、ちょっと婦人用の便所をのぞいてきな。あの女がいねえか確かめるんだ」

「いませんって」ウェイターが言った。「店から出ていったんですから」

「あんちくしょうめ!」ジェフはボーモントに向き直った。「なあ、あんたならどうするよ? そういう女をあんたならどうする? 俺はあの女を紹介したくてあんたをここに連れてきたんだ。あんたならあの女を気に入るだろうと思ったし、あの女もあんたを気に入るだろうと思ったんだよ。なのに、何だよ、お上品ぶってんのかよ。俺のダチに会おうともしねえでずらかるとはよ」

ボーモントは葉巻に火をつけていた。じっと黙っている。

ジェフは頭をかきながら、うなるように言った。「しかたねえな、とりあえず酒持ってきてもらうか」ボーモントの真正面の椅子に腰を下ろす。「俺はライだ」

「スコッチ」ボーモントはようやく口を開いた。

ウェイターは出ていった。

ジェフはボーモントをじろりと見て腹立たしげに言った。「あんたが何企んでるか、俺は気づいてねえなんてたかくくるなよな」

「何も企んでなどいない」ボーモントはそっけなく応じた。「ただシャドに会いたいだけさ。ここに来ればウィスキー・ヴァソスがいるかと思っただけだ。あいつならシャドの居場所を知っていそうだから」

「なあ、俺がシャドの居場所を知らねえと思うか」

「いや、知ってるだろうな」

「だったら、どうして俺に訊かねえんだよ」

「わかったよ、訊くよ。シャドはいまどこにいる?」

ジェフは平手でテーブルを思いきり叩くと、大声でわめいた。「この策士めが。ほんとはシャドの居場所なんかどうだっていいんだろ。目当ては最初からこの俺だったんだろ」

ボーモントは苦笑して首を振った。

「いいや、そうに決まってる」サル顔の男は納得しない。「あんたが知らねえわけが——」

赤く分厚い唇と丸い目をした、中年にさしかかる年ごろの男が戸口に現われた。

「おい、いいかげんにしないか、ジェフ。おまえの声が店じゅうに轟《とどろ》き渡ってる」

ジェフは座ったまま体をねじり、男のほうに顔を向けた。「こいつがいけねえんだよ」そう言って親指でボーモントを指す。「こいつが何企んでるか、俺が気づいてねえと思ってやがる。けど、俺はこいつが何企んでるかくらい、ちゃんと知ってんだ。こいつは極悪人だぜ。そうさ、裏切り者なんだ。俺はこの裏切り者を徹底的に叩きのめしてやる。徹底的にな」

戸口の男が諭すように言う。「何でもいいが、とにかく少し声を落としてくれ」男はボーモントに片目をつぶってみせたあと、出ていった。

ジェフが陰気な声で言う。「ティムめ、あいつも裏切り者の仲間入りか」床に唾を吐く。

ウェイターが飲み物を運んできた。

ボーモントはグラスを掲げた。「おまえに」そう言って酒をあおった。

「俺はあんたになんか乾杯しねえぞ。裏切り者だもんな」ジェフはそう言ってどんよりとした目でボーモントを見つめた。

「おまえはどうかしてる」

「あんたは嘘つきじゃねえか。俺は酔っぱらいだよ。けど、あんたが何しに来たか、見抜けねえほど酔っちゃいねえんだ」酒を一息で飲み干し、手の甲で口もとを拭った。

「あんたは裏切り者だしよ」

ボーモントはにこやかに微笑んだ。「わかったよ。そう思いたいなら勝手に思ってろよ」

ジェフはサル顔を突き出して言った。「あんた、ものすごい切れ者のつもりでいるんだろ、え？」

ボーモントは黙っていた。

「ここに来てさ、俺をうまく丸めこんで、警察に突き出そうって魂胆なんだろ。でもって、おそろしく利口な策略だって自画自賛してんだ」

「まあ、そんなところだ」ボーモントは投げやりに答えた。「おまえにはフランシス・ウェスト殺しの容疑で逮捕状が出てるんだったな」

「フランシス・ウェストが何だってんだよ」

ボーモントは肩をすくめた。「さあね、俺は面識がないんだ」

「あんたは裏切り者だ」

「もう一杯おごろう」

サル顔の男は大まじめにうなずき、椅子を後ろに傾けてボタンに手を伸ばした。指でボタンを押しながら言う。「酒おごったからって、裏切り者だってことに変わりはねえからな」傾きすぎた椅子が回転しながら倒れそうになった。ジェフは床に足を踏ん張って、倒れる寸前に前の脚を下ろした。「まったく、危ねえな！」椅子を元どおりテーブルのほうに向け、肘をテーブルにつき、片手で拳を作ってそこに顎をのせた。「言っとくがな、警察に突き出されたところで痛くもかゆくもねえんだよ。電気椅子送りになるはずがねえし」

「それはどうかな」

「何が〝どうかな〟だよ。馬鹿言ってんなよ。逮捕されるころには選挙は終わってるだろ。終わってるってことは、もうシャドの時代になってるわけだ」

「かもな」

「〝かもな〟じゃねえよ!」

ウェイターが来た。お代わりを注文する。

「おまえが逮捕されても、シャドがそのまま放っておくって可能性もなくはない」

ウェイターが出ていくと、ボーモントはのんびりと言った。「よくある話だ」

「そんなことはまずねえから、心配すんな」ジェフは鼻で笑った。「俺はな、シャドの弱みをみんな握ってんだ」

ボーモントは葉巻の煙を吐き出した。「どんな弱みだ?」

サル顔の男が笑った。たがの外れた、嘲るような笑い声だった。それから平手でテーブルをばんばんと叩いた。「お笑いだね! こいつ、俺が酔っぱらってべらべらしゃべると思ってるらしいぞ」

そのとき、戸口から穏やかな声が聞こえた。かすかにアイルランド訛りのある豊かなバリトンだ。「かまわないぞ、ジェフ。話してやれ」シャド・オロリーだった。灰青色の瞳がどこか悲しげにジェフを見ていた。

ジェフは愉快そうに目を細めて戸口の男を見やった。「やあ、調子はどうだよ、シャド。入れよ、一緒に飲もうぜ。こちらはミスター・ボーモント。裏切り者だよ」

オロリーが低い声で言った。「どこかに身をひそめていろと言ったはずだ」

「でもよ、シャド、退屈で退屈で死にそうだったんだよ！　それに、この酒場にいる分にはりっぱに隠れてるうちに入るだろ？　もぐり酒場だもんな」

オロリーはさらに何秒かジェフを眺めたあと、ボーモントに視線を移した。「こんばんは、ボーモント」

「やあ、シャド」

オロリーはかすかに微笑み、ジェフのほうに軽くうなずいた。「何か聞き出せたかね？」

「俺がとっくに知ってること以外はほとんど何も」ボーモントは答えた。「やたらにしゃべりまくってるが、やかましいばかりで、言ってることは支離滅裂でね」

ジェフが口をはさむ。「あんたらは裏切り者仲間だな」

　ウェイターが酒のお代わりを運んできた。オロリーがウェイターを引き止めた。

「もういい。これ以上飲ませるな」ウェイターはグラスを持ったまま戻っていった。

オロリーは部屋に入ってドアを閉め、そこにもたれた。「おまえは口が軽すぎるぞ、ジェフ。前にも注意したろう」

　ボーモントはわざとらしくジェフにウィンクしてみせた。

　ジェフが憤然と食ってかかる。「そりゃ何のつもりだよ、おい」

　ボーモントは笑った。

「私はおまえに話してるんだ、ジェフ」オロリーが言った。

「それくらいわかってるって」

「どうやらおまえと口をきくのは金輪際やめるべき時期が来たようだな」

　ジェフが立ち上がった。「何だよ、俺を見捨てようってのか、シャド。そりゃどういう了見なんだよ、え?」テーブルを回ってオロリーのほうに行く。「あんたとは長いつきあいじゃねえか。あんたはいつだって俺の味方だったし、俺もあんたの味方だった」オロリーを抱擁しようと両腕を広げ、ふらつく足で近づいた。「たしかによ、酔っぱらっちゃいるかもしれねえけど――」

オロリーは青白い手を持ち上げてサル顔の男の胸を突いた。「座れ」声を荒らげることはなかった。

ジェフの左の拳がオロリーの顔に向けてすばやく動いた。

オロリーはぎりぎりのところで頭を右によけた。ジェフの拳は頰をかすめただけになった。オロリーのほっそりとした彫刻のように端整な顔は、いかめしい表情を浮かべたままぴくりとも動かない。右手が下りて腰のあたりを探る。

ボーモントは椅子を蹴って立ち上がると、オロリーの右腕に飛びつき、両手でその腕をつかみながら両膝を床についた。

左手を振り回した勢いで壁に突っこんだジェフは、向きを変えるなり、シャド・オロリーの喉を両手でがっちりとつかんだ。サルに似た顔は黄色く染まり、歪んで、醜かった。酔いの気配は吹き飛んでいた。

「銃は取り上げたか」ジェフが息を弾ませながら訊く。

「ああ」ボーモントは立ち上がると、黒い銃の狙いをオロリーに定めたまま、後ずさりした。

オロリーの目は濁って飛び出さんばかりになっていた。顔はまだらに染まって膨れている。喉をつかんでいる男に抵抗さえしない。

ジェフは肩越しに振り返ると、ボーモントににたりと笑ってみせた。その笑みは大きく、いかにも楽しげで、本能だけに操られた獣を思わせた。血走った小さな目は痛快そうにきらめいている。ジェフはかすれてはいるが弾んだ声で言った。「やることはわかってんだろ？　こいつに一発ぶちこめ」

ボーモントは言った。「俺は関わりたくない」落ち着き払った声だった。鼻腔はかすかに震えていた。

「いやか？」ジェフが横目でボーモントを見る。「このシャドなら、俺たちが何をしたかなんてじきにきれいさっぱり忘れてくれるぜ」そう言って唇を舐めた。「そうさ、忘れてくれる。俺がちゃんと忘れさせてやるから安心しな」

耳から耳まで届きそうな笑みをボーモントに向け、自分が両手で首を締め上げている男を見やりもしないまま、ジェフは重苦しげな呼吸を繰り返していた。上着の肩や背中や袖の生地が不格好に盛り上がっている。醜く邪悪な顔にうっすらと汗が浮かんだ。

ボーモントは青ざめていた。やはり息遣いは重く、こめかみを汗の膜が覆い始めている。ジェフの盛り上がった肩越しにオロリーを見た。

オロリーの顔は生のレバーに似た赤褐色に変わっていた。いまにも転げ落ちそうに剝《む》かれた目玉には、もう何も映っていない。青ざめた唇のあいだから舌が突き出す。ほっそりとした体は蛇のようにのたうっている。片方の手が背後の壁を叩き始めた。機械的なリズムで。弱々しく。

ボーモントに顔を向けてにやつき、喉を締め上げている男の顔は相変わらず見ようとしないまま、ジェフは足を少し広げて踏ん張ると、背をそらした。オロリーの手が壁を叩くのをやめた。何かが折れるくぐもった音が一つ。続いてもう一つ、今度はもっと鋭い音だった。オロリーの体はもう動いていない。ジェフに喉をつかまれたまま、だらりとぶら下がった。

ジェフは喉を鳴らすように笑った。「ふふん、一丁上がりだ」邪魔な椅子を蹴飛ばしてどけると、オロリーの死体をソファに放り出した。死体はうつぶせに倒れこんだ。片手と両脚が床にだらりと垂れている。ジェフは腰のあたりで掌を拭うと、ボーモントに向き直った。「俺はただの薄のろのお人好しさ。どれほど踏みつけにされたって文句一つ言わねえお人好しなんだよ」

「その男が怖かったんだな」

ジェフは笑った。「そうさ、怖かったよ。まともな人間で、こいつが怖くねえやつなんかいるのか。ああ、そうだな、あんたは例外かもしれねえな」そう言ってまた笑い、室内を見回す。「誰か来る前にずらかろうぜ」片手を差し出す。「その銃をよこしな。俺が始末しとく」

「渡せない」ボーモントは銃の向きを変えてジェフの腹に狙いを定めた。「正当防衛だと主張すれば通らないことはないぞ。捕まってもそれで切り抜けられる」

「は、そいつは天才的な思いつきじゃねえか、え?」ジェフが叫ぶ。「この俺はな、別の殺しの容疑で指名手配されてる身なんだよ。あのウェストのやつを殺した容疑でな!」血走った小さな目は、ボーモントの顔と、その手に握られた銃のあいだをせわしく往復していた。

ボーモントは血の気の引いた薄い唇で笑みを作った。「知ってるさ。だからこそ、こうして警察に突き出そうとしてる」低い声で言う。

「馬鹿言ってんじゃねえよ」ジェフはそうわめいて一歩前に踏み出した。「この野郎――」

ボーモントは後ずさりして片方のテーブルの反対側に回った。「下手な真似をすれば、迷わず撃つぞ、ジェフ。忘れたか、おまえには借りがあるんだ」

ジェフはそれ以上近づこうとせず、後頭部をかきむしった。「あんたってやつはいったい何なんだよ?」当惑顔をしている。

「ただの友人さ」ボーモントはふいに銃を前に突き出した。「座れ」

ジェフは一瞬、ボーモントをにらみつけたままためらっていたが、おとなしく座った。

ボーモントは左手を伸ばして壁のボタンを押した。

ジェフが立ち上がる。

「座れ」ボーモントが言う。

ジェフは座った。

「両手をテーブルの上に出しておけ」

ジェフは悲しげに首を振った。「あんたは俺が思ってたほど利口じゃなかったらしいな。なあ、俺が警察に突き出されるのを、ここの連中が黙って見てると思うか」

ボーモントはもう一度テーブルの反対側に回ると、ジェフとドアの両方が同時に視界に入る位置に腰を下ろした。

ジェフが言った。「一番いいのは、その銃を俺に渡して、あんたが逃げたことを俺が忘れるよう祈ることだよ。なあ、ネッド。この店は俺の行きつけの一つなんだぜ！よりによってここでうまいことやろうなんて、そいつは無理だと思いな」

ボーモントは言った。「そのケチャップの瓶から手を遠ざけておけ」

ウェイターがドアを開け、目を丸くした。

「ティムを呼んでもらえないか」ボーモントはウェイターにそう頼んだあと、サル顔の男が口を開く前に言った。「黙れ」

ウェイターがドアを閉めた。あわてた足音が遠ざかっていく。

ジェフが言った。「馬鹿はよせって、な、ネッド。命が惜しくねえのかよ。警察に俺を突き出したところで、何か得があるか？　一つもねえだろ」舌で唇を湿らせる。

「まあ、そうだな、俺らはあんたをちょいと痛めつけたりもしたよな。そのことで怒ってんだったらしかたねえ。けど――よく考えろよ――あれは俺のせいじゃねえよ。シャドに言われたとおりにしただけのことだ。それによ、たったいまその埋め合わせはしたろ。シャドのやつを始末してさ」

「そのケチャップの瓶からその手を遠ざけないと、大穴が空くぞ」

ジェフは言った。「あんたはやっぱり裏切り者だな」

ドアが開き、分厚い唇と丸い目をした、中年の入口にさしかかった男がするりとなかに入ってドアを閉めた。

ボーモントが言った。「ジェフがシャドを殺した。警察を呼んでくれ。警察が来るまでに、きみたちが引き上げる時間のゆとりはあるはずだ。そうだ、医者も呼んでもらったほうがよさそうだな。まだ息があるかもしれない」

ジェフが嘲るように笑った。「シャドが生きてるなら、俺はローマ教皇だぜ」ふいに真顔に戻り、唇の厚い男になれなれしい口ぶりで言った。「なあ、あんたはどう思う？　こいつはさ、あんたが黙ってこいつの言うとおりにすると思ってんだぜ。世の中そう甘くねえってさ、あんたからも言ってやってくれよ、ティム」

ティムはソファの上の死体を見、ジェフを見、ボーモントを見た。丸い目は真剣だった。ゆっくりとボーモントに言う。「店にとっては大打撃だ。死体を外に運び出して、そこで見つかるようにするわけにはいかないか」

ボーモントは首を振った。「警察が来る前に引き上げれば、きみたちに迷惑はかからない。俺もできるだけのことはする」

迷っているティムにジェフが言った。「なあ、ティム、俺のことは知ってるだろう。あんただって――」

ティムが冷ややかな声で言った。「いいから黙っててくれ」

ボーモントはにやりとした。「誰もおまえを知らないようだな、ジェフ。シャドが死んだいまとなっては」

「そうか?」サル顔の男は椅子の上で楽な姿勢を取った。晴れやかな表情をしている。

「いいさ、警察にでも何でも突き出せよ。あんたらみたいな裏切り者に借りを作るくらいなら、捕まるほうがまだましだ」

ティムはジェフを無視してボーモントに尋ねた。「それしか方法はないのか」

ボーモントはうなずいた。

「まあ、何とかなると思おう」ティムはそう言ってドアノブに手をかけた。

「ジェフが銃を持ってないか、確かめてもらえないか」ボーモントは言った。

ティムが首を振る。「殺しはここで起きた。だが、俺はいっさい関わってないし、関わるつもりもない」そう言って出ていった。

椅子の背にだらしなくもたれたジェフは、両手をテーブルの上に置いたまま、警察の到着まで、ボーモント相手に上機嫌でしゃべり続けた。ありとあらゆる冒瀆《ぼうとく》的で卑猥《ひわい》な侮辱の言葉を並べ立て、あることないこと思いつくかぎりの悪行を挙げてボーモントを非難した。

ボーモントは適当に相づちを打ちながら聞き続けた。

最初に部屋に入ってきた警察官は、警部補の制服を着た白髪の骨張った男だった。六名ほどの刑事を従えていた。

ボーモントは言った。「やあ、ブレット。そいつはおそらく銃を隠し持ってる」

「いったい何があった？」ブレットはソファを見て言った。刑事が二人、ブレットの脇をすり抜けて入ってくると、ジェフ・ガードナーの身柄を確保した。

ボーモントは説明した。オロリーが殺されたのは、激しい取っ組み合いのさなかのことであって、銃を奪われたあとのことではなかったという印象をそれとなく与えはしたものの、事実をそのまま伝えた。

ボーモントが説明しているあいだに医者がやってきて、シャド・オロリーの死体を仰向けにし、ざっと調べたあと、立ち上がった。警部補が医者に視線を向ける。「死んでる」医者はそれだけ言うと、混雑した小部屋から出ていった。

ジェフは自分を捕まえている二人の刑事を陽気にののしっていた。ジェフが一つ悪態をつくたび、刑事の片方が拳で顔を殴りつける。ジェフは笑い、次の悪態をつく。折れた義歯がその辺に散らばっていた。口は血だらけだった。

ボーモントはシャド・オロリーの銃をブレットに渡して立ち上がった。「俺もいまから本部に行ったほうがいいか。それとも、明日でもかまわないか」

「いま一緒に来てくれ」ブレットが答えた。

4

ボーモントが市警本部を出たのは、深夜零時をとうに回ってからだった。一緒にロビーに下りた記者二人にお休みを言ってタクシーに乗りこむ。運転手にはポール・マドヴィッグの自宅の住所を伝えた。

マドヴィッグ家の一階には煌々《こうこう》と明かりが灯っていた。ボーモントが玄関前の階段を上っているあいだに、ミセス・マドヴィッグがドアを開けた。黒い服を着て、肩にショールを羽織っている。

「こんばんは、お母さん。こんな遅くまで、どうしたんです？」

「ポールが帰ってきたのかと思って」ミセス・マドヴィッグはそう答えたものの、ボーモントだとわかってがっかりしたというふうではなかった。

「ポールは帰ってないんですか。話をしたかったんですが」ボーモントは険しい目でミセス・マドヴィッグの表情を探った。「何かあったんですね？」

老婦人は一歩下がってドアを大きく開けた。「入ってちょうだい、ネッド」

ボーモントは家のなかに入った。

ミセス・マドヴィッグはドアを閉めた。「オパールが自殺を図ったの」

ボーモントは目を伏せてつぶやいた。「え？　どういうことです？」

「手首を切ったんですよ。看護婦が遅れてね、そのあいだに。幸い、出血は……命に別状はないそうよ。またやろうとしないかぎり」声と物腰に、どこか弱気なものが感じられた。

ボーモントは狼狽した声で尋ねた。「ポールはどこに？」

「わからない。ずっと連絡が取れないのよ。とっくに帰ってるはずなのに。いったいどこに行ってるのか」骨張った手をボーモントの腕に置く。声はいくらか震え始めていた。「あなたと――あなたとポールは――?」言葉が続かず、ただボーモントの腕をぐっと握り締めた。

ボーモントは首を振った。「修復は無理でしょうね」

「そんな、ネッド。どうにかして仲直りできないの? だって、あなたとあの子は――」このときもまた言葉が続かなかった。

ボーモントは顔を上げてミセス・マドヴィッグを見つめた。目は涙で濡れていた。

「いいえ、お母さん。もう無理なんです。ポールから聞いてませんか」

「地方検事局の人が来たときあなたに電話して相談したって話したら、あいつには二度と連絡しないでくれ、あなたとは――もう友達ではなくなったからって。あの子はそれしか言わなかった」

ボーモントは咳払いをした。「お母さん、俺が会いにきたことをポールに伝えてもらえませんか。俺は家に帰った、来てくれるのを待ってる、一晩中でも待ってると」

また咳払いをしたあと、弱々しく付け加えた。「そう伝えてください」

ミセス・マドヴィッグは痩せた手でボーモントの両肩をつかんだ。「あなたはいい子だわ、ネッド。あなたとポールにはいがみ合ったりしてもらいたくない。あなたほど素晴らしいお友達は、あの子にはほかに一人もいませんからね。あなたたちのあいだに何があったか知らないけれど。でも、いったいどうして喧嘩なんか？　もしジャネットのことが原因なら——」

「それはポールに訊いてくださいよ」ボーモントは苦々しげな声でぼそりと言い、もどかしげに首を振った。「もう帰らせてください、お母さん。オパールやお母さんの役に立てることがあるなら別ですが。何かありますか」

「あの子に会ってやってもらえないかしら。まだ起きてるし、話をしてやれば、少しは元気を取り戻すかもしれない。あなたの言うことならいつもよく聞いてたから」

ボーモントは首を振った。「いや、やめておきます」——ごくりと喉を鳴らす——「オパールのほうも俺と会いたいとは思ってないでしょうから」

第10章　砕けた鍵

1

ボーモントは自宅アパートに戻った。コーヒーを飲み、葉巻を吸い、新聞と雑誌に目を通し、本を半分ほど読んだ。ときおり読書を中断して、部屋のなかをそわそわと歩き回った。呼び鈴は鳴らない。電話も鳴らなかった。

午前八時になるとシャワーを浴び、髭を剃り、洗濯したての服を着た。朝食を注文し、食べた。

午前九時、受話器を持ち上げてジャネット・ヘンリーの自宅の番号にかけ、ジャネットが電話口に出るのを待った。「おはよう……ええ、元気ですよ、ありがとう……花火を打ち上げる準備がどうやら整いました……ええ……お父さんがご自宅にいらっしゃるなら、先にすべてお話ししたほうがいいかと……ええ、そうしてください。ただ、俺が行くまでは何も話さないようにお願いします……できるだけ急いで行きます。このあとすぐに出ますよ……ええ。じゃ、そちらにうかがったときにまた」

虚空をにらみつけたまま受話器を置いて立ち上がり、大きな音を立てて手を打ち合わせたあと、掌をこすり合わせた。口髭の下の唇は不機嫌そうな線を描いている。目は熱を溜めた小さな点のようだった。衣装簞笥からコートと帽子を取って手早く身につける。『幼き迷子』を小さく口笛で吹きながら部屋を出て、大股に通りを歩きだす。

「ミス・ヘンリーとお約束してます」ヘンリー家のドアを開けたメイドにそう告げた。

「こちらへどうぞ」メイドはそう答え、明るい色の壁紙が貼られた日当たりのよい部屋にボーモントを案内した。上院議員と娘が朝食をとっていた。

ジャネット・ヘンリーは即座に立ち上がると、両手を差し出しながら近づいてきて、興奮した声で言った。「おはよう！」

上院議員のほうは悠然と立ち上がり、意外そうな視線をさりげなく娘に向けたあと、ボーモントに手を差し出した。「おはよう、ミスター・ボーモント。お会いできてうれしいよ。朝食はいかがかな――？」

「いえ、もうすませてきましたので」

ジャネット・ヘンリーの体は小刻みに震えている。興奮のあまり顔から血の気が引き、目は暗い色を帯びて、まるで薬で朦朧《もうろう》としてでもいるようだった。「お父様、お話があるの」張り詰めてうわずった声だった。「とても大事な――」そこまで言いかけて、ふいにボーモントのほうを向いた。「あなたから話して！　話して！」

ボーモントは眉根を寄せてちらりとジャネットを見やったあと、上院議員をまっすぐに見つめた。上院議員は座っていた椅子の傍らに立ったままだ。ボーモントは言った。「息子さんの殺害事件について、決定的と言ってよさそうな証拠を見つけました。これには自白も含まれています。息子さんを殺害したのは、ポール・マドヴィッグです」

上院議員は目を細め、片手を目の前のテーブルについた。「その決定的な証拠というのは？」

「最大の証拠は、言うまでもなく、本人の自白です。事件の夜、息子さんが追いかけてきて、ごつごつした茶色のステッキで殴りかかってきた、そのステッキを奪い取ろうとして、誤って息子さんの額を打ってしまったという話でした。ステッキは現場から持ち去って焼却したそうですが、お嬢さんによると」――ジャネット・ヘンリーに軽く頭を下げる――「いまもお宅にあるとか」

「あるわ」ジャネットが言った。「ほら、ソーブリッジ少佐からお土産に頂いたステッキよ、お父様」

議員の顔は大理石のように白く硬かった。「話を続けてくれたまえ」

ボーモントは片手を軽く持ち上げた。「ステッキがお宅にあるとなると、事故か正当防衛だったという説明は成立しなくなります――息子さんはステッキを持っていかなかったことになるわけですからね」そう言って肩を軽く上下させる。「ファー検事には昨日のうちにこの話をしました。検事は怖じ気《おけ》づいているようでしたが――あの人がどんなかはご存じですね――さすがに今日はポールを逮捕しないわけにはいかないでしょう」

ジャネット・ヘンリーは眉間に皺を寄せてボーモントを見つめていた。明らかに困惑している。何か言いかけたが、すぐに思い直して唇を結んだ。

ヘンリー上院議員は左手に持っていたナプキンで口もとを拭ったあと、ナプキンをテーブルに置いた。「ほかには――ほかにも何か証拠はあるのかね？」

ボーモントは答える代わりに訊き返した。「それだけで充分ではありませんか」

「でも、まだ何かあるはずよね？」ジャネットが訊く。

「ええ、いまの話を裏づける証拠がね」ボーモントはぞんざいに答えたあと、議員に向き直った。「もっと詳しい話もお聞かせできますが、要約すればいまのとおりです。でも、これで充分でしょう？」

「ああ、充分だ」上院議員は言い、額に手を当てた。「にわかには信じられない。だが、事実なんだろう。ちょっと一人にしてもらえないか」娘に顔を向ける。「おまえもだ、ジャネット。一人で考える時間がほしい。いまの話を――いやいや、きみたちはここにいてくれ。私が自分の部屋に行くから」そう言って優雅なしぐさで会釈をした。「ここで待っていてくれたまえ、ミスター・ボーモント。すぐに戻るから。ほんの少し時間がほしいだけだ――これまで一緒にがんばってきた戦友が息子を殺したという現実を受け入れる時間が」

もう一度会釈をして、議員は出ていった。その後ろ姿はどこかこわばっていた。

ボーモントはジャネット・ヘンリーの手首にそっと手を置き、低い張り詰めた声で言った。「あなたはどう思いますか。お父さんは自制心を失いかけてるように見えましたか」

ジャネットは驚いたようにボーモントを見つめた。

「このまままっすぐポールのところに押しかけていきそうに見えましたか。それだけは阻止したい。取り返しのつかないことになりかねませんから」

「私には何とも言えないわ」

ボーモントはもどかしげに顔をしかめた。「行かせてはまずい。玄関の近くに、隠れられるような場所はないかな。万が一の場合、お父さんを引き止められるように」

「あります」ジャネットの声は怯えていた。

ジャネットの案内で玄関近くの小さな部屋に入った。窓は厚手のカーテンに覆われていて薄暗い。部屋を出てすぐに表玄関のドアがある。二人は薄暗い部屋の十センチほど隙間を空けたドアのそばで、身を寄せ合うようにして待った。どちらの体も震えていた。ジャネット・ヘンリーが小声で何か言おうとしたが、ボーモントは人差し指を唇に当てて黙らせた。

まもなく廊下の絨毯《じゅうたん》を踏むかすかな足音が聞こえ、帽子とコートを着けたヘンリー上院議員が玄関から出ていこうとした。

ボーモントは玄関ホールに足を踏み出した。「お待ちください、ヘンリー上院議員」

議員が振り返る。その顔は無情で冷たく、瞳には傲慢《ごうまん》な光があった。「申し訳ないが、失礼するよ。急用ができてね」

「いけません」ボーモントは上院議員に近づいた。「問題が大きくなるだけです」

ジャネットが父親の傍らに立つ。「行かないで、お父様。ミスター・ボーモントの話を聞いて」

「ミスター・ボーモントの話ならもう聞いた。まだ続きがあるというなら、もちろん聞くよ。しかし、そうでないなら、失礼させていただきたい」議員はそう言ってボーモントに微笑んだ。「きみの話を聞いたから、こうして行動を起こそうとしているんだ」

ボーモントは落ち着き払った目で議員を見据えた。「ポールに会いにいってはいけません」

議員が尊大な目でボーモントを見返す。

「でも、お父様」ジャネットがそう言いかけたが、父親の目の表情に気づいて口をつぐんだ。

ボーモントは咳払いをした。頰のところどころに赤みが差していた。左手をすばやく伸ばし、上院議員のコートの右のポケットに触れる。

議員が憤慨したように一歩後ろに下がった。

ボーモントは自分を納得させるようにうなずいた。「それはいけませんね」真剣な声だった。ジャネット・ヘンリーを見る。「ポケットに銃がある」

「お父様！」ジャネットはそう叫ぶと、片手で口もとを覆った。

ボーモントは唇を引き結び、議員に向き直った。「ポケットに銃を入れたまま行かせるわけにはいきません」

ジャネット・ヘンリーが言う。「お願い、お父様を止めて、ネッド」

議員は嘲るように二人を見た。「きみたちは身の程というものを忘れているようだな。ジャネット、おまえは自分の部屋に戻っていなさい」

ジャネットは渋々ながら二歩引き下がったものの、そこで立ち止まって叫ぶように言った。「いやよ！　お父様にそんなことはさせられないわ。お願い、止めてちょうだい、ネッド」

ボーモントは唇を湿らせた。「かならず止めますよ」

議員は冷ややかな視線をボーモントに向けたまま、玄関のドアノブに右手をかけた。

ボーモントは身を乗り出してその手を押さえた。「お待ちください」丁寧な口調で言った。「俺には何としてもお引き留めする義務があります。これは単なるお節介ではありません」議員の手を離し、上着の内ポケットを探ると、破れかけてくしゃくしゃになった薄汚れた書類を引っ張り出した。「先月交付された、地方検事局特別捜査官の任命書です」そう言って議員の前に広げる。「俺の知るかぎり、これはまだ取り消されていない。だから」――肩をすくめて続ける――「あなたが誰かを殺すつもりで出かけていくのを許すわけにはいきません」

上院議員は書類を見ようともせず、蔑《さげす》むように言った。「友人の命を救いたい一心か。その友人は人を殺したというのに」

「それは違う。あなたもよくおわかりのはずです」

議員は胸をそらした。「いい加減にしてくれたまえ」そう言ってドアノブを回す。

ボーモントは言った。「銃をポケットに入れたまま、歩道に一歩でも踏み出したら、その時点で逮捕します」

ジャネット・ヘンリーが甲高い声で叫ぶ。「お父様！」

議員とボーモントはにらみ合った。二つの息遣いだけが聞こえていた。

沈黙を破ったのは議員だった。娘に言う。「おまえはしばらく外してもらえないかね、ジャネット。ミスター・ボーモントと二人で話がしたい」

ジャネットは答えを求めるようにボーモントを見つめた。ボーモントがうなずく。

「わかりました、お父様。私に黙ってお出かけになったりしないと約束してくださるなら」

議員は微笑んだ。「約束するよ」

男たちは廊下を歩み去るジャネットを見送った。ジャネットはちらりと振り返ってから左手の戸口に消えた。

議員がわびしげに言った。「きみはどうやら娘に素晴らしい影響を与えてくれたようだな。いつもはあんなに――強情ではないんだが」

ボーモントは申し訳なさそうに微笑んだが、何も言わなかった。

議員が訊く。「いつからだ?」

「事件を調べ始めたのはいつごろかというご質問ですか。俺は一日か二日前ですね。お嬢さんのほうは発生直後からですよ。初めからポールが犯人だと思っていたようです」

「何だって?」議員の口はぽかんと開いたままになった。

「初めからポールだと決めつけてたんです。お気づきではありませんでしたか。お嬢さんはポールをひどく嫌ってる——これも初めからです」

「嫌っている?」議員はあえぐように言った。「まさか、そんなはずはない!」

ボーモントはうなずき、ドアにもたれかかった議員を興味深げに見つめた。「本当にご存じなかったようですね」

議員は一つ鋭く息をついた。「こっちで話そう」先に立って、さっきまでボーモントとジャネット・ヘンリーが隠れていた部屋に入る。議員が電灯のスイッチを入れ、ボーモントはドアを閉めた。そのあと、二人は立ったまま正面から向かい合った。

「お互いただの人間として話がしたいのだがね、ミスター・ボーモント」議員がそう切り出した。「きみの」——かすかに笑う——「公的な立場は忘れて」

ボーモントはうなずいた。「ええ。ファー検事ももう忘れてるでしょうし」

「そう、そういうことだ。ところで、ミスター・ボーモント。私は決して血に飢えた人間ではない。しかし、息子を殺した男が何の罰も受けずに大手を振って歩いていると思うと、とても――」

「当局も逮捕しないわけにはいかないはずだと申し上げましたね。ここまで来たら、避けて通れない。証拠がそろいすぎている。世間もそのことを知っています」

議員はまたしても氷のような笑みを浮かべた。「まさか、政治の世界に身を置く者同士の話として、こう言いたいわけではないだろうね。この市があのポール・マドヴィッグに罰を与えようとしていると」

「ええ、そのとおりのことを申し上げてるんです。ポールはおしまいです。市当局はポールを切り捨てようとしてる。まだそうなっていないのは、ポールの言うなりに動くことに慣れきっていて、勇気をかき集めるのにもう少し時間が必要だからというだけのことです」

ヘンリー上院議員は口もとをゆるめて首を振った。「一つ言ってもかまわないかね？　その見解には同意しかねる。ついでにもう一つ言わせてもらえるなら、私はきみよりずっと長く政治の世界で生きている」

「わかってます」

「それならさらに言うが、市当局はいつまでたっても勇気をかき集めることなどできないと断言してもいい。そう、どんなに時間をかけてもだ。ポールはこの街のボスだ。一時的な反乱が起きることはあるかもしれないが、ポールはボスとして君臨し続ける」

「その点では意見が俺とは食い違っているようですね。ポールはもうおしまいです」ボーモントは険しい顔をした。「ところで、銃の件ですが。そんなものを持ち出してはいけません。俺が預かりましょう」そう言って手を差し出した。

議員が右手をコートのポケットに入れた。

ボーモントは議員に近づき、左手で議員の右手首をつかんだ。「渡してください」

議員が怒りに燃えた視線をボーモントにねじこむ。

「そうですか」ボーモントは言った。「どうしてもというなら、しかたがない」椅子一脚を巻き添えにした短い格闘のあと、ボーモントは議員の手から銃を奪い取った。旧式なニッケルめっきのリボルバーだった。その銃を尻ポケットに押しこんでいるところへ、ジャネット・ヘンリーが駆けこんできた。取り乱した様子で目はぎらつき、顔は蒼白だった。

「何の騒ぎなの？」

「お父さんがちっともわかろうとしてくれなくて」ボーモントはうなるように言った。「銃を力尽《ず》くで取り上げるしかなかった」

議員は顔をひくつかせ、荒い息をしている。ボーモントに一歩近づいて居丈高に言った。「私の家から出ていけ」

「お断りします」ボーモントの口の端がぴくりと動いた。怒りが炎のように瞳を燃え立たせた。手を伸ばし、ジャネット・ヘンリーの腕を荒っぽくつかむ。「座って話を聞いてください。あなたは真実を知りたいとおっしゃった。いまから聞かせてさしあげますよ」今度は議員に顔を向ける。「長い話になります。あなたもおかけになったほうがいい」

しかし、ジャネット・ヘンリーもその父親も、座ろうとしなかった。ジャネットは怯えた目をボーモントに向けている。ボーモントは険しく油断のない目をしていた。顔は二人とも紙のように白かった。

ボーモントは議員に言った。「息子さんを殺したのはあなたですね」

議員の表情には何の変化もなかった。身動きもしなかった。

しばらくのあいだ、ジャネット・ヘンリーも父親と同じように身動きを止めていた。

やがてまぎれもない恐怖がその顔を覆い、ジャネットはゆっくりと床に座りこんだ。倒れはしなかった。そっと両膝を床につき、そのままへたりこんだ。傾いた体を右手で支える。恐怖に満ちた顔を上げて父親とボーモントを見た。

男たちのいずれもジャネットには視線を向けなかった。

ボーモントは続けた。「だから、今度はポールを殺そうとしている。あなたが犯人だと証言させないために。ポールさえいなくなれば、あなたはいままでどおりのあなたでいられる——正義感にあふれた昔気質《かたぎ》の紳士として。さっき俺たちをだまそうとしたみたいに、世間をまんまとだましおおせれば」そこでいったん言葉を切り、反応を待つ。

議員は黙っている。

ボーモントはさらに続けた。「逮捕された時点で、ポールはあなたをかばうのをやめるでしょう。ジャネットにだけは、自分がお兄さんを殺した犯人だと思われたくないからです」苦笑を漏らす。「じつに皮肉な話だ！」髪をかき上げた。「事件の真相は、おそらくこんなところでしょう。ポールが妹に無理やりキスをしたと知ったテイラーは、すぐにポールを追いかけた。ステッキを持ち、帽子をかぶってね。といっても、これ自体は取り立てて言うほどのことではない。それより、再選に及ぼす影響に思い至ったとき、あなたがどう――」

議員は激昂《げきこう》した調子でさえぎった。「でたらめを言うな！　娘の前でそんな愚かしいでたらめを――」

ボーモントは無情に笑った。「ええ、ええ、愚かしい話ですよ。テイラーを殺すのに使ったステッキを持ち帰ったのも愚かなら、テイラーを追ってあわてて家を飛び出したせいで帽子を忘れたがために、テイラーの帽子をかぶって帰ったことも、やはり愚かな行為です。しかし、その愚かな行為があなたを十字架に張りつけることになるんですよ」

ヘンリー上院議員は軽蔑を含んだ低い声で言った。「ポールの自白はどうなる？」

ボーモントはにやりとした。「本人からゆっくりお聞きになるといい。こうしましょう。ジャネット、ポールに電話をかけていただけますか。すぐに来てくれるよう伝えてください。ポールが来たら、あなたのお父さんが銃を持ってポールのところに行こうとしていたことを話して、ポールの言い分を聞きましょう」

ジャネットは身じろぎをしたものの、床から立ち上がろうとしなかった。表情はうつろだった。

ボーモントは叱りつけるように繰り返した。「ポールに連絡してください、ジャネット」

ジャネットはうつろな表情のまま立ち上がると、父親の「ジャネット！」という険しい声にも振り返ることなく出ていこうとした。

すると議員はふいに声の調子を変えた。「待ってくれ、ジャネット」それからボーモントに向き直った。「もう一度きみと二人きりで話をしたい」

「わかりました」ボーモントはそう答え、戸口でためらっているジャネットのほうを向いた。

しかし、ボーモントが口を開く前にジャネットがきっぱりと言った。「私も聞きたいわ。私にも聞く権利があるはずよ」

ボーモントはうなずき、議員のほうにまた向き直った。「お嬢さんのおっしゃるとおりです」

「ジャネット」議員は言った。「私はおまえに悲しい思いをさせたくないんだよ。だから――」

いの」

「お気遣いはけっこうよ、お父様」ジャネットは平板な声で言った。「私は知りた

議員は降参したように掌を上に向けた。「そういうことなら、私は何も話さない」

ボーモントは言った。「ジャネット。ポールに電話してください」

だが、ジャネットが歩きだす前に議員が引き止めた。「よせ。やれやれ、こんな難しい立場に置かれるとは予想もしていなかった――」ハンカチを取り出して掌を拭う。

「いいだろう、あの夜何があったのか、すべて話そう。そのあと、きみに一つ頼みごとをしたい。さすがのきみも断れないだろう。とはいえ――」そこで口をつぐみ、娘のほうを見やった。「入りなさい、ジャネット。どうしても聞かなくては気がすまないというなら。ただ、そのドアを閉めてくれないか」

ジャネットはドアを閉め、そばの椅子に腰を下ろすと、身を乗り出した。その姿勢はぎこちなく、表情も硬い。

議員はハンカチを持ったまま手を背中に回して組み、敵意の消えた目をボーモントに向けた。「あの晩、私はテイラーを追って家を出た。息子の激しやすい性格のせいでポールの友情を失いたくなかったからだ。チャイナ通りで二人に追いついた。ちょ

うどポールが息子からステッキを奪い取ったところだった。二人は――少なくともテイラーは、猛然とまくし立てていた。私は息子と二人きりにしてくれとポールに頼んだ。ポールはステッキを私に預けて立ち去った。テイラーは、親に対するものとは思えない態度で私を罵倒《ばとう》し、またポールを追いかけようとして私を押しのけた。何がどうしてそうなったのか――いつどうやって息子を殴りつけたのかわからないが、気づくと息子は倒れて、縁石に頭を打ちつけていた。ポールが戻ってきた――まだそう遠くには行っていなかったんだ。二人で確かめると、テイラーはもう死んでいた。そのまま放置して、知らぬ存ぜぬを貫こうとポールは提案した。もし明るみに出れば、今度の選挙戦の対立候補から格好の攻撃材料にされるのは避けられないと言ってね。私は――その提案を受け入れることにした。テイラーの帽子を拾い、それをかぶって帰るといいと言ったのはポールだ。私は帽子も持たずに家を飛び出してきていた。ポールは、万が一、捜査の手が身辺に及びそうになっても、自分が手を回すと請け合った。その後――厳密には先週だね――ポールがテイラーを殺した犯人らしいという噂を耳にして心配になった私は、ポールを訪ね、いっそ洗いざらい白状してしまったほうがいいのではないかと確かめた。するとポールは私の不安を笑い飛ばし、自分で何とかするから心配するなと言った」背中で組んでいた手を前に持ってきて、ハンカチで顔を拭う。「これが真相だよ」

ジャネットがむせぶような声で叫んだ。「テイラーを放ったままにするなんて！　道ばたに一人きりで置いてくるなんて！」

議員はぎくりとしたが、何も言わなかった。

張り詰めた沈黙を破って、ボーモントは言った。「選挙向けのスピーチを聞いた気分ですよ――真実の一部が脚色されてる」眉間に皺を寄せる。「で、何か俺に頼みがあるとか」

議員はいったん床に目を落としたあと、またボーモントを見つめた。「それについてはきみにだけ話したい」

ボーモントは答えた。「お断りします」

「許してくれ、ジャネット」議員は娘にそう言ってから、ボーモントに向き直った。「私は真実を話した。そのために自分をどんな立場に追いやったかも充分に承知している。頼みというのは、銃を返してもらえないかということだ。そして五分――いや、一分でいい――この部屋で一人きりにしてほしい」

ボーモントは言った。「お断りします」

議員の体がぐらりと揺れた。片手を胸に当てている。その手からハンカチが力なく垂れていた。

ボーモントは言った。「誰でも報いは受けなければなりません」

2

ボーモントは地方検事のファーと灰色の髪の速記者、刑事二人、そして上院議員とともに玄関に向かった。

「きみは来ないのか」ファーが訊く。

「ええ。でも、また事務所に顔を出しますよ」

ファーはボーモントの手を握った手を力強く上下させた。「ああ、ぜひ近々そうしてくれ。もっとちょくちょく寄ってくれていい。きみにはしてやられてばかりいるが、結果を考えれば、きみを責める気にはなれないからね」

ボーモントは検事に微笑んでみせ、刑事たちと会釈を交わし、速記者には深々とお辞儀をしたあと、玄関のドアを閉めた。それから階段を上り、ピアノのある白壁の部屋に向かった。猫脚のソファに座っていたジャネット・ヘンリーが立ち上がって出迎えた。

「みんな行ってしまった」ボーモントは、わざとらしいくらいにさりげなく告げた。

「父は——？」

「警察はほぼ完全な自白を引き出しました——俺たちが聞いたより詳しい自白を」

「今度、私にも話してくださる？」

「ええ」ボーモントは約束した。

「このあと——」すぐには言葉が続かなかった。「このあと、父はどうなるの、ネッド」

「さほど大事《おおごと》にはならずにすむでしょう。年齢や影響力がいいほうに働くはずです。故殺で有罪にはなるでしょうが、実刑は言い渡されず、執行猶予がつくでしょうね」

「事故だったんだと思う？」

ボーモントは首を振った。目は冷ややかだった。そっけない口調で言う。「息子のせいで自分の再選がふいになるかもしれないと思って激昂して、ステッキで殴りつけたんだと思います」

ジャネットは反論しなかった。両手をきつく組んでいる。それから、声を絞り出すようにして尋ねた。「父は――本気で――ポールを撃つつもりでいたのかしら」

「ええ。〝正義感に突き動かされた高齢の父親が法には裁けない罪に復讐した〟となれば、世間は情状酌量するに決まってる。逮捕されたら、さすがのポールも本当のことを言うだろうとわかっていたでしょうし。ポールが口をつぐんでいたのは、お父さんの再選を確実にするためということもあったでしょうが、あなたとどうしても結婚したかったからです。お兄さんを殺した罪をかぶったところで、あなたが手に入るわけじゃありませんがね。ほかの誰にどう思われようと気にしていませんでしたが、あなたが自分を犯人だと信じていることは知らずにいたんですよ。もし知っていたら、すぐにでも疑いを晴らしていたでしょう」

ジャネットは沈んだ顔でうなずいた。「私はあの人が嫌いだった。いまはもう誤解は晴れたのに、やっぱりあの人は嫌いだわ」そう言って泣きだした。「どうしてなのかしら、ネッド？」

ボーモントは苛立ったように片手を振った。「なぞなぞは勘弁してください」

「それにあなたのこともよ」ジャネットは続けた。「あなたは私をだました。私をこけにして、こんな思いまでさせた。なのに、あなたは嫌いになれない」

「だから、なぞなぞはよしてください」

「いつからなの、ネッド？　いつから知ってたの？――父が犯人だって」

「いつからかな。ずっと頭のどこかにその考えがあったのは確かです。ポールのちぐはぐな行動を説明できるのは、その可能性だけだったから。ポールがテイラーを殺したなら、もっと前に俺に打ち明けたはずだ。俺に隠す理由はどこにもありませんからね。しかし、犯人がお父さんだとすれば、そのことを隠す理由は一つ考えられる。俺があなたのお父さんをよく思っていないことをポールは知ってました。かなり露骨に態度に表わしましたし。だから、俺がお父さんの落選を画策するかもしれないと心配した。しかし、ポールの足を引っ張ったりはしないという確信はあった。そんなわけで、なんとしても犯人を暴くつもりだと俺に宣言されたとき、ポールはそれをやめさせようとして、自分がやったと嘘の告白をしたんです」

「なぜ父をよく思っていなかったの？」

ボーモントは熱い口調で答えた。「女性を自分の利益のために利用する男は気に入らないからですよ」

ジャネットの頬に赤みが差し、視線が揺らいだ。それから、乾いた苦しげな声で訊いた。「じゃあ、私のことを嫌ってるのは――?」

ボーモントは答えなかった。

ジャネットは唇を噛み、叫んだ。「答えて!」

「あなたは善良な人です。ただ、ポールには害でしかない人だ。あいつをたぶらかそうとしたわけだから。お父さんにしてもあなたにしても、ポールにとっては毒でしかなかった。俺はそのことをあいつにわからせようとしました。あなたたちは二人とも、おまえを自分たちより下等な生き物と見ている、どんな扱いをしても許されるつもりでいると言いましたよ。あなたのお父さんは何の苦労もせず勝つことに慣れきっている、だからいざ窮地に陥るようなことがあれば、たちまち理性を失うか、狼のように残忍な人間に豹変《ひょうへん》するだろうとも言いました。しかし、あいつはあなたにすっかり心を奪われていて――」ボーモントはかちりと歯を合わせて口を閉じると、ピアノのそばに立った。

「私を軽蔑してるのね」棘のある声でジャネットがささやいた。「男に利用されるだけの娼婦だと思ってるんだわ」

「軽蔑などしてませんよ」ボーモントは苛立たしげに言った。ジャネットのほうを見ようとしない。「あなたは自分のしたことの報いを受けた。いい意味でも悪い意味でもね。それは俺たち全員に当てはまることだ」

しばらく沈黙が続いた。やがてジャネットが言った。「あなたとポールはまた友人に戻るのね」

ボーモントはピアノの前に立ったまま振り返った。その動作には、いまにも体が震えだしそうな気配があった。腕時計に目を落とす。「そろそろお別れを言わなくては」

ジャネットの瞳に驚いたような表情が閃いた。「まさか、どこかに行ってしまうの?」

ボーモントはうなずいた。「いまからなら四時半の列車に間に合います」

「これきり帰ってこないわけじゃないでしょう?」

「出廷命令からうまいこと逃げられるようなら、帰りません。逃げるのはそう難しいことじゃない」

ジャネットは一時《いっとき》の衝動に駆られたように両手を差し出した。「私も連れていって」

ボーモントは目をしばたたかせた。「本気ですか、それとも勢いで言ってるだけですか」そう訊き返す。ジャネットの顔は燃えるように赤くなっていた。答える暇《いとま》を与えず、ボーモントは言った。「いや、どっちだってかまわない。お望みなら、一緒に行きましょう」そこで額に皺を寄せた。「しかし、ここは」――片手で屋敷を指し示す――「誰が面倒を見るんです？」

ジャネットは苦々しげに言った。「知らないわ――債権者じゃない？」

「もう一つ、考えに入れたほうがよさそうな問題があります」ボーモントは言葉を選ぶようにしながら言った。「あなたはお父さんが逮捕されたとたんに見捨てる冷たい娘だ。世間はそう言うでしょう」

「本当に見捨てようとしてるんだもの、しかたないわ。そう言ってもらいたいくらいよ。誰に何を言われようが関係ない――あなたがこの街から連れ出してくれるなら」ジャネットはしゃくりあげた。「もし――もし父が暗い通りに兄を一人きりで置き去りにしたりしていなければ、こうして縁を切ろうなんて思わずにすんだのに」

ボーモントはそっけなく言った。「いまはそれについては考えないことです。それより荷造りを急いで。旅行鞄二つに入る分だけにしてください。残りのものはあとで送らせればいい」

甲高い不自然な笑い声を残し、ジャネットは走って部屋を出ていった。ボーモントは葉巻に火をつけ、ピアノの前の椅子に腰を下ろすと、そっとメロディを奏でながら待った。戻ってきたジャネットは黒い帽子をかぶり、黒い上着を着て、旅行鞄を二つ提げていた。

3

タクシーでボーモントのアパートに向かった。車中では二人ともほとんどずっと黙りこくっていた。一度だけ、ジャネットが唐突にこう言った。「あの夢のこと。あのときは話さなかったけれど――鍵はガラスでできていてね、ドアを開けたときに砕けてしまったの。錠前が固くて、無理に回さなくてはいけなかったから」

ボーモントは横目でジャネットを見た。「で?」

ジャネットが身を震わせる。「蛇を閉じこめられなくて、みんな屋根に上ってきて私たちにからみついた。自分の悲鳴で目が覚めたわ」

「ただの夢ですよ。忘れなさい」ボーモントは口もとだけをゆるめた。「それより、あなたは俺のニジマスを逃がした——夢のなかでですが」

　タクシーがアパートの前で停まった。二人はボーモントの部屋に上がった。ジャネットは荷造りを手伝うと言ったが、ボーモントは断った。「いや、一人でできます。座って休んでいてください。汽車が出るまでまだ一時間ある」

　ジャネットは赤い椅子の一つに腰を下ろし、おずおずと訊いた。「あなたは——私たち、どこに行くの？」

「とりあえずニューヨークへ」

　旅行鞄一つを詰め終えたとき、呼び鈴が鳴った。「あなたは寝室にいてください」ボーモントは言い、ジャネットの旅行鞄を寝室に運びこんだ。寝室のドアを閉める。

　それから玄関に行ってドアを開けた。

　ポール・マドヴィッグだった。「きみが正しかった。ようやく私にもわかったよ。それを伝えにきた」

「昨夜は来なかったじゃないか」

「そのときはまだわかっていなかったからだ。きみと入れ違いに家に帰ってね」

　ボーモントはうなずいた。「まあ、入れよ」ボーモントは一歩脇へよけた。

マドヴィッグが居間に入る。すぐに旅行鞄に目を留めたが、ひととおり部屋を見回したあと、ようやく尋ねた。「どこか行くのか」

「ああ」

マドヴィッグはジャネット・ヘンリーがたったいままで座っていた椅子に腰を下ろした。年齢が顔に表われていた。腰を下ろす動作にも疲れが感じられる。

「オパールの様子は？」ボーモントは尋ねた。

「おかげさまで元気だよ。もう大丈夫だろう」

「あんなことをさせたのは、あんただ」

「わかっているよ、ネッド。この私が一番よくわかっている！」マドヴィッグは脚を前に投げ出すと、自分の靴をにらみつけた。「私が自分のしたことを誇りに思っているなどとは勘違いしないでくれ」短い沈黙のあと、マドヴィッグは付け加えた。「行く前に、あの子に――オパールに顔を見せてやってくれたら喜ぶと思うんだが」

「あんたからさよならを伝えてくれ。お母さんにもだ。四時半の汽車で出発する」

マドヴィッグが悲しげに曇った青い目を上げた。「いつものように、きみの言うことが正しかった、ネッド」声がしゃがれていた。「しかし――その――とにかく、きみが正しかったよ！」そう言ってまた目を伏せると、靴を凝視した。

ボーモントは尋ねた。「お世辞にも忠実とは言えないあんたの取り巻きたちはどうするつもりだ？　駆り集めて戦線に戻すのか？　それとも、もう向こうから戻ってきたか？」

「ファーやそのほかの裏切り者どものことか」

「そうだ」

「教訓を与えてやるつもりだ」マドヴィッグの声には決意が表われていた。しかしそこに熱意はない。靴から目を上げようともしなかった。「私は四年損することになるが、その四年をせいぜい利用して、身辺を大掃除するよ。そして簡単には揺るがない体制を一から作り直す」

ボーモントは眉を吊り上げた。「裏切った連中の落選《ナイフ》を画策するのか」

「ナイフどころじゃない、ダイナマイトを使って吹き飛ばしてやるさ！　シャドは死んだ。次の四年は、シャドの息のかかった者たちにやらせてやるつもりだ。あの連中に確固たる信頼を築けるとはとても思えないから、心配するまでもない。四年後に、私はこの街を奪い返す。そのころには大掃除も完了しているはずだ」

「今回だって、勝とうと思えば勝てるだろう」ボーモントは言った。

「そうだな。しかし、あの連中と一緒に戦って勝ちたいとは思わない」

ボーモントはうなずいた。「忍耐と根性を試されるだろうが、そうするのが一番いいと俺も思うよ」

「私が持っているのは忍耐と根性くらいのものさ」マドヴィッグは悲しげに言った。「優秀な頭脳はない」自分の足から暖炉に視線を移した。「どうしても行かなくちゃだめなのか、ネッド?」かろうじて聞き取れるかどうかのささやき声だった。

「ああ」

マドヴィッグは一つ大きく咳払いした。「何をいまさらと思われるかもしれないが、行くにしろ、この街にとどまるにしろ、俺に恨みを残していないと思いたいな、ネッド」

「あんたを恨んでなどいないさ、ポール」

マドヴィッグがすばやく顔を上げた。「握手してくれるか」

「もちろん」

マドヴィッグは跳ねるように立ち上がった。その手がボーモントの手をつかまえ、骨が砕けそうなほど強く握り締めた。「行かないでくれ、ネッド。ここにいて、俺に力を貸してくれ。いまこそおまえが必要なんだ。いや、ただの友人としてでもいい。今回の埋め合わせも精一杯のことをしたい」

ボーモントは首を振った。「埋め合わせてもらうようなことは何一つないさ」

「じゃあ――？」

ボーモントはまた首を振った。「無理だ。この街にはもういられない」

マドヴィッグはボーモントの手を離してまた椅子に腰を下ろすと、ぼそりとつぶやいた。「そうだよな、俺の自業自得だ」

ボーモントはもどかしげに手を振った。「それとこれとは関係ない」そこでふいに口をつぐみ、唇を噛んだ。それから、ぶっきらぼうに言った。「ジャネットが来てる」

マドヴィッグがボーモントを見上げた。

ジャネット・ヘンリーが寝室のドアを開け、居間に入ってきた。顔は青白く、表情はこわばっていたが、背筋はぴんと伸びていた。まっすぐにマドヴィッグに歩み寄る。

「あなたには申し訳ないことをしてしまいました、ポール。私――」

マドヴィッグの顔はジャネットのそれに負けないくらい蒼白になっていた。だが、いまは真っ赤に染まり始めていた。「よしてください、ジャネット」かすれた声で言う。「あなたが謝ってどうなることでもない」そのあとも何かつぶやいたが、ほとんど言葉になっていなかった。

ジャネットはたじろいだように後ずさった。

ボーモントは言った。「ジャネットは俺と一緒に行くんだ」

マドヴィッグの唇が開いた。呆然とボーモントを見つめる。その顔からふたたび血の気が引いていった。ついに死人のように真っ青になったころ、また何かつぶやいた。〝幸運を〟という一言だけがどうにか聞き取れた。それから向きを変えると、玄関に行き、ドアを開け、開けたままにして、出ていった。

ジャネット・ヘンリーがネッド・ボーモントを振り返る。ボーモントはじっとドアを見つめていた。

解説

諏訪《すわ》部《べ》浩《こう》一《いち》
（東京大学准教授）

〈「古典」としての地位を得たハメットの小説〉

『ガラスの鍵』はダシール・ハメットの長編第四作にあたる小説である。彼のそれまでの長編小説と同様、まず伝説的パルプ・マガジン（大衆小説誌）「ブラック・マスク」に分載（一九三〇年三月号から六月号まで）されたあと、翌年四月にクノップ社から単行本として出版された。生前、自作についてほとんど語ることがなかったハメットだが、彼が本書を最も気に入っていたことはよく知られている。

ハメットは、生涯に長編小説を五つしか書かなかった。すなわち、『赤い収穫（血の収穫）』（一九二九年）、『デイン家の呪い』（同）、『マルタの鷹』（一九三〇年）、『ガラスの鍵』（一九三一年）、そして『影なき男』（一九三四年）という五冊である。つまり、ハメットは『影なき男』を脱稿してから一九六一年に六六歳で没するまでの四半世紀、小説家としてはほぼ完全に沈黙してしまったのである。

こうした「沈黙」にもかかわらず――というよりはむしろそれゆえに――ハメットという作家は人の好奇心を刺激し、何冊もの伝記が書かれてきた。そこから浮かび上がるハメット像――父親との不和、若い頃からの肺病、酒と女への耽溺、ピンカートン探偵社におけるプロの探偵としての様々な経験、二度の従軍、マッカーシズムへの抵抗およびその結果としての投獄と不遇な晩年――は「ハードボイルド作家」としてのハメットにまことに相応《ふさわ》しく、その「相応しさ」はほとんど感動的でさえある。例えば彼の作品が暴力に満ちた醜い現実を描くものとなったこと、あるいは「父」による「子殺し」が繰り返しあらわれる主題の一つになっていることなどは、彼の人生を考えると「必然」だったといわねばならないし、その「必然性」に向かい合ったことが彼を稀有《けう》な作家としたのだろう。その「必然性」を誠実に引き受けることが、後年の沈黙と不遇を招いたとしても、それは仕方のないことだと彼は思っていたはずだ。

だとすれば、ハメットが右にあげた五冊以上の小説を書かなかった（あるいは、書けなかった）ことについては、嘆くのではなく襟を正すというのが正しい態度なのかもしれない。そうした観点からすれば、短期間に続けざまに出版されたそれらの作品によって、彼が「ハードボイルド探偵小説」を確立した作家として文学の歴史に不朽の名を残したことを、まず僥倖《ぎょうこう》として喜ぶべきなのだろう。一九二〇年代（から三〇年代）はパルプ・マガジンの全盛期であり、それは彼以前にも暴力的な世界を描く大衆作家がいたことを意味する。しかしながら、ハメットという強靱な個性が出現しなければ、例えばキャロル・ジョン・デイリーがそのジャンルの始祖と呼ばれることはなかったはずである。そしてまた、ハメットがいなければ、レイモンド・チャンドラーもロス・マクドナルドも、ロバート・B・パーカーもジェイムズ・クラムリーもいなかったのだ。ハメットは、いわば文学の歴史を変えてしまったのである。

このようにして、一つの文学ジャンルの確立者としてのハメットの功績は、いくら強調してもしすぎるということはない。彼が作家として活動した大戦間という時代は探偵小説の「黄金時代」として知られているが、それはすなわち探偵小説の「パズル化」が進んだ時期でもあった。そうした背景に鑑みて、ハードボイルド探偵小説は探偵小説に「現実」を導入したと評価され、ハメットの作品は探偵小説を「文学」にしたともいわれてきた。事実、アメリカ本国においては、早くも一九三四年に『マルタの鷹』が「モダン・ライブラリー」というシリアスな文学叢書に探偵小説としてはじめて加えられて話題となったが、今日ではハメットの全長編と主要な短編が、「永遠に活字として残し、広く読者の手に届くようにする」プロジェクトである「ライブラリー・オブ・アメリカ」に収められている。我が国においても、ハメットが作家として書いた文章は数多くの短編を含めてのきなみ翻訳されてきたし、最近刊行されたアメリカ文学史においても一章が割《さ》かれて詳しく紹介されることとなった。死後およそ半世紀を経て、彼の小説は「古典」と呼ばれる地位を得たといっていいだろう。

ただし、おそらくはあらゆる「古典」がそうであるように、ハメットの諸作品は「ハードボイルド探偵小説の古典」と呼んでわかった気になるには、あまりにも豊かである。これは、「現実」を描いた「ハードボイルド探偵小説」がそのまま「文学」になるわけではないのと同じことである。先述したデイリーであれば、「ハードボイルド探偵小説」の「始祖」と呼んでおけばそれですんでしまうのであり、その作品を実際に読む人などもはやほとんどいない。だが、ハメットの場合はそうはいかないのだ。そしてさらにいうなら、右にあげた作家の中で、日本においてとりわけ人気が高いのはチャンドラーとパーカーということになるだろうが、例えば彼らの本を読んでハードボイルド小説に興味を持った人が、その起源とされるハメットの作品を読んだときに抱《いだ》く気持ちにしても、「古典」に（ほとんど無意識のうちに）期待される安心感というよりはむしろ違和感となるはずなのである。

ハメットの小説は、一般に流通しているハードボイルド探偵小説のイメージから逸脱する何かを持っている。その「何か」を「文学性」と呼ぶことも可能だろう。その意味においては、ハードボイルド探偵小説なるものにさしたる関心を持ってこなかった――あるいは、そのイメージにネガティヴな印象しか持ってこなかった――人にも、ハメットの作品は違和感をともなう貴重な読書体験を与えてくれるはずである。以下の拙文においては、こうした「違和感」（あるいは「文学性」）を『ガラスの鍵』に即して少し考えてみることにしたい。そうすることによって、ハメットというハードボイルド探偵小説の「起源《オリジン》」が、優れて「孤独《オリジナル》」な作家であったことをいくらかなりとも示唆《しさ》できればと思う。

〈簡単には共感できない主人公ネッド・ボーモント〉

ハードボイルド探偵小説は、そのジャンル的祖先としてウエスタン小説を持つともいわれている。そうした通説もハメットの『赤い収穫』があってこそのものだともいえるのだが、ともあれそれをふまえた上で一般に流通していると思われるハードボイルド探偵小説のイメージをまず整理しておくなら、おそらく次のようなものになるだろう。すなわち――酒と女に強いタフな私立探偵が、彼の捜査を邪魔しようとする人々（ギャングであれ、警官であれ、あるいは依頼人であれ）にへらず口を叩き、殴ったり殴られたりを繰り返しながら事件を解決することになるが、そのようにして腐敗した世界を生き抜くために、探偵は非情でなくてはならず、したがって孤独をその宿命とすることになるものの、またそれゆえに自分なりの倫理を貫徹する孤高の騎士となることができる……。

念のためにいっておけば、こうした「イメージ」がハメットの作品にまったくあてはまらないというわけではない。「孤高の騎士」という理想化された私立探偵像は、ハードボイルド探偵小説をジャンルとして洗練させ、ひとまず完成させたとさえいっていいチャンドラーが、その探偵フィリップ・マーロウを通して作り上げたものであるが（興味がある方は、チャンドラーの有名なエッセイ「簡単な殺人芸術」を参照されたい）、ハメットの場合においても、例えば『マルタの鷹』のサム・スペードはかなりの程度こういったイメージに合致する探偵となっているのだし、そうしたヒーロー像がその姿に共感する数多《あまた》の読者を強力に惹きつけてきたことも疑いのない事実であるだろう。作品冒頭で「金髪の悪魔」と呼ばれる主人公が、小説のそこかしこで「ヒーロー」とはいささか呼びにくいような姿を見せることがあるにしても、である。だが、ここで重要なのは、『マルタの鷹』でかなりの程度は「理想的」な探偵を造型することに成功したハメットが、それに続く『ガラスの鍵』において、探偵の「ヒーロー性」に磨きをかけ、小説をチャンドラー的な方向――誤解を恐れずに単純化していってしまえば、「わかりやすい」方向――に「洗練」させる道には進まなかったということである。ハメットが選択したのは、もっとハードで、白黒がはっきりしない世界、超越的な主体などどこにもおらず、すっきりとした答えが決して出ないような世界だった。あるいはこういってもいい。『ガラスの鍵』の世界とは、ハメット自身が「夢の男《ドリーム・マン》」と呼んだスペードのような人物が存在することを――夢見ることさえも――許されない、あまりにも散文的な「現実」なのだと。『ガラスの鍵』にも脇役として有能な私立探偵が登場するが、その人物がいかにも職業探偵らしく極めて現実的に振る舞っていることを、ここで想起しておいてもいいだろう。

私立探偵があくまでも職業探偵である『ガラスの鍵』の世界において、主人公として「探偵役」を務めるのはネッド・ボーモントという賭博師である。しかもこの人物は、ある地方都市（メリーランド州ボルティモアがモデルであるといわれている）の政治屋――はっきりいってしまえば、ギャングの親玉――であるポール・マドヴィッグの右腕として設定されている。実際、小説中で起きる「事件」に対するボーモントの行動は、何よりもまず、それを自分の利益のために利用できるだろうか、あるいはそれがボスに不利益を与えるものになってしまうだろうかといったような、世俗的かつ現実的な関心によって決定されることになるのだ。そのような人物が「正義の味方」などであるはずはないだろうが、それは取りも直さず、読者が主人公に「共感」することがそれほど簡単ではないということでもある。

興味深いことに、原文において、ハメットは主人公を「ネッド」でもなければ「ボーモント」でもなく、必ず「ネッド・ボーモント」とフルネームで表記している。こうしたあからさまに異常な表記法によって意図されているのは、主人公を読者にとって〈他者〉にとどめておこうということだろう。そうした意識はもちろん、小説全体の「ハードボイルド」な文体に染み渡っている。ハードボイルド探偵小説といえば一人称（俺／私）の語りが「定番」とされているが、叙情を排した厳密な三人称客観のスタイルで綴られている『ガラスの鍵』では、主人公の内面が開示されることは一度たりともない（これはハメットの先行作と比較しても、本書で際立って徹底されている）。読者には、口の端を歪めたり口髭をいじったりというような細かい身振りから、ボーモントが何を感じているのかをいちいち推測することが求められているのだ。

このようにして、『ガラスの鍵』という小説においては、主人公に「共感」するためには読者が相応の努力を払わなくてはならない。そのような面倒な作業――わかりにくさ――などにはとても付き合いきれないという人には、残念ながら本書は向いていないということになるのだろう。しかし、ハメットがこうした「わかりにくさ」をほとんど「ぶっきらぼう」なほどに――「ハードボイルド」に――出すことを可能にしているのが、彼の読者に対する、あるいは文学に対する信頼と呼ぶべきものであることは強調しておきたい。この小説がそのような「信頼」によって書かれた作品であることと、本書をハメットが深く愛したことは通底しているはずである。

右で述べたことのポイントはもちろん、そのような「相応の努力」を厭《いと》わない読者は、ボーモントの物語から深い感動を得られるということにある。そもそも、少し立ち止まって考えてみれば、誰にでも簡単に理解され、愛されてしまうような隙だらけの人物がハードボイルド小説の主人公になってしまうなどというのは、ほとんど原理的に矛盾していることに気づくだろう。読者の共感を簡単には得られない人物に「設定」されているのは、ハードボイルド小説の主人公にとっていかにも相応しいことなのだ。それは単に彼が他人に対して容易に心を開かない「非情」な人物であるということだけではなく、彼が徹底した「孤独」の中にあらかじめ、宿命的に追いやられていることを意味するのだから。

このように考えてみると、ボーモントが「探偵」ではないという『ガラスの鍵』の設定は、彼がそれまでのハメット作品の主人公達よりも、さらに厳しい宿命を負わされていることを示唆するように思えてくる。主人公が「探偵」であれば、彼が一見どれほど「非情」に感じられたとしても、そのハードな振る舞いの底には探偵としての倫理があるはずだと読者は（基本的には）信じることができる。そしてより重要なことに、そうした「探偵としての倫理」を、探偵自身が信じることができるのだ。『マルタの鷹』のクライマックスにおけるスペードの決断は、「探偵」である彼がどうしても下さねばならないものだった。しかしそれは、逆の観点からすれば、その決断がそれ自体としてどれほど苦いものであったとしても、スペードは「探偵」であることをいわば「言い訳」にできたということでもある。つまり、スペードが「ヒーロー」となり得るのは、彼が「探偵」であるからなのだ。

もっとも、急いで付言しておけば、『マルタの鷹』を卓越した小説としている大きな理由の一つは、同書が「探偵」を「ヒーロー」とするハードボイルド探偵小説の「からくり」をさらけ出し、その先へと進んで（しまって）いることにあるのだが、いまはその点を論じる余裕はない。ここで述べておきたいのは、その「先」にある地平にたどりついてしまったハメットという小説家が、次作となる『ガラスの鍵』において主人公から「探偵」という「よりどころ」を奪ってしまったことが、ほとんど必然のように思われるということだ。もちろん、その「必然性」はハメット個人にとっての必然性であり、やがて「ハードボイルド探偵小説」というジャンルは、沈黙している彼を尻目に別の水準で洗練されていくことになるのだが——。

〈「ノワール小説」の先駆としてのハメット〉

おそらくはハードボイルド探偵小説というジャンルが、ハメットの選んだ道とはいささか異なる方向へと洗練されていったこともあり、『ガラスの鍵』は長らく読者を、そして批評家を戸惑わせる書物でもあった（本書をハメットの最高傑作とするジュリアン・シモンズのような作家／批評家もいるが）。だが、二十世紀小説が歴史化され、それと並行してハードボイルド探偵小説の歴史が整理され、ハメット作品が「古典」と目されるようになった二十一世紀の現在、そろそろこの「わかりにくい」小説の本質に迫ることが可能となってきたようにも思える。事実、近年のアメリカ文学・文化の研究者達は、ハメットの小説を、それが書かれた大戦間という文脈に差し戻して読み直すことによって豊かな成果をあげてきた。彼らの研究に一般読者が直接触れる機会はほとんどないだろうが、そうした潮流は、間接的な形では既に広く影響を及ぼしているといっていい。一例をあげておけば、ハメットを「歴史化」して読む作業は、彼の作品を「ノワール小説」の先駆として位置づけることになったのである。

もちろんこの「ノワール」というカテゴリーも定義が難しいのだが、ここではその曖昧さを逆手に取り、ノワールを狭義の「ジャンル」というより作品の「雰囲気」としておくことで話を進めたい。そのような観点からは、ノワールとは「出口のない閉塞した世界において、運命に翻弄されて虚しくあがく人間を描く作品」ということになるだろう。その種の作品を書く作家としてはジム・トンプスンやジェイムズ・エルロイなどが日本でも広く知られ、よく読まれているわけだが、当面の文脈で強調しておきたいのは、従来「ハードボイルド」と呼ばれていた作家・作品の多くがこの広い定義では「ノワール」に含まれるということである。実際、例えばハメットと並べてハードボイルド小説の起源に据えられてきたジェイムズ・M・ケインにしても、今日では「ノワール作家」と呼ぶ方がはるかに自然に感じられるようになっている。

このようにして「ノワール」を「ハードボイルド」(の少なくとも部分)を含むものとして考えられるようになった現在、ハメット作品をハードボイルド小説の「イメージ」を引きずって読もうとするときについてまわる「違和感」も、腑に落ちてくるのではないだろうか。アメリカン・ノワールが最初の黒い花を乱れ咲かせたのは一九三〇年代、すなわち禁酒法が施行されてギャングが跋扈《ばっこ》したバブル期の二〇年代を経て突入した大恐慌の時代である。株価の暴落が持つ意味を大衆がすぐには理解しなかったとしても、まもなく銀行が営業を停止し、失業者は町にあふれることとなる。

近過去の繁栄を記憶していただけになおさらのことだが、人々は不条理な現実を前に当惑し、次いでやり場のない怒りを抱え、そしてゆっくりと絶望していった。そうした暗い時代に、「夢」を与えようとする作家はいた。だが、出口のない「悪夢」を見据える作家もおり、ハメットはそのような小説家だった——いや、おそらくより正確には、ハメットという卓越した才能が個人としてたどりついた地平が、恐慌を機にアメリカにおいて一気に拓《ひら》かれてしまったというべきだろう。

『ガラスの鍵』という小説が持つ強度は、個人と時代がそのようにして邂逅《かいこう》することで生まれた。この「ヒーロー」を登場させ、ら、れ、な、い、ハードボイルド探偵小説が、ノワール的閉塞感に覆われることになったことは「必然」だったのである。そこでは登場人物達はみな暗黒街の論理で動き、〈外部〉の視点は導入されないため、暴力や腐敗は「普通」のこととされ、相対化されることがない(『マルタの鷹』において秘書が与えてくれた癒しを、本書ではマドヴィッグの母親が与えてくれそうに見えるが、彼女は一貫して「口出しをしない」女性である)。そうした息苦しい作品世界に生きる主人公が持てる矜持《きょうじ》は、「耐えなくてはならないのなら、どんなことにも耐えられる」ということくらいである。敗北を半ば（以上に）宿命とする賭博を渡世の手段とするボーモントにとって（そもそも彼は負けのこんだ賭博師として作品に登場する）、世界とはそこで「勝ち逃げ」できるような場所ではない。「世界」とは人を一方的に罰するものとして存在するのであり、そこで彼に望めるのは「耐える」ことだけなのだ。だが、何のためにボーモントは耐えなくてはならないのだろうか。繰り返していえば、彼は「探偵」としての倫理を持たない。そもそも彼には「依頼人」さえいないのだ。それはつまり、過酷な運命に耐えなくてはならない根拠が外側からは与えられていないということである。マドヴィッグが彼の「捜査」を喜ばないという事実に端的にあらわれているように、ボーモントはあくまでも「個人」として不条理な運命に耐えなくてはならず、かくして彼は——スペードやコンチネンタル・オプの場合には想像できないことだが——しばしば動揺し、神経質な様子を見せるばかりか（彼に特徴的な仕草の一つは、爪を噛むというものである）、ときには涙を流し、一度など自殺未遂にまでいたることになる。行動を支える倫理を自己の外部に「言い訳」として持つことができなければ、「どんなことにも耐えられる」はずのハードな心でさえ折れてしまう瞬間が訪れるのである。

耐えなくてはならない理由などどこにもないのに、それでも人は耐えなくてはならないのか――ハメットが『ガラスの鍵』というハードボイルド小説で突きつけてくる問いは、こうした逆説的なものである。もちろん、その「問い」に「正答」などあるはずがない。「ヒーロー」不在の「現実」の世界において、「正しい生き方」などというものはないのだから。「探偵小説」という体裁を取っているこの小説においては、当然「謎」というものが存在し、ボーモントはそれを解く。だが、物語が結末を迎えるとき、主人公が見つめるのは開いたドアという虚空である。その残酷なまでに圧倒的なオープン・エンディングに立ち会わされる読者は、すべてが終わっても、閉塞感が解消されない――「現実」から〈外〉に出ることなどできない――ことを「実感」させられることになるだろう。「鍵」は「真実」をさらしてくれはしても、「問題」を解決してはくれない。ガラスの鍵（鍵はもちろん、男性性の象徴でもある）は脆《もろ》くも砕け散ってしまうさだめにあり、あとに残るのは虚しさばかりなのだ。

しかしいうまでもなく、虚しさばかりが残る小説を読むことが、虚しさばかりが残る体験であるわけではない。それは虚しさを見つめた主人公と作者を、追体験する営みに他ならないからである。だとすれば、『ガラスの鍵』が「わかりにくい」小説であるのは仕方がないというべきだろう。その「わかりにくさ」に耐え、そこから目をそむけない読者だけがネッド・ボーモントの苦境を実感できるのだから。そしてそのような実感を得た読者は、ダシール・ハメットの孤独にも思いをいたすかもしれない――キャリアの絶頂期にこのような作品を書いてしまったハメットが、まもなく小説を書けなくなってしまうことの重い「必然性」に。

自分が孤独に抱えていると思っていた問題を、既に自分より徹底して見据えている人間がいた――こうした実感を与えてくれる作品を「古典」と呼ぶのなら、『ガラスの鍵』はまさしくそのような小説である。本書を自分にとって大切な小説と感じられた方は、ぜひともハメットの他の作品もお読みいただきたい。彼は五つしか長編を書かなかったが、二つとして同じような小説を書かなかった（書けなかった）。したがって、『ガラスの鍵』を愛する読者は『赤い収穫』や『マルタの鷹』には「違和感」を抱くことになるかもしれないが、小説というものは「違和感」があるからこそ「相応の努力」を払って読む価値があることを、ハメットという誠実な作家は繰り返し納得させてくれるはずである。

ハメット年譜

一八九四年

五月二七日、メリーランド州セント・メアリーズに生まれる。本名サミュエル・ダシール・ハメット。父親はリチャード・トマス・ハメット。母親はフランス人で旧姓をドゥ・シールといった（ハメットのミドルネーム「ダシール」になる）。両親、姉、弟の五人家族。

一九〇〇年　六歳

父親が州議会議員に立候補するが落選。政党を替えて出馬したことから地域住民の反感を買い、一家は街を出てフィラデルフィアに移住せざるを得なくなる。

一九〇一年　七歳

経済的に困窮し、ハメットも新聞配達で稼ぐ。その後、一家はフィラデルフィアからボルティモアに移り住む。ボルティモアでは、酒やギャンブルに溺れる父親と不仲になり、ハメットは図書館に通い、本を読みふける少年時代を過ごす。

一九〇八年　一四歳

ボルティモア工芸学校に入学するが、父親が病に倒れ、中退。鉄道会社のメッセンジャーボーイとなるが長続きせず、その後も二〇歳になるまで職を転々とする。またこのころ、読書は熱心に続けながらも、酒と女遊びにふけるようになる。

一九一五年　二一歳
新聞の求人広告を見てピンカートン探偵社に入社、調査員となる。ここでハメットは厳しい規律を教え込まれ、また調査報告書をまとめることで簡潔な文章を書く技術を学ぶ。調査員として経験を積んだハメットは、尾行の名人と呼ばれるほどの腕利きとなり、犯罪や犯罪者の心理にも精通していった。

この探偵社での経験は、後の「コンチネンタル・オプ」シリーズに生かされていく。

一九一七年　二三歳
ピンカートン探偵社から、銅山会社の労働組合が行っていたストライキの「スト破り」を命じられる。さらに銅山会社から組合の幹部を暗殺するよう依頼されるが、ハメットはこれを拒否する。しかし後に、この幹部の死体が鉄道の踏切で発見される。ハメットはこの事件に大きな衝撃を受ける。

一九一八年　二四歳
六月、ピンカートン探偵社を辞し、陸軍に志願する（第一次世界大戦。前年にアメリカはドイツに宣戦布告）。ハメットは前線で戦いたかったが、配属先はメリーランド州の自動車小隊で、輸送車の運転手だった。この駐屯地で流行っていたスペイン風邪にかかり、入院。

一九一九年　二五歳

五月、再び入院。肺結核にかかっていることが判明し、軍を除隊。ボルティモアへ戻る。

一九二〇年　二六歳

五月、ピンカートン探偵社で再び働き始め、西海岸ワシントン州のスポーケンに新しく開設された支局の代表者となる。西部の四つの州を管轄し、様々な事件を取り扱う。しかし一一月にはまたも結核が再発、肺疾患専門病院に入院する。ここで看護婦のジョゼフィン・アンナ・ドーランと知り合う。

一九二一年　二七歳

二月、転地療法のため、温暖なサンディエゴの病院に移る。このとき、ジョゼフィンがすでにハメットの子供を身ごもっていることがわかり、二人は結婚することに。退院許可をもらいボルティモアへ帰ろうとしたハメットだが、ふと思いついてサンフランシスコに立ち寄り、以後八年間もそこに住むことになる。

七月、サンフランシスコで結婚。生活のためピンカートン探偵社にパートタイムで復職するが、図書館の本を熱心に読み続ける生活を送る。

一〇月、長女メアリー・ジェーン誕生。

一九二二年　二八歳

二月、ピンカートン探偵社を辞職。ビジネス学校で新聞記事の書き方を習う。相変わらず図書館の本を貪《むさぼ》るように読みながら、短編小説を雑誌に投稿し始める。「スマート・セット」誌に投稿した「The Parthian Shot」が編集者H・L・メンケンの目にとまり一〇月号に掲載される。以後、一九二三年までの間に、「ブリーフ・ストーリーズ」「ブラック・マスク」「アクション・ストーリーズ」といったパルプ・マガジンに、ピーター・コリンスン名義で短編小説を発表する。

一九二三年　二九歳

「ブラック・マスク」誌一〇月号に掲載された「放火罪および……　Arson Plus」でコンチネンタル・オプが初めて登場。ピンカートン探偵社時代の上司をモデルとした同シリーズは、以後、三六編書かれる。シリーズ三作目「黒づくめの女　The Gatewood Caper」からはダシール・ハメット名義となる。

一九二四年　三〇歳

結核が悪化し、医者から家族と離れて暮らすように勧告される。妻ジョゼフィンと三歳の娘は、ジョゼフィンの故郷モンタナ州アナコンダへ帰る。「ブラック・マスク」誌に初期の代表的短編「ターク通りの家　The House in Turk Street」を発表。

一九二五年　　三一歳
病状が安定し、妻と娘をサンフランシスコに呼び戻す。ジョゼフィンが二人目の子供を身ごもり、経済状態は逼迫。「ブラック・マスク」誌に原稿料の値上げを要求するが断られ、小説の執筆を断念する。

一九二六年　　三二歳
三月、宝石店の広告担当支配人となって雑誌にエッセイ風の広告文を書き始め、収入は安定する。

五月、次女ジョゼフィン・レベッカ誕生。

七月、オフィスで喀血し、入院。退院後は家族に感染させないように別居。フリーランスで広告の仕事をする。

「ブラック・マスク」誌に新しい編集長ジョゼフ・T・ショーが就任。ハメットを雑誌に呼び戻そうと、説得の手紙を送る（原稿料の値上げも伝える）。

一九二七年　　三三歳
ショーの依頼に応え、「ブラック・マスク」誌二月号で中編「ブラッド・マネー　Blood Money」の第一部「でぶの大女　The Big Knockover」を発表し、作家業を再開。五月号では同第二部「小柄な老人　$106,000 Blood Money」を掲載。
同誌一一月号から四回にわたり長編『赤い収穫《血の収穫》　*Red Harvest*』（「コンチネンタル・オプ」シリーズ）を連載。
音楽教師で未亡人のネル・マーティン

と恋愛関係に。

一九二八年　三四歳
「ブラック・マスク」誌一一月号から長編の『デイン家の呪い　*The Dain Curse*』（「コンチネンタル・オプ」シリーズ）を連載開始。

一九二九年　三五歳
二月、『赤い収穫』単行本がクノップ社から刊行され、評論家から高く評価される。続けて『デイン家の呪い』も単行本化されるが、ハメット自身は後に「見かけ倒しのばかばかしい話」と語ったように、この作品を気に入っていなかった。
「ブラック・マスク」誌九月号から、五部構成で長編『マルタの鷹　*The Maltese Falcon*』が連載され、探偵サム・スペードが登場する。
一〇月、ネル・マーティンとともにニューヨークへ移り住む。

一九三〇年　三六歳
ネル・マーティンとの関係が破局。
二月、『マルタの鷹』単行本がクノップ社から刊行、絶賛される。
「ブラック・マスク」誌三月号から、長編『ガラスの鍵　*The Glass Key*』を四回にわたり連載。しかし一一月号に掲載した短編「死の会社　Death And Company」を最後に、パルプ・マガジンでの執筆をやめる。
映画会社と脚本の契約を結び、ハリウッドに移り住む。この仕事により多額の報酬を得たハメットは、酒びたりの生活を送る。このころ、終生のパートナーとなるリリアン・ヘルマンと出会い惹かれ合う。ヘルマンは当時、映画の脚本家などをしていたアーサー・コーバーの妻で、戯曲家を志望していた。

一九三一年　三七歳

四月、『ガラスの鍵』単行本が刊行される。

『マルタの鷹』初の映画化。

一九三四年　四〇歳

一月、探偵夫婦ニックとノラを主人公とした長編『影なき男 *The Thin Man*』がクノップ社から刊行される。本、映画ともに大ヒットするが、ハメットの創作活動は事実上、ここで止まってしまう。

一九三七年　四三歳

共産党に入党。妻ジョゼフィンと正式に離婚。

一九四一年　四七歳

ハンフリー・ボガート主演の映画『マルタの鷹』(同作三回目の映画化)が公開され、ふたたびハメットは脚光を浴びる。

一九四二年　四八歳

ファシズムと戦うため陸軍に入隊。

一九四三年　四九歳

アリューシャン列島へ従軍。

一九四五年　五一歳

九月、三年間の軍隊生活ののち、ニューヨークに帰還。

一九四六年　五二歳
左派のジェファーソン社会科学スクールで、ミステリの書き方を教える講座を受けもつ。この講座は、その後一〇年間にわたって続ける。

一九五一年　五七歳
七月、ハメットが委員長を務めた公民権擁護委員会の保釈金基金に関する証言を、ニューヨーク連邦地方裁判所から求められる。ハメットは証言を拒否、法廷侮辱罪で六カ月の禁固刑となり、入獄する。出獄後も当局の監視下におかれ、収入の道を絶たれる。

一九五三年　五九歳
三月、ジョゼフ・マッカーシーは上院国内治安小委員会で証言させるため、ハメットを召喚。マッカーシーとハメットの審問の様子はテレビで放送される。

一九五五年　六一歳
ニューヨーク州両院合同立法委員会に証言を求められるが、共産党員であることを肯定も否定もしなかった。

一九六一年
一月一〇日、肺癌のため、入院先の病院で死亡。享年六六。

訳者あとがき

主人公はネッド・ボーモント、賭博師。市政を陰で牛耳る実業家ポール・マドヴィッグの親友にして、もっとも頼りになるブレインでもある。

上院議員選が間近に迫ったある日、ボーモントは、現職のヘンリー議員を後押しし、再選の手助けをするつもりで内密に話を進めているとマドヴィッグから打ち明けられる。上院議員に無事に再選された暁には、やはり間近に迫っている市の重要ポストの選挙でマドヴィッグの息のかかった候補者たちを当選させるべく、今度はヘンリー上院議員がマドヴィッグに力を貸す。

ボーモントは話を聞くなり即座に反対した。上院議員が約束を守ってマドヴィッグのために動いてくれる保証はどこにもなく、マドヴィッグの骨折り損になりかねないからだ。それに何より、ボーモントの目には、上院議員の娘ジャネットに夢中になったマドヴィッグが、縁談をほのめかされて舞い上がり、いつもの政略的な判断力を失っているように見えた。その疑念を裏づけるように、ふだんならボーモントの意見を尊重するマドヴィッグが、このときばかりは頑として忠告を容れようとしなかった。折しもその翌日、ヘンリー上院議員の息子テイラーが遺体で発見される。しかも事件が公になった直後から、マドヴィッグの周辺の人々に宛てて、マドヴィッグがテイラー殺しの犯人であると匂わせる怪文書が届き始めた。殺人の容疑をかけられ、市政選挙でも突如として劣勢に立たされた友人の窮地を救おうと、ボーモントは事件の解明に乗り出す。

政治屋の食客で賭博師という人物紹介からは、「暗黒街のならず者」を想像してしまいそうだ。しかし、ネッド・ボーモントの言動には、いわゆる「ならず者」像とは結びつきにくい、洗練された美意識や知性が見え隠れしている。

作中で、ヘンリー上院議員の令嬢ジャネットが、彼を「紳士」と呼ぶ場面がある。巷《ちまた》の小物たちとは明らかに格が違うことは、このエピソードに端的に表現されている。ボーモントの武器は、見当違いの勇気や腕っ節の強さなどではなく、切れ味鋭い頭脳、タフな精神と毅然とした立ち居振る舞い、それに底なしに深い洞察力なのだ。

トレードマークの黒い口髭を親指の爪でなでているとき、それはボーモントの頭が猛烈なスピードで、しかし静かに静かに回転しているしるしだ。ただし、何を考えているのかは、その場ではわからない。ページが進み、ボーモントが何か行動を起こして初めて、ああ、あのときあの人物の話を聞きながら考えていたのはこれだったのかと合点がいく。彼が信頼する私立探偵の若者が「ま、あんたのことだ、何をするにしても、ちゃんとわかってやってるんだろう」と評するように、ボーモントの思考は、いつも他人の二歩も三歩も先を行っている。

ボーモントは、友人が直面する難題を解決するのに、暴力や拳銃にものを言わせることは一度もないまま、優れた頭脳をフルに活かしてすべての出来事を客観的な視野のなかで整理し、的確な推理を重ねながら、じりじりと真相に迫っていく。

とはいえ、ボーモントのそのつねに先を行く明敏さ（著者ハメットの伏線の張りかたの上手さとも言い換えられるかもしれない）は、一読しただけではなかなか見抜きにくい。しかし、二度、三度と繰り返し読むうち、ボーモント／ハメットの〝策略家ぶり〟が少しずつわかってくる。わかったうえでふたたび読み返すと、また別の何かが見えてくる。

読むたびに新しい発見がある——だからこそ、この小説は、刊行から八十年の歳月を経てもなお古典として輝きを放つことができるのだろう。

『ガラスの鍵』を、ハードボイルドの始祖ダシール・ハメットの最高傑作とする読み手は多い。五作遺した長編のうち、ハメット自身がもっとも誇りにしていたのもこの作品だったと聞く。このジャンルからまず一冊読むとしたら、流血と硝煙という普遍化されたイメージとは一線を画す、この『ガラスの鍵』をお勧めしたい。

とはいえ、読み始めてすぐは、無愛想でとっつきにくい小説だという印象を受けるかもしれない。登場人物の心理描写がいっさいなく、言葉少なに説明される表情や物腰の変化だけを手がかりに、各人の内面の動きを推測するしかないからだ。

しかし、ハメットが目指したのは、まさにそれ——客観的な記述のみを重ねることによって文面から感情や感傷を極力排除するという、究極にミニマルなスタイルだった。『ガラスの鍵』は、言ってみれば、ハードボイルドの一つの完成形であり、存在そのものがハードボイルドなのだ。これまでこのジャンルにまったく馴染みのなかった人たちにも、ぜひ一度はこの作品を手に取ってみていただきたいと思う。

kobunsha classics
光文社古典新訳文庫

ガラスの鍵《かぎ》

著者　ハメット
訳者　池田《いけだ》 真紀子《まきこ》

2010年 8 月20日　初版第 1 刷発行
2025年 7 月30日　第 4 刷発行

発行者　三宅貴久
印刷　大日本印刷
製本　大日本印刷

発行所　株式会社光文社
〒112-8011東京都文京区音羽1-16-6
電話　03（5395）8162（編集部）
03（5395）8116（書籍販売部）
03（5395）8125（制作部）
www.kobunsha.com

KOBUNSHA

ISBN978-4-334-75210-1 Printed in Japan

組版　新藤慶昌堂

いま、息をしている言葉で、もういちど古典を

長い年月をかけて世界中で読み継がれてきたのが古典です。奥の深い味わいある作品ばかりがそろっており、この「古典の森」に分け入ることは人生のもっとも大きな喜びであることに異論のある人はいないはずです。しかしながら、こんなに豊饒で魅力に満ちた古典を、なぜわたしたちはこれほどまで疎んじてきたのでしょうか。

ひとつには古臭い教養主義からの逃走だったのかもしれません。真面目に文学や思想を論じることは、ある種の権威化であるという思いから、その呪縛から逃れるために、教養そのものを否定しすぎてしまったのではないでしょうか。

いま、時代は大きな転換期を迎えています。まれに見るスピードで歴史が動いていくのを多くの人々が実感していると思います。

こんな時わたしたちを支え、導いてくれるものが古典なのです。「いま、息をしている言葉で」——光文社の古典新訳文庫は、さまよえる現代人の心の奥底まで届くような言葉で、古典を現代に蘇らせることを意図して創刊されました。気取らず、自由に、心の赴くままに、気軽に手に取って楽しめる古典作品を、新訳という光のもとに読者に届けていくこと。それがこの文庫の使命だとわたしたちは考えています。

このシリーズについてのご意見、ご感想、ご要望をハガキ、手紙、メール等で翻訳編集部までお寄せください。今後の企画の参考にさせていただきます。
メール　info@kotensinyaku.jp